좋은 여자들

좋은 여자들

박향 소설집

강

차 례

반말

민소매를 입은 홍의 팔뚝은 터질 듯했다. 평소에도 더위를 많이 타서 소매를 덮는 옷은 끔찍하다고 말했던 것이 생각났다. 물살이 아니라고, 여자치고 이런 근육은 없을 거라며 팔뚝을 툭툭 건드리던 모습도 떠올랐다. 그 튼튼한 팔뚝에 누군가 그린 듯 빗방울이 묻어 있었다. 하루 종일 잔뜩 찌푸린 채 습도가 높아지더니 기어이 비가 오는 모양이었다.

여름이라 낮이 길긴 하지만 벌써 6시였다. 바쁘게 출발해도 부산에 도착하면 분명 어두워질 것이다. 하늘은 잿빛으로 덮였고, 바람도 만만찮아 가로수는 몸살을 앓듯이 흔들렸다. 민주는 부엌의 손수건만 한 창에서 시선을 돌려 홍의 눈을 마주했다. 홍의 눈은 작지만 날카로웠다. 차갑지만 때론 뜨겁게 느껴졌다. 웃고 있지만 매섭게 느껴질 때도 있었다. 민주는 들리지 않게 한숨을 내쉬며 씻어놓은 그릇을 마른행주로 닦았다. 홍이 민주의 손에서 그릇을 뺏더니 나지막하게 말했다.

"걱정 말라니까요."

"그럴 필요 없어요. 저는 기차 타는 것도 좋아하고, 지금 비도 오고요, 돌아갈 땐 혼자 가셔야 하는데 위험해서 안 돼요."

"저는 운전하는 걸 좋아하고, 비 오는 날 운전하는 건 더 좋아해요. 대구에서 부산까지 두 시간 정도? 그게 뭐 장거리에 속하기나 하나요?"

홍은 고집을 꺾지 않았다. 벌써 세번째였다. 아까 홍이 반찬을 들고 왔을 때 오늘부터 문방구를 닫는다고 말한 게 잘못이었다. 왜 닫느냐고 물어보는 홍에게 엄마가 무릎 수술을 해서 간병하러 간다는 말을 한 것은 더 잘못이었다. 초등학교 방학이 시작되고 어차피 문방구는 열어놔도 장사는 안 될 테고 아예 한 달 동안 문을 닫기로 했다는 민주의 말을 듣더니 저렇게 고집이 시작된 거였다.

홍은 친절하고 다정다감한 여자였다. 테이블 여섯 개 규모의 작은 식당을 부부가 운영하고 있지만 음식 솜씨가 좋아서 손님은 끊이지 않았다. 사람들은 반찬을 사 가기도 했는데, 그 매상도 만만치 않았다. 홍은 특히 나물무침을 잘했다. 집간장에 마늘을 넣고 들기름에 살짝 무친 시래기는 아무리 똑같은 레시피로 만들어도 홍의 손맛을 따라가지 못했다. 고들빼기김치나 열무 물김치도 직접 담갔는데, 홍의 고들빼기김치는 씁쓰레한데도 달콤한 맛이 났다. 그 맛있는 반찬을 홍은 매일 민주에게 가져다주었다. 처음에는 미안해서 음료수를 사다주기도 했지만, 차츰 반찬을 받는 일은 일상적인 일이 되었다. 이건 나를 돕는 일이자, 음식쓰레기를 줄이는 환경보호 차원이라는 말을 홍이 늘 덧붙였기 때문이었다.

"받아줘서 얼마나 고마운지 몰라요."

홍의 높임말은 민주를 안심시켰다. 몇 번 홍은 자기가 한 살 어리다며 민주에게 말을 낮추라고 했지만 민주는 그 '반말'을 하지 못했다. 이곳 동네 주민이 된 지 1년이 되어가지만 민주는 그 누구에게도 반말을 하지 않았다.

홍과 친해지게 된 것도 어쩌면 높임말 때문이라고 할 수 있었다. 문방구를 인수한 지 한 달쯤 되었을까. 전날 마트에서 지갑을 잃어버렸는데, 동네 파출소에서 지갑을 찾아가라는 연락이 왔다. 편의점에서 과자를 훔치던 중학생 아이를 붙잡아서 편의점 주인이 파출소로 넘겼는데 그 아이의 가방 안에서 민주의 지갑이 나왔다는 것이다. 아이는 창밖으로 고개를 돌린 채 민주를 외면하고 있었고, 경찰관은 아이의 팔을 흔들며 사과를 종용하고 있었다. 중학생 여자아이의 옆얼굴이 벌겋게 물들어 있었다. 민주는 아이의 손을 잡았다.

"사과 안 해도 됩니다. 지갑 찾았으면 됐어요."

그러지 말라고 애들 버릇 나빠진다고, 아주 혼꾸멍을 내야

한다고 흥분하며 경찰관이 덧붙였다.

"거기 돈 얼마 있었어요?"

돈은 삼만 원 남짓 있었을 것이다. 하지만 지갑은 텅 비어 있었고, 신분증과 카드만 남아 있었다. 앞치마를 입은 여자가 파출소 문을 벌컥 열고 들어온 것은 바로 그때였다.

"아이고 죄송합니다, 죄송합니다."

여자가 굽신굽신 허리를 숙이며 인사를 하자 경찰관이 쯧 쯧 혀를 차며 아이 쪽으로 턱을 올렸다.

"이리로 넘기지 않으면 또 그런 짓을 할 것 같아서 편의점 주인이 신고했다고 합니다. 그런데 가방에서 이 아주머니 지갑이 나왔지 뭡니까? 아주머니는 없어진 게 없다고 하지만 지갑 안에 돈이 한 푼도 없던데…… 어머니께서 한 번 더 알아보셔야 할 것 같네요."

앞치마를 한 아이 엄마는 안면이 있었다. 몇 번 식당에 밥을 먹으러 갔을 때 친절하게 대해주었던 기억이 났다. 하지만 경황이 없었던지 아이 엄마는 민주를 알아보지 못했다.

"학생, 어서 어머니랑 집에 가세요. 저는 괜찮습니다."

아이가 민주를 흘깃 봤다. 화가 난 사람처럼 인상을 찌푸리고 서 있던 아이의 양 볼 위로 갑자기 눈물이 또르르 흘렀다. 아이 엄마는 그런 제 딸을 보고 가슴이 아린 듯 눈을 질끈 감았다 뜨더니 민주의 손을 잡고 고맙다며 연신 인사를 했다.

나중에 홍은 정원이가 학교에서 왕따를 당하고 있다는 말을 하면서 민주의 높임말에 대해 감사하다고 했다. 물건을 훔친 아이들은 따로 있다고, 늘 그런 식으로 누명을 뒤집어쓰곤 했는데 문방구집 아주머니가 높임말을 쓰는 게 너무 따뜻하게 느껴져서 자기도 모르게 눈물이 나왔다고 말이다. 그 말을 듣는 순간 민주는 가슴 밑바닥에서부터 뭔가가 차오르는 듯한 뿌듯함을 느꼈다.

민주는 말을 배우기 시작할 때부터 높임말을 썼다. 고등학교 국어 교사였던 아버지는 항상 말과 사고는 서로 떨어질 수 없는 밀접한 관계에 있다고 했다. 아버지는 국어 선생답게 언어의 미묘한 기능에 관심이 많았는데 특히 생활 속에서 말을 어떻게 쓰느냐에 따라 인생의 성공과 실패가 갈린다는 신념이 강했다. 아버지는 높임말의 효능을 지나치게 맹신했다. 말은 예의 가장 기본이 되는 것이라 그것이 바로 서지 못하면 그 집안은 망하는 것이나 마찬가지라고 강조했다. 아버지는 손에 회초리를 들 때에도 말은 꼬박꼬박 높였다. 엄마는 아버지의 높임말이 무서워서 집에 아버지가 안 계실 때에도 큰소리를 내지 않았다. 집은 늘 적막했다. 모든 사물들마저 예의 발라서 거실에 있는 기둥도 다소곳하다고 민주는 생각했다.

"높임말을 쓰면 사람은 한 번 더 생각하고 말을 합니다. 높임말을 쓰면 상대방을 존중하게 되고, 상대를 존중하면 나 역시 존중받게 됩니다. 그러니 높임말이 세상을 살아가는 데 얼마나 중요한 역할을 하는지 알겠지요? 말 속에는 또 다른 말이 있는 법입니다. 항상 그것이 무엇인지 생각하셔야 합니다."

민주가 처음으로 욕설을 들은 것은 초등학교에 입학하면서였다. 학교는 민주에게 새로운 언어가 봇물처럼 터지는 신세계였다. 친구들과의 대화는 충격적이었다. 초등학교 1학년 때의 일이었다. 늘 목소리가 크고 행동이 과격했던 남학생 짝이 새로 산 지우개를 빌려가서 주지 않았다.

"지우개 주십시오. 그거 제 것입니다."

민주가 울면서 이야기했지만 짝 역시 자기 것이라고 끝까지 우겼다. 짝은 우기면서 민주가 한 번도 들어본 적이 없는 말을 내뱉었다.

"이거 내 건데. 아이 씨발, 어쩌라고?"

짝이 민주 앞에 얼굴을 바짝 들이밀고 '어쩌라고? 아이 씨발 어쩌라고?'를 반복하며 놀려대자 반 아이들이 깔깔거리고 웃기 시작했다. 마침 선생님이 들어왔지만 울고 있는 민주와 달리 짝은 큰소리로 자기 지우개라고 우겼다. 결국 지우개를 잃어버린 채 집으로 돌아왔다. 화는 쉽게 가라앉지 않았다. 화가 부글부글 끓어올라 온몸을 뒤덮은 기분이었다. 민주는 방에 틀어박혀 꼼짝도 하지 않았다. 너무 억울해서 자꾸 눈물이 났다. 아버지가 방문을 벌컥 연 것은 엄마가 밥 먹으라고 말한 지 10분이 지나서였다.

"밥을 먹으라고 했는데, 지금 뭐 하고 있습니까?"

민주가 아버지를 보았다. 모두 아버지 때문인 것 같았다. 높임말을 쓴다며 평소 민주가 말만 하면 피식피식 웃던 친구들도, 잘못한 것도 없는데 반 친구들에게 놀림을 당한 오늘 일도 모두 아버지 때문인 것 같았다. 민주는 무슨 뜻인지 정확하게 알 수 없지만 너무나 모욕적이었던 그 말을 이 순간 꼭 써보고 싶다고 생각했다. 민주는 눈물이 그렁그렁해진 눈으로 아버지를 쏘아보며 말했다.

　"아이 씨발, 어쩌라구."

　그날 아버지는 민주의 옷을 모두 벗기고 대문 밖으로 내쫓았다.

　"아버지가 준 거 모두 내놓고 당장 이 집을 나가십시오!"

　여름이었지만 밤이 되자 쌀쌀하고 추웠다. 민주는 대문 밖에 쪼그리고 앉아 잘못했습니다를 반복해서 외쳤다. 하지만 아버지는 나와보지 않았다. 가끔 아버지의 큰 목소리가 들렸다. 딸아이를 저렇게 내놓으면 어떻게 하냐는 엄마의 조심스러운 걱정에 버럭 화를 내는 소리였다. 한 시간쯤 지나자 엄마가 대문을 열어 민주를 마당 안으로 들였다.

　"여기까지만이에요, 옷은 안 주신답니다."

　민주가 현관문 안으로 들어간 것은 세 시간이나 지난 후였다. 아버지는 욕을 썼으니 당연히 그에 상응하는 벌을 받아야 한다며 민주의 종아리를 때렸다. 종아리를 맞고 나자 아버지는 밥을 먹으라고 했다. 밥을 먹는 것조차 벌처럼 느껴졌다.

눈물과 콧물이 범벅이 되어 밥과 함께 입으로 넘어갔다.

학년이 높아질수록 민주는 점점 말이 줄어들었다. 친구들의 입에서 터져 나오는 광포한 헤비메탈 같은 비속어들을 민주는 혼자서 중얼거리지도 못했다. 어쩔 수 없이 말을 해야 하는 경우에는 말끝을 얼버무리거나 흐리게 처리했다. 이런 민주의 언어 습관은 주변에 사람을 머물지 못하게 했다.

하지만 민주에게도 예외는 있었다. 딱 한 번, 가족보다 더 가깝게 민주가 마음 깊이 받아들인 사람이었다. 민주보다 나이가 한 살이 어린 여자 '강'. 강은 대학 때 서각을 배우던 동아리에서 만난 후배였다. 서로 높임말을 쓰는 그 동아리를 발견한 것은 우연이었다. 서각에 관심이 있었던 것이 아니라 서로 높임말을 사용하는 대학생들도 있다는 사실이 흥미로워 민주는 그 동아리에 가입했다. 동아리 시간에는 나무에 새겨진 글자를 파는 일에만 열중했다. 사람들은 거의 이야기를 하지 않았지만 가끔 대화를 나눌 때는 높임말을 사용했다. 물론 그것은 동아리 활동을 할 때만이었다. 서로 존중하고 예의를 지키며, 무엇보다 서각도를 사용하게 되니 조심하자는 의미가 있다고 했다. 하지만 뒤풀이는 여느 대학생들과 마찬가지로 시끄럽고 무례하고 어지러웠다. 1학년 때는 뒤풀이 자리도 따라다녔지만 2학년이 되자 동아리 활동이 뜸해졌다. 뒤풀이에서의 소란스러움이 싫은 것도 한몫했지만 무엇보다 엄마 때문에 집에 일찍 가야 해서였다. 그즈음 엄마는 불면증으로 잠을 자지 못해서 자주 실수를 저질렀다. 하루 종일 멍하니 방구석에 앉아서 아무것도 하지 않거나 가스불을 켜놓고 냄비를 태우는 일이 일어나기도 했다. 그러다 보니 아버지가 화를 내는 일도 잦아졌고 엄마는 그때마다 더욱 움츠러들었다. 종종 거울 앞에서 입을 크게 벌리고 있는 엄마를 보았다. 삼킬 수도 없고, 뱉을 수도 없는 그것이 우울증이었다는 사실을 안 것은 몇 년이나 지나서였다. 5년 전 아버지가 돌아가셨을 때도 장례식장 화장실 거울 앞에서 입을 벌리고 서 있는 엄마를 보았다. 그때 거울 속 엄마 입안은 텅 빈 채 시커멨다.

강은 민주가 겨우 얼굴을 익힌 한 해 후배였다. 2학년이 되면서 신입생 환영회 이후에는 동아리에 거의 나가지 않았으니 어쩌면 그날 딱 한 번 보았을 수도 있었다. 강이 연락을 해온 것은 민주가 늦은 결혼을 하면서 10년을 다니던 출판사를 그만두고 집에만 있던 어느 날이었다.

"언니, 저 기억 안 나세요? 강수진."

"글쎄요, 저는 서각 동아리에서 1년 정도밖에 활동을 안 해서요."

"저는 언니 바로 기억나는데…… 신입생 환영회 자리에서 언니 바로 앞에 앉아 있었잖아요. 선배들이 따라주는 폭탄주 마시고 쓰러졌을 때, 끝까지 제 옆을 지키고 있다가 자취방까지 데려다주셨어요…… 그걸 어떻게 잊어요."

"아, 강수진 씨, 아 네, 얼굴이 희고……"

"네, 맞아요, 키가 작고…… 근데 언니 그날 높임말 끝까지 쓰셨잖아요."

"네……"

"우리끼리 내기하고 그랬거든요. 언니랑 먼저 말 까는 사람 돈내기하자고요. 사실 그 이후론 언니가 안 나와서 우리가 얼마나 아쉬워했는데요."

그렇게 친밀감 짙은 목소리는 처음이었다. 강은 민주에게 마치 어제도 본 사람처럼 스스럼없이 다가왔다. 강이 추천하는 보험에 가입하고 나서도 강은 계속 연락을 해왔다. 애당초 보험 가입이 목적이 아니라는 듯 만남이 지속될수록 강은 민주를 호기심 어린 눈으로 바라보며 말하곤 했다.

"언니가 쓰는 말요, 정말 저를 자극하거든요."

찾아오지 않으면 외국 초콜릿이나 과자 같은 것을 보내오고, 연수를 다녀왔다면서 일본 글씨가 적힌 작은 지갑을 사다 주기도 했다. 그녀가 집으로 놀러 온 어느 주말에는 강의 차를 타고 둘이서 근교 도시까지 다녀왔다. 그날 이후 민주는 주말마다 강을 기다리고 있는 자신을 발견했다. 살면서 처음으로 친구를 가지게 되었다고 느꼈을 때 강은 민주에게 그런 말을 했다.

"친근한 반말이 세상을 살아가는 데 얼마나 중요한 역할을 하는지 알아?"

친구, 아 친구란 이런 거구나 하고 느끼게 해준 친구, 어떤 말이든 거리낌 없이 해도 좋다고 말해준 친구, 마음대로 떠들어도 되는 게 친구라는 걸 알게 해준 친구. 강은 민주를 빠르게 변화시켰다. 학교나 직장에 다니면서 한 번도 타인을 향해 연 적이 없는 마음의 문이 활짝 열리는 것을 민주는 느꼈다. 하지만 그 변화가 너무 빨랐던 것일까. 강은 2년 전 병원 침대에서 민주의 눈을 피하며 이렇게 말을 했다.

"미안합니다."

그날 이후 민주는 다시는 그 누구에게도 반말을 사용하지 않았다. 반말은 사고를 마비시킬 정도로 달콤했고, 자신에겐 결국 치명적인 독이라는 사실을 그동안 잊고 있었던 것이다.

톨게이트를 빠져나가는 순간 두둑두둑 불규칙적으로 떨어지던 비가 장막을 치듯 쏟아지기 시작했다. 비상등을 켜고 앞서가는 자동차들의 걸음은 느리고 조심스러웠지만 위험해 보였다. 바퀴가 물에 잠긴 듯한 느낌이 바닥으로부터 전해져 왔다. 고속도로에 진입하자 앞선 차의 비상등을 따라가면 된다는 생각에 안도했는지 홍이 두 손으로 잡고 있던 핸들에서 한 손을 뗐다. 민주는 한껏 웅크리고 있던 어깨를 늘어뜨리고 낮은 한숨을 쉬며 말했다.

"이게 무슨 고생이에요."

"잇츠 마이 플레저. 요즈음 영어 공부하고 있거든요. 얼마나 재미있는지 몰라요. 유튜브에 온갖 영상이 다 있는데, 기초부터 하고 있어요."

"왜요? 해외여행 가시려고요?"

"이런 실력으로 무슨 해외여행을 가겠어요. 가끔 식당에 학교 외국인 강사도 오고 하니까요. 영어가 높임말도 없고 좋잖아요."

한 손으로 핸들을 잡은 홍이 다른 손으로 얼굴을 슥슥 문질렀다.

"민주 씨는 높임말을 언제부터 썼어요?"

"저는 아마 태어나면서부터 썼을 거예요. 아버지께서 그랬거든요."

말 속에는 또 다른 말이 있다고요, 라는 말을 하려고 할 때 홍이 전혀 어울리지 않는 양념을 뿌리듯 툭 말을 내뱉었다. 마치 이 말을 하기 위해 운전대를 잡은 사람 같았다. 어쩌면 차량이 안정적으로 고속도로에 진입하기를 기다린 것인지도 몰랐다.

"높임말, 이걸 처음부터 썼으면 우리 부부 사이가 괜찮았을까요?"

홍의 눈은 전방을 주시하고 있었다. 비는 잦아드는가 싶다가도 어림도 없다는 듯 다시 쏟아지기를 반복했다. 가끔 헤드라이트에 드러난 나무들이 검은 유령처럼 움직이며 도로를 덮쳤다. 자동차에 떨어지는 빗소리가 두둑두둑 민주의 마음을 두드렸다.

"그이가 잠을 못 자요. 벌써 한 달이 넘었어요."

민주는 크게 심호흡을 했다. 들이마신 숨 속으로 공기 중에 진하게 녹아 있는 습기가 몰려왔다.

"한 달 전부터 거실에 나가서 자더라고요. 무슨 일이냐고 물어도 대답도 안 하고……"

"무슨 걱정거리가 있으신……"

"그뿐이 아니에요. 일주일쯤 전엔…… 자다가 깨서 거실을 보니 그이가 없어요. 찾아보니 베란다에 나가 담배를 피우고 있는 거예요. 그거 아파트 사람들이 얼마나 싫어하는데, 내가 뭐라고 했더니 잠옷 바람으로 현관문을 열고 밖으로 나가버렸어요. 그때가 새벽 3시였는데……"

얼음물을 뒤집어쓴 듯 갑자기 몸이 떨려왔다. 민주는 앞에 있는 통풍구를 닫고 소름이 돋은 팔을 쓸어내렸다. 그때가 새벽 3시쯤이었다. 누군가가 문방구 문을 두드렸다. 두드림은 두 번 이어지더니 더 이상 계속되지 않았다. 맨발로 어둠 속에서 귀를 기울이던 민주는 저벅저벅 문 앞의 발소리가 멀어지는 것을 들었다.

"몸에 찬바람을 묻히고 한 시간이 지나서야 들어왔어요. 정말 참을 수가 없었어요. 왜 이러냐고, 말을 하라고, 당신 미쳤냐고, 내가 뭐가 마음에 안 드냐고. 그랬더니……"

"그랬더니요?"

"남편한테 반말 지껄이는 것부터 마음에 안 든다고 그러는 거예요.”

“……반말 쓰는 사람도 있고 높임말 쓰는 사람도 있고 그
런 거죠.”

“맞아요, 내가 어떻게 하루아침에 높임말을 써요. 높임말,
나는 학교 선생님하고 민주 씨한테 말고는 써본 적이 없어요.
높임말, 그거 나는 시비 걸 때 쓰거든요.”

그 말을 뱉고 홍이 입을 다물었다. 엉금엉금 기던 차들이
비상등을 끄고 조금씩 속도를 내기 시작했다. 터널을 지나면
서부터 비가 줄어드는 모양새였다.

“시비요……”

“나는 그거, 그 말끝 흐리는 거 그거 정말 싫어하거든요.”

“아, 죄송해요.”

“아, 아뇨, 민주 씨한테 하는 말이 아니라 남편 말이에요.
바람 피울 때 남편이 그랬거든요. 말끝을 흐렸죠. 그 사람 오
지랖이 넓잖아요. 누가 불쌍해 보이면 가만있질 못하는 사람
이에요. 남편 폭행에 이혼하고 노래방 도우미가 되었다는 말
에 홀라당 속아서 몇 번 보지도 않은 년한테 한 달에 십만 원
씩 꼬박꼬박 용돈을 챙겨준 사람이에요.”

“정말 바람을 피우셨나요?”

“민주 씨 웃기네요. 바람을 피우시다니, 웃겨요. 그게 존댓
말 쓸 행동은 아니잖아요?”

“아……”

바람을 피우신대…… 라며 민주의 말을 따라한 홍이 갑자기 가속 페달을 밟았다. 하지만 굽어진 도로를 지나자 차들이 다시 주차장처럼 밀려 있었다. 저 멀리 맞은편 산이 보이지 않는 것으로 보아 전방에 안개가 짙은 모양이었다.

"식당에서 별난 손님 대하다 보면 욕도 하고 싫은 소리도 하고 악도 쓰고, 별별 일이 다 있어요. 한번은 양아치 다섯 명이 와서는 이인분만 달라고 하는 거예요. 그래서 안 된다고 했죠. 서로 실랑이를 하다 보니 그쪽도 저도 좀 감정이 상했죠. 그런데 구워 나온 고등어를 보고 이거 국산이냐고, 국산 아니면 나가겠다고."

"세상에……"

"너무 화가 나는 거예요. 그래서 내가 그랬죠. 야 이 개새끼들아, 처먹지 말고 당장 나가."

맞잡고 있던 민주의 두 손에 땀이 흥건하게 묻어났다. 닫힌 공간에서 듣는 욕설은 얼굴에 구정물을 뒤집어쓴 것 같은 느낌이 들게 했다.

"어떻게 욕을 안 해요? 그런 새끼들한테…… 예전엔 안 그랬는데 요즘 들어 남편이 그러는 거예요. 쌍욕하고 그러는 거 싫다고. 사실 부부싸움하다가 화가 나면 남편한테도 욕을 하거든요."

"정원 아빠한테요?"

"그런데 그게 뭐 어때서요? 그게 그렇게 잘못된 건가요?

그게 각방을 쓰고 한숨만 쉬고 말도 안 하는 이유가 되는 거예요? 그게?"

민주는 오른쪽 차창으로 눈길을 주었다. 한 달 전 정원 아빠, 최가 민주에게 한 말이 습기 찬 차창에 들러붙는 것 같았다. 그날 최가 뭐라고 했나.

"이런 감정 어떻게 해야 될지 모르겠어요."

문방구에 들어와서 지우개 하나와 볼펜을 들고 이건 얼마냐고 물을 줄 알았던 그가 꺼낸 말이었다. 잘못 들었나 싶어 최를 보았는데, 상기된 최의 얼굴은 금방이라도 터져버릴 것 같았다. '이런 감정'이 아니라 '이런 볼펜'이나 '이런 필기구'를 어떻게 사용하는 것인지 모르겠다는 말이라고 생각하며 민주는 최를 보고 말했다.

"삼천 원이에요."

최는 지우개와 볼펜을 주머니에 넣더니 고개를 숙이고 어깨를 늘어뜨린 채 문방구를 나섰다. 최의 걸음은 느렸다. 민주는 최의 뒷모습에 오래도록 눈을 주었다. 그것이 다였다. 그날 잘못 들은 것이 자신이 확인한 최의 감정의 전부라고 믿고 있었다. 그런데 왜 일주일 전 새벽 3시에 문을 두드린 사람이 최라고 생각한 것일까.

민주는 눈을 감았다. 그의 마음을 전혀 몰랐나? 최를 처음 보았을 때를 떠올리려고 애를 썼지만 민주는 아무것도 떠올릴 수 없었다. 1년 전, 문방구를 인수하여 이 낯선 동네로 왔을 때 민주의 눈에는 어떤 이웃도 들어오지 않았다. 이웃을 만나면 민주는 오로지 높임말에만 신경을 썼다.

강은 게릴라전을 펼치는 적군처럼 민주와 남편 사이에 교묘하게 침투했다.

"언니, 반말을 쓴다는 건 엄청난 거야. 일단 사람과 사람 사이가 한없이 가까워져. 서로에게 하는 반말은 서로가 평등한 관계라는 말이거든. 우리 사이가 평등해지려면 말부터 변화해야 해. 언니의 높임말이 상대를 얼마나 불편하게 하는지 잘 모르지? 그래서 누구든 언니한테 쉽게 다가서지 못하는 거야."

그렇게 말을 하고 다가서는 강에게 얼마간은 말끝을 흐리다가 민주도 함께 반말을 쓰게 되었다. 그때 밀고 들어오던 친근감의 어마어마한 속도를 상상이나 할 수 있었을까. 강은 휘몰아치듯 민주에게 왔다. 쏟아지는 홍수에 기어이 터져버린 봇물 같았다. 쉽게 터놓지 못했던 속마음을 털어놓는 것뿐만 아니라 무엇보다 대화에 집중할 수 있어서 행복했다. 강과 나누는 대화의 조사 하나 토씨 하나까지 핏속으로 스며드는 기분이었다. 강은 남편에게도 그렇게 했다. 민주가 놓친 것은 자신이 느낀 그 느낌을 남편도 똑같이 느꼈다는 점이었다. 두 사람은 함께 떠난 1박 2일 여행에서 자동차 사고를 당했다. 공교롭게도 두 사람 모두 핸드폰의 즐겨찾기 1번에 민주가 입력되어 있었다.

"처음 민주 씨 이사 왔을 때 남편이 그러더라고요. 저래가 지고 문방구나 제대로 하겠냐고. 요즘 애들이 얼마나 영악한데, 뭘 훔쳐가도 모르겠다고…… 민주 씨 그때 그랬잖아요. 고개 푹 수그리고 애들한테도 꼬박꼬박 존댓말 쓰고……"

"그때는 너무 낯설어서……"

"반찬 좀 넉넉하게 하라고 한 것도 남편이고, 유리창 깨졌을 때도 그랬고……"

6학년짜리 남자애 하나가 친구들이랑 장난치다가 세게 밀치는 바람에 문방구 유리가 파손된 적이 있었다. 식당에서 이쪽을 보고 있었던지 최가 나타나 그 아이를 야단치기 시작했다. 아이는 울면서 집으로 돌아갔다. 빗자루를 들고 유리 조각을 쓸고 있는데 최가 민주의 손에서 빗자루를 획 낚아챘다.

"애들이 장난치면 못하게 좀 뭐라고 해야지."

중얼거리며 유리 조각을 쓸고 있는 그는 화가 난 것 같았다. 판매대에 널어놓은 물건 사이사이에 떨어진 유리 조각까지 일일이 손으로 다 집어내서 치우고 그는 식당으로 돌아갔다. 그날 밤에 아이의 엄마가 식당에 가서 난동 부린 것을 민주는 모르고 있었다. 다음날 문방구로 찾아온 홍이 이야기했을 때에야 알았는데, 민주는 최가 원래 남을 잘 돕는 성격의 사람이라고 생각했을 뿐이었다.

"지금 나한테 하는 걸 보면 그 사람 마음이 뭐가 크게, 뭐가 크으게 잘못된 게 틀림없어요."

"정원이 엄마가 잘못할 게 뭐 있겠어요?"

"제가 잘못한 게 아니라 남편 마음이요, 남편 마음이 잘못된 것 같다구요…… 나랑 연애하기 전 그때 같거든요. 전자제품 매장에 같이 근무했는데, 말도 제대로 못하고 밥도 안 먹고 끙끙 앓고, 그러다가 생전 결석도 안 하던 사람이 매장에 안 나오고, 남편이랑 친하게 지내던 성근 씨라고…… 그 친구가 그 사람 자취방을 찾아가서 알게 된 거예요. 성근 씨가 그러더라고요. 원석이 저 자식 저거, 오지랖 넓어서 조금만 안쓰러운 사람이 있어도 도시락 싸갖고 다니면서 나서서 돕고 그런다고. 그런데 정작 자기 일은 제 밑도 제대로 못 닦는 놈이라고, 저놈 지금 어찌할 줄을 모른다고, 좀 어찌 해달라고……"

말끝을 흐린 홍이 입을 다물었다. 긴 침묵이 차 안에 흘렀다. 침묵 속으로 낮고도 축축한 공기가 젤처럼 진득하게 쌓여갔다. 정면을 뚫어져라 주시하고 있던 민주가 운전석 쪽으로 고개를 돌렸다. 화장기 없는 홍의 얼굴 위로 눈물이 흐르고 있었다. 눈물, 혹시 저 눈물이 자신 때문인지 민주는 묻고 싶었다. 나는 아무 짓도 하지 않았다고 항변하고 싶었다. 나는 높임말을 썼고, 친근하지도 않았으며, 타인의 감정에 신경 쓸 여유도 없었다. 하지만 이불 끝이 꼬들꼬들해지도록 적시고 마르기를 반복했던 저 눈물, 누군가를 원망하며 수없이 흘린 눈물, 어떻게 이렇게 마르지도 않나 하며 지겹도록 저주하던 눈물, 그것과 똑같은 눈물이 왜 지금 내 옆에서 운전하는 저 여자의 눈에서 흐르고 있는지 민주는 생각했다.

흩뿌리던 비는 그쳤지만 다시 비상등이 켜지기 시작했다. 비상등은 마치 전염균이 퍼지는 것처럼 이쪽을 향해 번져왔다. 안개가 도로를 차츰차츰 점령하고 있었다. 얼마 지나지 않아 안개는 비상등만을 남기고 모든 풍경을 삼켜버렸다. 차 안의 두 사람마저 곧 파묻혀버릴 것 같은 기세였다.

민주는 안전벨트를 꽉 잡았다. 앞차 꽁무니도 보이지 않았다. 번뜩이는 불빛들로 보아 모든 차들이 비상등을 켠 것 같았다. 안개 속에 파묻힌 흐릿한 비상등은 꺼져가는 환자의 마지막 숨처럼 위태롭게 느껴졌다. 시야를 가릴 정도로 비가 퍼부어도 운전에 자신감을 보이던 홍도 긴장했는지 상체를 앞으로 내밀며 전방을 주시했다. 앞차와의 거리는 전혀 가늠이 되지 않았다. 이러다 앞차가 브레이크라도 밟으면 바로 사고로 이어질 것 같은 느낌이었다.

"이 지역만 지나면 좀 괜찮을 것 같아요. 근처에 강이 있나 봐요……"

지금까지의 모든 불안과 슬픔이 안개 속에 파묻힌 듯 홍은 오로지 전방만 주시했다. 민주도 마찬가지였다. 숨을 멈추고 안개를 보았다. 바람이 불자 안개가 사라지는 것이 보였다.

하지만 빈자리를 채우는 것 역시 더 짙은 안개였다. 몸을 앞으로 기울이고 있던 홍이 낮은 목소리로 중얼거렸다.

"지금이 그때랑 똑같다면, 그게 사실이라면 그 사람은 지금 사랑에 빠진 거예요. 그러면 아무것도 안 보일 거예요. 이 안개 속처럼요. 늘 그랬듯이 혼자서는 해결도 못하겠죠. 지금은 그걸 해결해줄 성근 씨도 없잖아요……"

어금니를 꽉 물었는지 홍의 턱이 불끈 움직였다.

"올 초에 민주 씨 생일날, 우리 식당에서 놀았잖아요."

갑자기 홍이 지난 생일 이야기를 꺼냈다. 2월 초였다. 뜨거운 냄비를 목도리로 칭칭 감아 안은 홍이 문방구 문을 열었다.

"오늘은 조개미역국인데 입에 맞을라나 모르겠네."

냄비 뚜껑을 열자 모시조개를 참기름에 자글자글 볶아서 끓인 미역국의 고소한 냄새가 확 올라왔다. 갑자기 생각지도 않았던 눈물이 울컥 솟아났다.

"왜 그래요? 민주 씨."

"오늘 제 생일인데……"

얼결에 생일이라는 말이 튀어나왔다. 민주는 그 말을 뱉은 자신이 너무 가소로워 웃음이 나올 지경이었다. 생일이라니, 죽고 싶다는 말을 하루 종일 입에 달고 살면서 아무도 챙겨주지 않는 생일이 서운했던 모양이었다.

그날 정원식당이 문을 닫은 후 민주는 끌려가다시피 그쪽으로 건너갔다. 문을 열자 시래기무침과 미역무침, 버섯볶음,

시금치, 고사리, 무나물, 불고기와 팥밥, 그리고 미역국이 놓인 상이 식당 가운데 차려져 있었다. 민주가 들어서자 불이 꺼졌고, 최가 주방에서 촛불을 켠 케이크를 조심조심 들고 나왔다. 홍이 생일 축하 노래를 불렀다. 민주가 촛불을 후 불어서 끄자 두 사람이 힘껏 박수를 쳤다. 케이크를 자르고 난 뒤 세 사람은 늦은 저녁밥을 먹었다. 고사리와 무나물은 식당에서 처음으로 해본 거라며 홍이 접시를 민주 쪽으로 밀어놓았다.

"저 어릴 때요, 우리 엄마가 생일 때 되면 꼭 고사리나물하고 무나물을 해주셨거든요. 지금도 생일날은 꼭 이게 있어야 할 것 같아서요."

민주는 밥 한 그릇을 비우고 미역국을 남김없이 다 먹었다. 홍은 억지로 먹을 필요 없다고 했으나 민주는 입에 가득 음식물을 넣고 고개를 내저었다. 자꾸 허기가 져서 어쩔 수가 없었다. 홍이 빈 그릇들을 치우고 나자 최가 맥주와 소주, 그리고 술잔을 가지고 왔다. 잘 마시지도 못하는 소주가 그날따라 오래 씹은 밥물처럼 달았다.

그날 언제 문방구로 건너왔는지 기억이 없었다. 아침에 문방구 문을 두드리는 소리에 놀라 눈을 떴다. 술은 취했지만 분명 방문을 열고 들어간 기억이 나는데, 민주가 깬 곳은 어이없게도 공책과 지우개가 깔린 매대와 매대 사이의 시멘트 바닥이었다. 민주는 허겁지겁 유리문을 열었다.

"아줌마, 늦잠 자면 어떡해요?"

아이들이 짜증을 부리며 화를 내고 있었다. 샤프심과 포스트잇 한 통을 손에 쥔 아이가 돈을 내밀었다. 돈을 내고 나서도 아이들은 이리저리 문방구 안을 배회했다. 1학년쯤 되어 보이는 아이들이 우르르 몰려와서 물건은 사지도 않으면서 한참을 재잘거렸다. 장난감이나 인형을 들었다 놨다 하며 등교 시간을 이곳에서 보내는 아이들도 있었다. 하지만 문방구의 바쁜 시간은 길어야 아침 30분 정도였다. 아침 방송 시간을 알리는 종이 치면 문방구 앞은 정적이 일 정도로 고요해졌다. 민주는 현기증을 느끼며 문방구 앞에 쪼그리고 앉았다. 마주 보이는 정원식당은 문이 꼭 닫혀 있었다. 지난밤의 기억은 온통 뒤죽박죽이었다. 도대체 왜 바닥에서 자고 있었단 말인가.

"그날 제가 어떻게 집으로 갔는지 기억에 없어요."

다행히 터널을 지나고부터 안개는 서서히 걷히기 시작했다. 안개가 사라지자 차들이 조금씩 속도를 높였다. 밀양을 지나면서 비는 다시 쏟아졌지만 운전하기 힘들 정도는 아니었다. 안개가 사라졌기 때문인지 민주의 대답 때문인지 홍이 처음으로 피식 웃었다.

"맞아요, 사실은 저도 어떻게 방으로 들어갔는지 기억에 없어요. 그런데 아침에 일어나니 식탁이 깨끗하게 치워져 있었어요. 설거지도 다 돼 있고."

"뒷정리를 정원 아빠가 하신 거예요?"

"……하도 잠이 안 와서 그랬대요."

문득 투박한 남자의 손이 허리에 닿았던 기억이 민주의 머리를 스쳤다. 그 손을 떼어내려고 애를 썼던 순간. 아무리 걸어도 문방구까지 닿지 않았던 무거운 걸음. 제게 기대세요, 그냥 기대세요, 민주의 어깨를 잡던 엄청난 악력. 그런 것들이 잠깐잠깐 떠오르긴 했지만 꿈이라고 생각했다. 하지만 무엇보다 선명한 기억이 있었다. 문방구 문을 열고 들어가 그를 향해 몸을 돌려 섰던 순간이었다.

"됐어요. 감사합니다."

방으로 들어가 문을 쾅 닫고 민주는 그대로 쓰러졌다. 아침에 한 무리의 아이들이 가고 난 뒤에야 민주는 문방구 앞 도로에서 담배꽁초를 발견했다. 하나씩 주워보니 꽁초는 모두 여섯 개나 되었다.

"민주 씨가 높임말을 쓰시니까 민주 씨랑 있을 때에는 그이도 긴장하는 것 같아요."

"긴장이라뇨, 그냥 익숙하지 않아서 그렇겠죠."

"워낙 아무 말이나 하고 그랬는데, 요즘 자기의 상스러운 모습이 들킬까 봐 조심하는 것 같아요."

"상스럽다뇨, 정원 아빠처럼 신사이신 분이……"

"그이는 상스러운 걸 좋아해요. 부부 관계를 할 때도 마구 쌍욕을 해대죠."

민주의 얼굴이 벌겋게 달아올랐다. 1년 정도 알아왔지만 민주에게 농담도 하지 않던 사람들이었다. 자기들 부부 관계에 대한 이야기라니…… 민주는 얼른 화제를 바꾸고 싶었다. 하지만 어떤 단어도 생각나지 않았다.

"민주 씨는 정말 그날 집에 어떻게 갔는지 기억이 전혀 없어요?"

네, 민주는 조그맣게 대답했다. 이상하게도 무슨 큰 잘못이라도 저지른 기분이었다. 조용해진 차 안으로 빗소리가 와와 들어왔다. 와이퍼가 유리에 쏟아지는 빗물을 밀어냈으나 비는 다시 줄기차게 달라붙었다. 민주는 숨을 멈추었다가 천천히 뱉어냈다. 처음부터 편하지는 않았지만 차 안의 공기는 갑자기 뭔가가 불편했다. 민주는 예상하지 못했지만, 홍은 마치 기다려온 전개인 것처럼 느껴졌다. 민주는 자신이 정말 한심하게 생각되었다. 예상치 못한 전개 따위 그동안 강이 충분히 연습시켜주지 않았나. 그런데도 아직 이 모양이었다.

퇴원을 하고 나자 어이없게도 강은 당당해졌다. 집 앞 카페에서 강은 민주에게 말했다.

"타인을 완벽하게 이해한다는 건 사실 불가능해. 언니에겐 말로 뛰어넘을 수 없는 본질적인 벽이 있어. 언니랑 말을 트면서 형부를 더 잘 이해할 수 있었어. 형부가 아무리 노력해도 언니에게 다가갈 수 없는 한계가 있다는 걸 말이야. 그런

형부를 동정하고 위로하다가 사랑하게 된 거야. 형부가 너무 힘들어 보이고 불쌍했어."

그들이 말하는 동정이니 사랑이니 하는 것들은 민주에게 말이 아니라 칼이었다. 민주는 자기도 모르게 얼굴이 부들부들 떨렸다. 민주는 숨을 참았다가 조용히 강을 향해 내뱉었다.

"저한테 반말 쓰지 마세요."

"아, 정말 끝까지 이러기야? 내가 이 말까진 안 하려고 했는데, 결혼 5년 동안 단 하루도 편하지 않았다고 했어. 교복 입고 침대에 눕는 기분이었다고……"

남편이 정말 그런 말을 했을까 하는 당혹감을 느낄 겨를도 없이 민주는 어떤 한 남자를 떠올렸다. 아버지의 주선으로 처음 선을 보고 6개월 정도 만난 남자였다. 어느 날 이별을 고하며 그는 이렇게 말했다.

"학생 같은 순진함이 좋아서 민주 씨한테 빠졌는데요, 계속 교복 입은 사람하고 이렇게 살 수는 없을 것 같아요."

그 이후 가끔 마지못해 선을 보았다. 하지만 누가 먼저 이별을 고하든 상관없이 만남은 석 달을 넘기지 못했다. 남편을 만난 것은 늦어질 대로 늦은 나이 때였다. 결혼은 금방 이루어졌다. 신부의 나이가 마흔을 넘기지 않게 하려고 서로서로 애를 쓴 탓에 허겁지겁 결혼에 골인한 기분이었다. 하지만 남편이 했다는 강의 말을 믿고 싶지는 않았다. 남에게 부부 사이의 일을 떠벌릴 정도로 남편이 가벼운 사람은 아니라고 믿고 싶었다.

"무례한 말은 삼가주세요. 더 이상 듣고 싶지 않아요."

"하긴 그 고상한 척이 어디 가겠어…… 한 번도 진짜를 내보인 적도 없을 텐데……"

그 말끝에 좆같아, 라고 강이 입꼬리를 말아 올리며 들릴듯 말 듯 내뱉었다. 민주는 자리에서 벌떡 일어나 밖으로 나갔다. 결국 남편이 강을 선택하겠다고 했을 때는 너무 힘들어서 아무 일도 하지 못하고 눈물만 줄줄 흘렸다. 하지만 그때 남편이 던졌던 한마디, 부부 사이에 늘 쓰던 높임말을 버리고 민주에게 쓰레기처럼 던졌던 그 말 때문에 민주는 정신을 차리고 일어났다. 그리고 그 말 때문에 남편을 버릴 수 있었다.

"그 잘난 높임말 속에 숨고 방어하고, 그러느라 니가 다 놓친 거야. 그러니 니 몸에 아이가 들어설 여유가 없는 거라고."

자신이 가장 힘들어한 아이 문제에 대해서 이런 식으로 쏟아내는 그의 무례함에 구역질이 올라왔다. 민주는 자신만의 세계로, 오히려 전보다 훨씬 깊고 고독한 자신만의 세계로 돌아왔다. 그들이 사는 세상에 대한 미련은 조금도 없었다. 살던 도시를 떠나 아무도 알지 못하는 이 도시의 문구점을 인수한 이유도 그래서였다. 차라리 아이들처럼 말 이전의 세상을 살고 싶었다.

"저는 왠지 자꾸 그때부터였던 것 같아요."

그 말을 한 홍이 갑자기 급브레이크를 밟았다. 안전벨트가
확 당겨짐과 동시에 뒤쪽에서 신경질적인 클랙슨이 울렸다.
민주는 악 비명을 지르며 홍을 보았다. 전방 주시만 하고 있
을 뿐 홍의 표정에는 아무 변화가 없었다. 바람이 거세지는지
두두둑 소리를 내며 빗방울이 유리창을 때렸다. 어디선가 부
러진 나뭇가지 하나가 날아와 앞유리에 퍽 하고 부딪혔다. 다
시 홍이 급브레이크를 밟았다. 조심해요. 괜찮아요? 당연히
할 것 같았던 이런 말들을 홍은 하지 않았다. 잠시 앞유리에
붙어 있던 나뭇가지가 돌풍에 휘리릭 날아갔다. 홍이 낮게 읊
조렸다.

　"아, 씨발. 깜짝 놀랐네."

　민주는 순간 두 손으로 귀를 틀어막았다. 높임말이 주는 평
안을 다른 사람들은 몰랐다. 높임말을 쓰는 한 어떤 어려운
상황이 오더라도 자신은 그것을 이겨낼 수 있었다. 지금 이런
상황은 아무것도 아닌 것이다. 민주는 천천히 귀에서 손을 뗐
다. 물에 잠긴 도로 위를 달리는 차바퀴 소리가 와르르 건물
무너지는 소음을 내며 귓속으로 파고들었다.

　문득 문방구 앞 도로를 서성이며 줄담배를 피우던 최를 유
리 너머로 보고 있었던 그날 새벽이 떠올랐다. 그때도 그랬
다. 다른 사람의 감정 따위는 신경 쓰고 싶지 않았다. 철저하
게 높임말을 쓰며 예의를 다하면 들러붙는 진득한 감정 따위
에 절대로 휘둘리지 않을 자신이 있었다. 방문을 열고 엉금엉

금 기어 나와 매대에 걸터 앉았다. 술기운으로 가득 들어찬 몸속의 숨을 죽이고 어둠 속에서 담배를 빠는 그를 한참 동안 지켜보았다. 어느 순간 그가 휙 고개를 돌렸다. 민주는 얼른 몸을 바닥으로 내려 매대와 매대 사이에 끼이듯이 누웠다. 시간이 지날수록 바닥의 차가운 기운이 점점 몸을 덮쳤다. 온몸이 덜덜 떨려왔으나 그의 검은 그림자는 좀처럼 사라지지 않았다.

"아이 씨발, 어쩌라구."

그 말을 뱉고 나자 이상하게도 밖으로 뛰어나가 그의 품에 안기고 싶다는 상스러운 생각이 들었다. 민주는 어둠 속에 숨어 남자를 지켜보았다. 민주는 남자의 검은 실루엣에서 그 남자의 두려움, 그 남자의 갈망, 그 남자의 쓸쓸함을 보았다고 생각했다. 그것을 오래도록 지켜보다가 까무룩 잠이 들었다. 민주는 그때 자신이 한 말과 생각들이 떠올라 얼굴이 화끈거렸다. 여전히 홍이 운전대를 잡고 있었고, 밖은 멈출 기색 없는 비가 본색을 드러내며 쏟아지고 있었다.

부산에 가까워지면서 도로의 차들은 반으로 줄어들었다. 그럼에도 불구하고 앞차는 여전히 느린 걸음이었다. 헤드라이트를 번뜩여도 별 소용이 없자 홍이 급하게 차선 변경을 했다. 그러자 추월당한 앞차가 속도를 올리며 바짝 다가와 옆에 붙었다. 젊은 남자의 완강한 머리가 언뜻 창 너머로 보였다.

틀림없이 그 남자는 심한 욕을 퍼붓고 있을 것이었다. 그러자 홍은 더욱 속도를 올려 그 남자를 무시해버렸다. 그때 민주는 어쩌면 홍이 모든 걸 알고 있을지 모른다는 생각이 들었다. 이 여행 자체가 의도된 것일지도 모른다. 비 오는 날, 부득부득 우겨서 따라와 운전대를 잡은 거며 공연히 남편 얘기를 꺼낸 거며 불면증이 어쩌니 저쩌니 하는 거며, 그 모든 홍의 태도가 의심스러웠다.

문득, 모든 것이 가짜라는 생각이 들었다. 이 가짜들 앞에서 결국 또 자신만 억울하게 당하고 말 거였다. 전방을 주시하며 아프도록 입술을 깨물고 있는데 갑자기 화가 치밀어 올랐다. 진통제도 소용없는 끔찍한 충치의 기억처럼 화는 온몸을 고통스럽게 뒤덮었다. 급기야 아까부터 혀끝을 맴돌던 말이 토악질을 하는 것처럼 입 밖으로 튀어나왔다.

"아이 씨발, 어쩌라고."

홍이 놀랍다는 듯 민주를 보았다.

"민주 씨…… 지금 욕했어요? 나한테 화났어요?"

"아니요……"

민주의 입가에 비릿한 웃음이 떠올랐다. 홍의 작지만 날카로운 눈에 얼핏 살기 같은 게 엿보였다. 이 여자는 진작에 교통사고 같은 걸 계획하고 있었는지도 몰랐다. 뭘 어쩌라고 이러는가, 정말 짜증나는 일이 아닐 수 없었다.

"씨발, 짜증나. 비도 오는데……"

두번째 욕설을 뱉고 나자 언어가 행동까지 제어할 수 있다고 했던 아버지의 말이 아무 거부감 없이 머릿속에 와 박혔다. 문득 앞으로 자신이 어떤 행동을 할지 모른다는 생각이 들었다. 민주가 그 생각을 함과 동시에 갑자기 차가 거칠게 속도를 내기 시작했다. 반바지를 입은 홍의 오른쪽 허벅지에 힘이 들어간 것이 보였다. 도로에 잠긴 물을 급하게 삼키듯 바퀴에서 츠르륵 츠르륵 소리가 났다.

사례

실내는 소란스러웠다. 생각을 정리하려고 했지만 소음 때문에 머릿속이 자꾸만 헝클어졌다. 서준석은 고개를 돌려 고함을 지르며 경찰관을 어깨로 밀치고 있는 취객을 보았다. 낮술에 주사까지, 정말 형편없는 사람이었다. 머리를 절레절레 흔들며 취객에게서 눈을 거둔 그는 다시 마주한 형사를 보았다. 짧은 머리에 몸집이 단단해 보이고 마흔 중반쯤 돼 보이는 형사는 소음이 전혀 들리지 않는 것처럼 멀거니 그의 얼굴을 쳐다보고 있었다. 서준석은 입안에 고인 침을 꿀꺽 삼켰다. 마치 멀미를 하는 것처럼 아까부터 혀 밑에서 차오르던 침이었다. 모니터를 보는 척하던 형사가 그런 그의 모습을 힐끗 쳐다보는 것이 느껴졌다.

"그러니까 선생님 말씀은 사모님께서 가출할 징후는 전혀 없었다는 말씀이지요?"

"그렇습니다."

"그래도 이제 하루가 지났을 뿐인데, 좀더 기다려보시지요."

"감이라는 게 있습니다. 아내에게 무슨 일이 생긴 게 틀림없습니다. 결혼한 지 20년이 넘었지만 아무 연락도 없이, 핸드폰도 꺼져 있고…… 한 번도 이런 일이 없었어요. 분명히 무슨 일이 생긴 게 틀림없습니다."

"집을 나가신 날 아침에 사모님의 행동 중에 뭐 특별히 이상한 점은 없으셨나요? 아니면 요 근래라도요, 휴일 날 말없이 집을 비웠다거나……"

아내가 집을 비운 일이라면 지난 일요일 회사에서 야유회를 간다고 아침 일찍 나가서 늦게 들어온 일뿐이었다. 어제 아침에 무슨 일이 있었나, 서준석은 곰곰이 생각해보았으나 특별하게 떠오르는 것은 없었다. 단지 아침에 식사를 준비하던 아내에게 조금 짜증을 느꼈던 기억은 있었다. 요즘 들어 아내는 앞뒤 안 맞는 말을 혼자서 중얼거리곤 했는데 어제도 그랬다. 아내가 자기만의 사소한 세계에 갇혀 혼잣말을 부려놓는다는 생각에 짜증나고 피곤하다는 느낌이 들었던 것이다. 그러나 그는 금방 그런 사실을 잊어버렸다. 형사가 다시 떠보듯이 말을 이었다.

"부부싸움을 하셨다든가……"

"부부싸움은 무슨……"

순간 뭔가를 들킨 것처럼 그의 목덜미에 땀이 차올랐다. 부부싸움이 없었다고 부부 사이가 좋았다는 의미도 아니지 않는가? 오랜 지병처럼 불안증이 일기 시작했다. 근래 몇 년 동안 무슨 일이 생기면 그는 뒷목덜미부터 땀이 차오르며 호흡이 빨라지는 불안 증세를 겪었다.

"남자들은 부부싸움이라고 생각 안 해도 여자들은 좀 그렇잖아요. 이해하기 힘든 경우가 많거든요."

형사는 끝까지 가정불화로 인한 가출로 단정 지을 모양이었다. 형사의 짐작을 좇아 굳이 부부싸움을 한 것을 찾는다면 이틀 전에 배달 온 피자를 먹으면서 있었던 사소한 말다툼 정도였다. 하지만 그것을 부부싸움이라고 부를 수 있을까.

"아파트 시시티브이는 확인했다면서요. 일요일이었는데 외출복을 입고 나갔다고 하지 않았나요? 친구 집에 갔을 수도 있죠."

"나한테 외출한다는 말은 없었어요."

"사모님은 외출 시 선생님께 어딜 간다고 꼭 연락을 하나 봅니다?"

"늘 말하죠. 내가 집에서 작업을 하니까요."

"아, 예 소설가 선생이라고 하셨죠. 어제는 누구 전시회에 다녀온다고 선생님도 외출하셨다고요?"

소설가면 소설가고 선생이면 선생이지 소설가 선생은 또

뭔가, 그는 마음속으로 중얼거렸다. 실종 신고를 받아주지 않는 것도 모자라 자꾸 말꼬리를 물고 늘어지는 것 같은 느낌이 들어 슬슬 부아가 치밀어 오르던 참이었다.

그때 형사의 입가에 비죽한 웃음이 물리며 혼자 중얼중얼 소설가니 뭐니 하는 말이 흘러나왔다.

"뭐라구요?"

그가 신경질적으로 반문하자 아, 아닙니다, 황급히 손을 내저으며 다시 말짱한 얼굴로 형사가 서준석을 쳐다보았다.

"예, 뭐 좋습니다. 어쨌든…… 실종 신고는 금방 되는 게 아닙니다. 일단 며칠 더 기다려보시고요, 그때까지 소식이 없으면 차량 수배나 핸드폰, 카드 사용 등으로 추적할 수 있을 겁니다."

도대체 형사의 저 진지하지 못한 태도는 어디서 비롯된 것일까. 어쩌면 소설가라는 자신의 직업 때문인지도 모른다고 생각했다. 예술을 모르는 사람들이 종종 하는 실수가 예술을 하찮게 여기는 것이 아니던가. 그는 평소 글을 쓸 때 상황에 알맞은 문장이 도저히 떠오르지 않을 때처럼 앞에 앉은 형사를 노려보았다.

"납치되었을 수도 있지 않소? 만약 그랬으면 형사님이 책임질 거요?"

'당신이'라는 말이 목구멍까지 나온 것을 겨우 누르고 서준석은 '형사님이'라는 말로 바꾸었다.

"핸드폰은 꺼져 있고, 통장에 있던 돈을 오전에 인출했다면서요? 오랜 불화가 쌓여 있는 경우 어느 순간 아무것도 아닌 일이 가출의 원인을 제공할 수도 있거든요."

"납치범이 핸드폰을 일부러 꺼놓고, 돈도 강압적으로 인출할 수 있는 거 아닙니까?"

"다시 말씀드리지만 만 하루가 지났을 뿐인데…… 납치니 실종이니 단정한다면 우리 경찰은 가출 사건 이외에 그 어떤 일도 할 수 없을 겁니다. 우리 사정도 감안해주십사 하는 겁니다."

서준석이 흥분하여 말하는데도 형사는 지겹다는 듯 가볍게 하품을 하고 의자에 몸을 기댔다.

"여기 받아둔 인적 사항 있으니까, 며칠 더 기다려보고 다시 오십시오."

회의가 있어서 나가봐야겠다며 형사가 일어났다. 서준석은 머쓱한 기분으로 형사를 따라 일어났다. 경찰서 밖으로 나오면서 서준석은 습관처럼 호주머니를 뒤졌다. 물론 담배는 없었다. 금연을 한 지 4년쯤 되는데도 흡연 욕구가 강하게 밀고 올라왔다. 저 앞에 편의점이 보였지만 정작 담배를 살 생각은 없었다. 서재 서랍 어딘가에 뜯지 않은 담배 한 갑이 있다는 걸 떠올린 때문이다.

꼭 경찰서에 실종 신고를 하겠다고 작정하고 나온 것은 아니었다. 글이 잘 안 풀리면 서준석은 늘 산책을 했다. 그런데 그 버릇이 가끔 일상생활에도 영향을 미쳤다. 산책을 하다 보면 적당한 생각이나 해결책이 떠오르기도 하고, 문제를 생각지 못한 방향으로 전환시켜주기도 했다. 오늘도 마찬가지였다. 서준석은 일단 집을 나서기로 했다. 어디에 먼저 연락해야 할까, 처제를 비롯한 처갓집에서 뭔가를 알고 있다면 연락이 먼저 올 것이다. 아내의 친구나 회사 전화번호는 어디에 있는지 뒤적여 찾아야 한다, 아내가 좋아하는 음식점이나 카페 등은 어딜까, 이런 잡다한 생각으로 길을 걷는데 바로 눈앞에 파출소가 나타났던 것이다. 그 순간 서준석은 소설을 쓸때 늘 자신을 휘어잡곤 하던 연상 작용에 대해 생각했다. 생각지도 못한 방향으로 소설이 흘러가서 엉뚱한 이야기를 만들어낼 때 서준석은 말할 수 없는 쾌감을 느꼈다. 서준석은 자신의 상상력을 믿었다. 간혹 산책 중에 중학교 동창을 만나고 난 후 쓰고 있던 글의 주인공 성격이나 이름이 바뀌기도 했다. 개요 없이 몇 개의 단어나 문장으로 시작하는 것은 자신만의 글쓰기 방식이었다. 설계도가 너무 탄탄한 집은 단순하고 매력 없는 결과물을 내놓기 마련이라고 서준석은 생각했다.

파출소 역시 그러했다. 노란 독수리와 경찰, POLICE라는 글자를 본 순간 서준석은 무엇에 홀린 듯 무작정 안으로 들어갔다. 그런데 그 덤덤한 형사의 눈빛은 나잇살이나 처먹고 여편네 하나도 간수 못하는 주제에 소설가네 뭐네 하는 꼴이라는 식으로 비웃고 있지 않던가? 부부싸움한 것 아니냐고 물고 늘어지던 형사의 말이 떠올라 서준석은 발끝에 채는 돌맹이 하나를 걷어차버렸다.

　아내와는 만난 지 6개월 만에 결혼했고, 함께 20년을 살았다. 서준석이 대학을 나오고 무역회사를 다니던 서른세 살 때였다. 아내를 소개한 것은 아내가 다니던 의류 회사의 총무과장이던 서준석의 대학 선배였다. 선배는 네게 소개하기 아까운 과묵하고 참한 처녀라고 했다. 아내는 그때 막 서른에 이르러 있었는데, 직업을 가지고 서른에 이른 처녀답게 피곤한 기색이 얼굴에 그대로 드러나 있었다. 그런데 오히려 그 지친 얼굴이 그녀를 신뢰하게 만들었다.

　중매를 섰던 선배의 참하다는 말을, 아내와 살면서 그는 조금씩 이해했다. 아내는 비교적 모든 일을 차분하고 대범하게 받아들였다. 특별한 일이 없으면 대부분 집에 일찍 들어왔다. 회사를 마치고 집으로 올 때 시장에 들렀다 왔으며 밑반찬 없이도 저녁 밥상을 곧잘 차려냈다. 시댁과도 원만한 편이었다. 어머니나 형수와도 잘 지내는 것 같았고, 결혼하지 않은 시누이가 가끔 쓸데없는 참견을 하기도 했으나 그리 신경 쓰는 것 같지 않았다. 다니고 있는 회사에서의 입지도 무난했다. 아내는 중소기업이긴 하지만 해마다 매출이 수직상승하고 있는 의류업체의 디자이너였다. 내년이면 실장으로 승진한다는 것은 같은 사무실을 쓰는 직원들도 모두 알고 있는 사실이었다.

딸아이 민아를 캐나다로 보내고 난 후 아내는 눈에 띌 정도로 말수가 줄어들었다. 서준석 역시 마찬가지여서 그것이 아내만이 가지는 이상 현상이라고 생각하지 않았다. 서준석은 아내에 대해서 천천히 생각해보기로 했다. 아내가 가지고 있는 의외의 사실들, 예를 들면 아내가 대학 때 문학 동아리에서 활동한 적이 있다는 것 등이었다. 아내가 글을 썼다는 것은 얼마 전에 우연히 선배로부터 들어서 알게 된 사실이었다. 조용하고 참하게 동아리 활동을 했지만 아내는 제 글을 내보이는 데 소극적이었고, 눈에 띄지도 않았다고 했다.

"와이프 친구가 같은 동아리 활동을 했더라고. 선주 씨가 당시 글쓰기에 상당한 관심이 있었지만 잘 표현하지는 않았다고 했어. 그래서 너를 처음 소개했을 때 호감을 가졌었나 봐."

하지만 아내는 서준석 앞에서 글쓰기에 대한 욕망을 내비친 적이 한 번도 없었다. 그런 사실들이 지금 이 사태의 원인일 리가 없었다. 그러면 무엇일까. 그러고 보니 요 근래 아내는 혼잣말을 중얼거릴 뿐 아니라 멍하니 몇 시간이고 소파에 앉아 있기도 했다. 뭐 하는 거야? 라고 물어도 아내는 영혼을 불러들이는 데 실패한 영매처럼 혼을 빼놓고 있었다. 그럼 그게 우울증인가? 혹시 아내가 몰래 주식투자라도 한 것일까? 아니면 남자가 생겼나? ……아내가 인출한 돈은 삼백만 원이었고 잔액은 백만 원이 조금 넘었다. 누군가에게 협박을 당했다면 잔액을 남겨두지 않았을 것이다. 형사의 말에 동의하기는 싫지만 이건 명백한 가출이라는 생각이 들었다. 별별 생각이 꼬리를 물고 일어나며 다시 불안증이 시작되었다.

　서준석이 잠에서 깬 것은 무슨 소리를 들었다고 생각했기 때문이었다. 시계를 보니 잠든 지 겨우 30분이 지나 있었다. 일어나 거실과 부엌의 불을 켜고 방을 둘러보았다. 집에는 아무 변화도 없었다. 잘못 잠긴 수도꼭지도, 늦은 밤 샤워하느라 흘려보내는 위층의 하수구 물소리도 들리지 않았다. 갑자기 주변이 서늘해지며 한기가 몰려왔다. 어떤 예감이 그를 덮쳤다. 그것이 무엇인지 알 수가 없었다. 그는 아내의 번호를 눌렀다. 이틀 동안 꺼져 있던 아내의 핸드폰에 신호가 가기 시작했다. 울리는 신호 따라 그의 심장이 쿵쿵 소리를 내었다. 하지만 아내는 전화를 받지 않았다.

　그가 침대에서 벌떡 일어나는 바람에 매트리스가 파도처럼 출렁 움직였다. 갑자기 참을 수 없는 분노가 솟구쳐 올랐다. 용서가 안 되었다. 이렇게 나를 무시하다니! 그는 비명을 지르는 대신 이불을 확 걷어내 방바닥에 집어던졌다. 아내의 베개를 맞은편 벽을 향해 던지고, 아내의 옷이 들어 있는 붙박이장 문을 열고 옷을 모두 끄집어내어 방바닥에 내동댕이쳤다. 화장대 서랍을 빼서 바닥에 엎고, 화장대 위의 용기들을 두 손으로 와르륵 쓸었다. 무거운 화장품 용기들이 바닥으로 떨어지면서 요란한 소리가 밤의 정적을 갈랐다. 아내가 좋아하는 액세서리들이 바닥에 흩어지고 화장솜이나 샘플 화장품들이 방구석으로 굴러갔다. 그는 흩어진 아내의 물건들 중에 안방 문 앞에 던져진 작은 책을 보았다. 가끔 아내는 거기에 뭔가를 적곤 했다. 뭘 쓰냐고 물어보면 노래 가사라고 했다. 인터넷 찾아보면 되지 뭘 그렇게 쓰고 있냐고 물었을 때 아내는 말했다.

"기록하고 싶어서……"

"노래 가사 쓰는 게 뭔 기록이야?"

단어를 정확하게 사용하지 않는 것에 대해 좀더 지적하고 싶었지만 아내가 자존심 상해할 것 같아서 그는 그냥 넘어갔다. 아내는 그때 아무 말도 하지 않았다. 공책의 겉면에는 영어로 다이어리라고 적혀 있었다.

무심한 배였다. 배는 조용히 가라앉고 있었다. 속옷을 입은 선장을 부축하고 있는 해경들이 보였다. 유리창 안에서 아이들이 비명을 지르고 있었다. 하지만 비명은 아무도 들을 수 없었다. 아이들의 조용한 비명은 차가운 바다가 금방 삼켜버렸다.

아내가 세월호에 대해 관심을 가지고 있었다니 의외였다. 그 사건이 났을 때 아내는 다른 사람들과 마찬가지로 분노하고 속상해했지만, 역시 다른 사람들과 마찬가지로 시간이 지나면서 서서히 잊어가는 대중 중의 하나였다. 공책의 내용은 딸 민아 이야기와 세월호 아이들에 대한 이야기가 대부분이었다. 침몰하는 배 안에서 나눈 아이들의 대화를 베껴 적거나 그들이 가족과 함께 나눈 문자를 그대로 옮겨 적은 페이지도 있었다.

결혼 생활은 대체로 무난했다. 결혼 6개월 만에 첫아이를 유산하고 준석 씨, 몸이 진흙 같아, 하고 흐느낀 일이 있었는데, 그때 그는 아내가 자신이 알고 있는 여자가 아닌 것 같은 느낌을 받았다. 아내가 잘 쓰지 않는 말이어서 그런가 보다 생각하고 그는 곧 그 느낌을 지워버렸다. 생명이 쓸려나가 더 없이 약하고 파리해진 아내의 몸을 보살피는 것이 급선무였기 때문이었다.

두 번의 유산 후 딸 민아를 낳았다. 그리고 그녀는 더 이상 아이 욕심을 내지 않았다. 민아는 크면서 외모나 성격이 점점 엄마를 닮아갔다. 두 모녀는 말이 없고 조용해서 민아가 자라키가 엄마와 비슷해졌을 때는 모녀 사이라기보다 자매 사이 같아 보였다. 그들 모녀가 만들어내는 단순치 않은 분위기를 그는 좋아했다. 민아는 책을 좋아하고 바이올린을 좋아했다. 책과 바이올린만 있으면 하루 종일 혼자서 잘 놀았다. 저도 민아가 있는지 없는지 모르고 지낼 때가 많아요, 라고 초등학교 담임들은 상담 때마다 똑같은 말을 했다.

결혼한 지 5년 만에 현상 공모에 낸 장편소설이 당선되었고, 서준석은 다니던 무역회사를 그만두고 본격적으로 글을 쓰기 시작했다. 후속으로 낸 소설이 잘 팔려서 목돈을 꽤 만졌고, 그 돈으로 넓은 평수의 집으로 이사를 했다. 하지만 그들 부부에게 무난하고 평온한 일들만 있었던 것은 물론 아니었다. 불안 증세가 시작된 지점이 어디인지 그는 정확하게 알고 있었다. 그 당시만 생각하면 지금도 무서웠다. 그때 서준석은 차가 막혀서 아내가 조금만 늦어도 옷이 흠뻑 젖도록 식은땀을 흘리곤 했다. 남자라는 사실만으로 당당하고 용감해져야 한다는 압박감이 억울하게 생각되던 때였다.

믿을 수 없는 그 일이 터진 것은 민아가 중학교 2학년 때였다. 몸 여기저기를 물들인 붉고 푸른 멍과 곰팡이처럼 찍혀 있던 허벅지의 담배 자국…… 같은 반이었던 열다섯 살의 여자애들은 끔찍하고, 잔인하고 무자비했다. 입술에 같은 색깔의 립틴트를 바른 그 애들은 감쪽같은 얼굴로 하나같이 자신들의 가해를 부정했다. 원래, 자해하던 애라구요. 지 팔에 칼도 긋고 막 그러는 애라구요, 우리가 했다는 증거가 어딨어요? 라고 그들은 악을 썼다. 그때였다. 피가 쏟아질 것 같은 눈으로 그들을 노려보던 딸아이가 갑자기 제 팔을 덥석 물어뜯었다. 깜짝 놀란 그와 아내가 딸아이를 잡았을 때 팔은 이미 물어뜯긴 자국으로 벌겋게 부풀어 올라 있었다. 비명을 지르는 그와 아내를 보고 '그것 보세요'라며 여자애들이 비죽비

죽 웃었다.

처음 아내는 그런 딸아이를 보호하거나 안아주려고 하지 않았다. 아내가 보인 것은 분노였다. 그것은 그 아이들뿐 아니라 딸아이를 향한 것이기도 했다.

"넌 왜 아무 말도 안 했어? 왜 비명도 안 질렀어? 왜 침묵한 거야?"

채근하듯 울부짖는 아내의 소란에 딸아이는 아무 말도 하지 않았다. 미친 듯이 제 가슴을 쥐어뜯으며 분노를 폭발하던 아내는 마침내 딸아이를 끌어안고 발악하듯 울기 시작했다. 미안해, 엄마가 미안해라고 아내가 소리쳤다. 입을 꾹 다문 민아는 제 엄마가 흔들면 흔들리는 대로 바닷속의 물풀처럼 흐느적거렸다. 민아의 얼굴은 창백했고, 눈꺼풀을 내리면 부서질 것처럼 눈은 건조했다.

말이 없기 때문에 왕따를 시키는 것 같다고, 특별한 이유는 없다고, 담임인 중년 여선생은 말했다. 민아가 말을 잘 하지 않으니까 아이들이 마음대로 행동한다고 깡마른 그 여선생은 한숨을 쉬었다.

"요즈음 아이들은 이유가 없는 게 이유에요, 어머니."

민아의 일기장을 누군가가 훔쳤고, 그 일기장을 돌려봤다. 일기장에는 본명을 밝히지 않고 민아가 이름을 만들어 붙인 여학생을 향한 연서가 가득 적혀 있었다. 왕따에서 폭력으로 변한 건 그때부터라고 했다. 아이들은 더러운 레즈비언이라

고 야유를 퍼부었으나, 민아는 인정도 부정도 하지 않았다고
했다. 어떤 아이는 말했다.

"말 안 하는 그게요, 스스로 매를 버는 케이스거든요."

가해자들은 소년법이 적용되어 가벼운 처벌을 받았다. 심
지어 그중 한 아이는 14세 미만이라 법적인 처벌을 할 수 없
다고 했다. 민아는 모든 진실이 세상에 드러났는데도 아무것
도 변하지 않는다는 사실에 경악했다. 민아는 한국에서 학교
다닌다는 사실 자체를 거부했고, 결국 유학을 선택하는 수밖
에 없었다. 아내가 캐나다 어학연수 팸플릿을 가지고 왔을 때
서준석은 모든 결정을 아내에게 미루었다. 아내가 함께 가고
싶어 하는 것을 알고 있었지만 아무 말도 하지 않았다. 누군
가 돈을 벌 사람이 필요했다. 하지만 소설은 지속적으로 그런
일을 해낼 수 없다는 것을 서준석은 잘 알고 있었다. 결국 아
이는 혼자 떠났다. 공항에서 본 아내의 얼굴은 하얗게 질려
있었다.

민아를 캐나다로 보내고 아내는 생활에서 오는 어떤 극적
인 순간에도 반응이 없는 사람이 되었다. 뉴스에 나오는 참담
한 사건에 한숨을 흘리거나 눈물을 보이기도 했으나 그뿐이
었다. 꼭 필요한 말 이외엔 잘 하지 않았고, 기쁘거나 슬프다
는 표현도 하지 않았다. 처음엔 적응하기 힘들었으나 그는 아
내를 이해했다.

해가 거듭할수록 그는 딸이 없는 생활에 익숙해졌다. 지금

은 딸아이가 돌아온다면 오히려 일상이 시끌벅적해질 것 같아 작업에 방해가 되는 것은 아닐까 두려운 생각마저 들었다. 그뿐 아니었다. 딸아이가 뱉어낼 원망과 독설에 대한 책임을 오롯이 부모가 져야 한다는 부담감을 그는 지울 수 없었다. 가능한 한 피하고 싶었다. 딸아이가 한국에서 학교는 가지 않겠다고 선언했을 때 그는 매일 부딪혀야 하는 엄청난 파도를 피할 안전한 뭍으로 발을 디딘 것 같은 안도감을 느꼈다. 하지만 딸이 없는 생활이 주는 안도감과는 달리 매달 보내야 하는 학비와 생활비는 늘어만 갔다. 그때는 『은은의 산책』 이후에 펴낸 장편이 이렇게 풀리지 않을 줄은 꿈에도 몰랐었다. 딸아이는 대학까지 그곳에서 진학하고 싶어 했다. 정작 돈을 벌어오는 사람은 아내인데도 그는 점점 지쳐가고 있었다.

아내의 일기장을 읽다 말고 그는 생각에 잠겼다. 도대체 아내의 이 부재는 무엇을 말하는 것일까. 그는 실종이나 가출 대신에 부재라는 단어를 생각해내고는 설핏 실소를 머금었다. 실종은 범죄이고 가출은 자발적인 행위이며, 부재는 그의 관점에서 서술하는 아내의 상태를 말하는 것이기 때문에 부재라는 단어에서 문득 그는 알 수 없는 자유로움을 맛보았다.

한때는 경제적인 여유가 자유로움을 만끽하게 해준 적도 있었다. 하지만 집 평수를 넓혀준 잘나가는 소설의 후광은 몇 년 가지 않았다. 서점은 매일매일 새로운 책들로 뒤덮였으며 밤을 새워 쓴 작가들의 책은 그 밤보다 더 깜깜한 창고 아래 칸으로 곤두박질쳤다. 3년 전, 장편소설을 하나 발표했으나 재판은커녕 초판도 다 나가지 않은 눈치였다. 출판사에 전화해서 몇 부나 나갔는지 물어보기가 민망했으나 작년에 그의 통장에 입금된 인세는 50만 원이었다. 그러므로 아내가 일을 그만두기를 그는 바라지 않았다. 한때 베스트셀러 작가가 비루하게 남들 술이나 얻어먹는 삶은 생각만 해도 끔찍했다.

아내는 피곤해했으나 아침밥 차리는 것을 빠뜨리지 않았다. 느지막이 일어나 아내가 차려놓은 밥을 먹고 설거지와 청소를 한 다음 커피 한잔을 내려서 책상 앞에 가 앉는 것이 하루의 시작이었다. 물론 항상 책상 앞에 앉아 글을 쓰는 것은 아니었다. 어떤 날에는 노트북으로 하릴없이 스포츠나 연예 뉴스를 뒤적거리고, 남이 쓴 기사의 댓글에 흥분하여 그 댓글에 댓글을 다느라 몇 시간씩 소비하기도 했다. 때로는 게임을 하거나 영화를 보느라 아내가 올 때까지 텔레비전 앞에 앉아 있는 날도 있었다. 아내가 현관 비밀번호를 누르는 소리에 화들짝 놀라 보던 영화를 허겁지겁 끈 적도 있었다. 텔레비전 모니터에서는 아직 열기가 쏟아져 나오는데 그는 몇 시간 동안 의자에 앉아 있었던 사람처럼 몸을 비틀며 현관으로 나가 아내를 맞이하곤 했던 것이다. 설마 그런 것들이 아내의 가출과 연관 있는 것은 아니겠지, 라고 생각했다. 그래, 아무리 그래도 그렇지 단어는 바르게 선택해야 한다…… 부재는 무슨 부재.

피자는 배달시킨 지 한 시간이 넘어서 도착했다. 피자를 즐기던 남편은 평소에도 배달 피자가 늦는 것에 대해 민감한 반응을 보였다. 그는 식은 피자는 안 먹는 게 낫다고 생각하는 사람이었다. 확인 전화를 해보니 피자집에서는 배달을 나간 지 한참이 되었다는 대답뿐이었다. 그러고도 피자는 30분 뒤에 도착했다. 남편은 화가 났고, 분명히 식었을 거라는 생각에 잠깐 기다리라고 말한 후 배달원이 보는 앞에서 종이상자를 열었다. 식은 것뿐 아니라 피자는 서로 뒤엉켜서 엉망이 되어 있었다. 토핑은 한쪽으로 쏠려 있고, 치즈는 말라붙은 본드처럼 딱딱해 보였다. 고개를 푹 숙인 배달원은 아무 말도 하지 않았다. 그때 내가 말했다.

"괜찮아요? 그냥 가세요, 됐어요. 빨리 가세요."

그가 나를 보며 벌컥 화를 내었다.

"미쳤어? 이걸 고객한테 먹으라고 주는 거야? 우리가 개돼지야?"

그는 피자상자를 배달원 앞으로 확 밀쳤다. 배달원이 제 발 앞으로 밀려온 피자상자를 집어들었다. 배달원을 보던 남편의 얼굴에 짧은 변화가 일었다. 배달원의 얼굴은 긁힌 상처로 여기저기 피가 맺혀 있었고, 턱은 덜덜 떨리고 있었으며, 바지 무릎 부분은 찢겨져 있었다. 찢어진 무릎에서는 피가 새어나와 청바지를 적시고 있었고 장갑도 찢어져 손등이 드러나 있었

다. 저 처참한 모습이 남편의 눈에는 이제야 들어온 모양이었
다. 민아 나이 또래밖에 안 되어 보이는 어린 배달원이 흐느끼
는 목소리로 말했다.

　"죄송합니다. 오다가 사고가 났는데……"

　30분 뒤에 다른 배달원이 와서 피자를 배달해주었다.

　가장 최근에 쓴 일기였다. 이 일이 있은 이튿날 아내는 집
을 나갔다. 그 배달원에게 조금 미안하기는 했다. 하지만 이
게 집 나갈 일은 아니지 않은가, 서준석은 중얼거리며 손끝에
잡힌 리모컨을 힘껏 던져버렸다. 리모컨이 오늘따라 넓어 보
이는 거실 바닥에 텅텅텅 물수제비 뜨듯 날아갔다.

　서준석은 핸드폰을 만지작거리다가 아내의 회사에 전화를
걸어보기로 했다. 그는 고객을 가장하고 평소에는 한 번도 건
적이 없는 아내 회사의 유선 번호를 눌렀다. 윤선주 팀장님
은 휴가신데요, 하고 젊은 여직원이 말했다. 휴가? 남편이 모
르는 아내의 휴가? 휴가가 며칠이나 되느냐고 물었다. 열흘
입니다, 하고 여직원이 말했다. 아니 무슨 휴가가 그리 깁니
까? 라고 물었을 때 그 여직원은 지나치게 큰 소리로 말했다.
팀장님 이번 여름휴가 안 쓰셨거든요. 그리고 생리휴가랑 이
거저거 다 모으셨대요. 그런데 누구세요? 아, 예 알겠습니다.
다음에 다시 전화하지요.

　급하게 종료 버튼을 누르면서 서준석은 저도 모르게 얼굴

이 붉어졌다. 휴가라, 휴가라니. 그는 기억하고 있었다. 당신 휴가 받으면 같이 민아한테 다녀올까? 민아 대학 진학에 대해서 좀 진지하게 이야기도 해보고 말이야. 계속 거기 있을 수는 없잖아. 그때 아내는 간단하게 잘라 말했던 것이다. 회사가 너무 바빠. 겨울 브랜드 론칭을 좀 빨리 해야 할 것 같아. 사장이 휴가는 사치래.

서준석은 소파에 몸을 천천히 내려놓았다. 소파는 오래되어서 더 이상 쿠션감은 느껴지지 않았다. 점점 살이 빠지는 그의 엉덩이만큼이나 소파 속의 내장재들은 눌릴 대로 눌려 지친 그를 위해서 아무 도움도 되지 못했다. 그래도 그는 생각을 해야만 했다. 자꾸 흩어지는 생각들을 모으려고 그는 두 손을 이마에 댄 채 기도하듯 꽉 그러쥐었다. 정말 남자라도 생긴 걸까? 현금을 인출했다는 것은 카드를 쓰지 않겠다는 뜻인가. 철저히 숨겠다는? 도대체 아내는 이 가출을 위해 얼마나 준비를 해왔다는 말인가. 아무리 생각해도 짚이는 것이 없었다. 휴가가 끝나는 열흘이 지나면 아무 일 없다는 듯이 저 문을 열고 들어오는 것일까.

그는 서재로 들어가 책상 서랍을 모두 끄집어냈다. 작년 연말에 이 도시에서 주는 문학상의 시상식 날 3차까지 갔다가 집으로 돌아오는 길에 편의점에서 산 담배를 서랍 어디에 넣어둔 기억이 나서였다. 그는 그 상의 유력한 후보로 거론되었지만 결국 상은 등단한 지 겨우 6년밖에 안 된 피라미한테 돌

아갔다. 외부 심사위원이 그를 강력하게 반대했다는 소문이
들렸다. 인간관계의 불합리성에 대한 문제를 집요하게 파고
든 점은 높이 살 만하나 역사의식이나 사회적 현실에 대한 인
식이 다소 부족하지 않느냐는 평이 있었다고 했다. 그 말에는
동의할 수 없었지만 그는 누구에게도 속마음을 털어놓지 않
았다. 진작부터 상은 관심 없다는 말을 공공연하게 해오던 터
였다. 누가 받아도 상관없어. 전도유망한 후배가 받아서 우리
지역 문단을 살려야 하지 않겠어? 라고 이야기한, 쿨한 그가
시상식에 참여하지 않을 수는 없었다. 뒤풀이에서 입이 찢어
지도록 웃었으니 됐다, 라고 생각하며 그는 3차 무리에서 빠
져나와 집으로 돌아오는 택시를 탔다. 그리고 너무나 담배 생
각이 간절해서 오래전에 끊었음에도 불구하고 아파트에서 한
참 떨어진 곳에서 택시를 세운 뒤 편의점에 들러 담배를 샀던
것이다.

왜 입이 찢어지도록이라는 상스러운 말로 스스로를 달래려
고 했을까. 수상에 대한 불만을 들키지는 않았다는 안도감을
그런 단어로 표현하고 싶었을까. 지금 역시 그랬다. 전화를
받은 그 여직원 앞에서 아주 입이 찢어지도록 웃어주고 싶었
다. 순간 이런 생각을 하게 한 아내가 격렬하게 미워졌다.

담배는 서재 아래 칸 서랍에 그대로 들어 있었다. 포장비닐
도 뜯지 않은 걸로 봐서 그날 담배를 피우지 않은 게 틀림없
었다. 그는 담배의 겉비닐을 신경질적으로 잡아 뜯어 한 개비

를 입에 문 후 이리저리 서성이다가 가스레인지를 켜서 담배에 불을 붙였다. 쓰고 떫은맛이 입안에 가득 차며 침이 고여 올랐다. 그는 화장실로 달려가는 대신 싱크대에 수돗물을 틀고 그곳에 침을 뱉었다. 다시 한 모금을 깊게 빨아들였다. 거실에 푸른 담배 연기가 차기 시작했다.

서준석은 왜 담배를 끊었는지 그 이유를 떠올리고 가슴 한쪽이 서늘해짐을 느꼈다. 담뱃불에 덴 자국은 두 허벅지를 합쳐서 모두 여덟 곳이나 되었다. 어떤 흉터는 아물어 큰 점처럼 남았고, 어떤 흉터는 새것이라 진물이 흐르고 있었다. 그날 이후 그는 담배를 피울 수가 없었다. 아마도 작년 시상식 때에 담배를 사고도 피우지 못했던 것은 바로 그 기억 때문일 것이다.

단 한순간도 그 일을 생각하지 않으면 죄를 짓는 것 같았던 때가 있었다. 하지만 그 일은 이제 손바닥에 난 종기처럼 내내 신경 쓰이는 일은 아니었다. 가끔 캐나다에서 걸려오는 딸의 목소리, 늘 젖은 듯 무겁게 들려오는 그 목소리를 대할 때면 여전히 알 수 없는 죄책감이 파고들었다. 역시 아내의 가출은 민아 때문인가? 하지만 그 상처들이 갑작스러운 가출이라는 단어로 해결될 문제는 아니지 않나. 그것은 완전히 다른 차원의 문제였다.

혹시 아내가 딸아이가 있는 곳에 갔나? 하는 생각을 잠깐 했지만 그 생각을 마치기도 전에 서랍 안에서 아내의 여권을 찾았다. 그렇다면 형사 말대로 아내는, 아내는 곧 돌아올 것이다. 해외출장 갔다고 생각하면 되지. 그는 그렇게 중얼거리며 다시 아내의 일기장을 집어들었다. 일기는 날짜별로 적혀 있지 않았다. 아무 페이지나 펼쳐서 쓰고 싶은 내용을 쓴 모양이었다.

나는 선을 보거나 소개팅을 할 때 남자를 만나면 물을 마시다가 꼭 사레가 들렸다. 기침이 터졌다. 아무리 조심해도 그랬다. 얼굴이 붉어지고 눈물까지 빠졌다. 그런데 그를 만났을 때는 사레가 들리지 않았다. 당시 그는 등단은 하지 않았지만 글을 쓰는 사람이었다. 나는 내 속의 모든 기능이 제자리를 찾아가는 느낌을 받았다. 정말 이상했다. 나는 그때 이 사람과 결혼을 해도 좋겠다는 생각을 했다.

요 근래 그 생각이 났다. 나는 왜 그 때 사레가 잘 들렸을까. 내가 그 말을 했을 때 정혜는 나에게 맞지 않는 남자들을 만나면 내 몸이 저절로 반응한 것이었다며 약사다운 설명을 덧붙였다.

사레가 왜 들리는 줄 알아? 우리 목에는 기도와 식도가 있는데 기도는 폐로 연결되고 식도는 위로 연결돼. 음식물이 폐로 들어가면 사망할 수 있을 만큼 위험하기 때문에 우리 몸은 순간적으로 기침을 해서 음식물이 밖으로 나올 수 있도록 하는 거야.

비 오는 서면 거리에 서 있었다. 주최 측은 사고가 날 수도 있으니 바닥에 앉으라고 했지만 도로는 젖어 있었고, 바닥에 깔 어떤 것도 나는 가지고 있지 않았다. 나는 계속 서 있어야만 했다. 촛불 집회가 끝나고 난 후 무리를 따라 거리 행진을 했다. 거리는 분노한 사람들로 가득했다. 분노한 그들의 목소리는 서면 거리의 매연 속으로 고요하면서도 강렬하게 퍼져나갔다. 집에 들어왔을 때는 제법 늦은 시각이었지만 그는 회식이었어? 라고 할 뿐 아무 말도 하지 않았다. 그는 텔레비전을 보고 있었다. 그가 나를 힐끗 보며 말했다.

야, 저 사람들 좀 봐라, 많기는 많다. 근데 나오던 사람이 매주 계속 나왔을 텐데, 그걸 합산해서 촛불 인파를 천만이라고 하면 안 되지 않나.

민아를 생각했다.

민아가 외롭게 혼자서 숨을 헐떡이며 힘겹게 헤치고 나갔을 시간들을 생각했다. 갑자기 목이 타는 듯 갈증이 왔다. 냉장고를 열어 물병을 꺼냈으나 나는 다시 물병을 집어넣고 냉장고 문을 닫았다. 지금 나는…… 액체를 삼키기가 두렵다.

일기장을 덮는 그의 손이 가늘게 떨리고 있었다. 이 일기를 쓰기 전이었는지 후였는지 알 수 없으나 물컵을 손에 쥔 아내가 다른 손으로 식탁을 짚은 채 격렬하게 기침을 하던 기억이 났다. 왜 그래? 사레 들렸어? 라고 그가 무심하게 물었고, 늘 어뜨린 머리카락을 뒤흔들며 아내가 계속 기침을 해댔던 것이다. 처음으로 그는 자신에게 닥친 이 현실이 두렵다는 생각이 들었다.

다음날 서준석은 작정을 하고 점심시간에 맞춰 아내의 회사 앞으로 갔다. 아내와 같은 사무실에서 일을 하는 정은 씨와 연락이 닿았기 때문이다. 가끔 아내는 정은 씨 이야기를 했다. 정은 씨는 엉뚱하고 귀여운 데가 있어. 난 그런 면이 참 좋아…… '정은 씨'라는 이름을 기억해낸 게 기특해서 얼른 전화기를 꺼내들었다가 시간을 확인하고 그는 신경질적으로 핸드폰을 침대 위로 집어 던졌다. 새벽 5시였던 것이다. 그때부터 출근 시각까지 실핏줄이 터질 것 같은 눈을 부릅뜨고 앉아 있었다. 시간을 보낸다는 것이 그렇게 지루하다고 느낀 것은 처음이었다.

회사 앞 커피숍에 앉아 있는데 키가 크고 모델 같은 몸매의 젊은 여자가 그를 향해 걸어왔다.

"윤선주 팀장님 남편이시죠? 『은은의 산책』은 제가 제일 좋아하는 책 중 하나예요. 영광이에요. 이렇게 뵙게 돼서요."

그는 정은 씨의 인사말에 이를 드러내지 않고 웃었다. 그의 책 『은은의 산책』이 영화로 제작되어 한동안 히트를 친 덕분에 책을 좋아하지 않는 사람들에게도 그는 제법 이름을 알렸다. 이런 인사는 평범하고도 의례적인 것이었다. 하지만 그

유명 작가가 아내를 찾아 이렇게 아내의 동료와 마주 앉아 있다는 사실은 썩 유쾌한 상황이 아니었다.

"혹시 회사에서 무슨 일이 있었나요? 저는 짐작 가는 일이 없는데…… 아내가 말도 없이 집을 나갔습니다."

정은 씨가 그의 얼굴을 잠깐 보더니 엄지손톱을 물어뜯었다. 원래 그런 버릇이 있는 게 아니라 마치 그에게 보여주기 위한 제스처인 것처럼 느껴졌다. 그는 그녀의 망설임이 끝날 때까지 인내심 있게 기다렸다.

"선생님께서 바로 물으시니까, 저도 이야기를 해야겠네요. 사실은 회사 내에 여자 인턴을 성희롱한 사건이 있었고, 피해자 본인은 원하지 않았는데 팀장님이 감사실에 제보하셨어요."

정은 씨의 말투는 마치 아내가 잘못했다고 말하는 것 같았다. 그가 사과라도 해야 할 것 같은 기분이었다.

"아니, 그런 일에 나설 사람이 아닌데……"

"그러게요, 우리도 모두 당황했죠. 피해자 본인도 당황했구요."

"그건 어떻게 되었나요?"

"가해자인 김 과장님은 아무래도 처벌은 면하지 못할 거라고 사람들이 이야기하더라고요. 때가 어느 때냐고, 요즘 세상에 그렇게 호락호락 넘어가겠냐고요."

"아, 예……"

"근데, 일이 팀장님한테 안 좋게 흘러갔어요. 그 인턴이 팀장님한테 가서 따졌거든요. 난 그냥 속상해서 말한 것뿐인데 이렇게까지 일을 키우면 어떡하냐고요. 어렵게 들어온 이 직장, 잘리면 책임질 거냐고요. 자기한테는 이깟 몸뚱어리보다 직장이 더 중요하다고…… 자기소개서를 200통은 더 쓰고 들어온 직장이라고. 팀장님은 그런 기분 아냐고, 피를 토할 정도로 절박한 기분 아냐고…… 애가 좀 비정상적일 정도로 흥분을 해서……"

근데요, 정은 씨는 히죽 웃으며 피를 토하는 거하고 절박한 거하고 어울리는 비유냐고, 소설가는 어떻게 생각하냐고 뜬금없는 질문을 했다. 서준석은 갑자기 피가 거꾸로 솟는 것 같았다. 소설가 선생이니 뭐니 형사가 대놓고 조롱을 해대더니 이건 또 뭔가 싶은 생각이 든 것이었다. 그의 얼굴이 붉으락푸르락하는 것과는 상관없이 정은 씨가 이야기를 계속했다.

"잘리면 어떡하냐고, 애가 울고불고 난리였어요. 한참 후에 팀장님이 그 인턴한테 딱 한마디 하셨거든요."

"뭐라고?"

"……침묵하면 안 된다고요."

"……"

"그런데요…… 그 뒤에 그 일이 일어났어요."

그는 정은 씨의 얼굴을 보았다. 그 뒤에라니, 그 뒤에 일어날 일이 또 있단 말인가. 한 번만 더 이상한 소리를 해대면 테

이불을 엎어버리겠다고 그는 생각했다.

"침묵? 침묵하면 안 된다고요? 그럼 어떻게 하면 되는데요? 그 인턴이 목소리를 높이면서 소리친 거예요. 주위가 완전 조용해졌어요. 그때 그 인턴이요, 갑자기 옆 책상 위에 있는 커터 칼을 들어 자기 팔목을……"

정은 씨가 생각만 해도 끔찍하다는 듯 부르르 어깨를 떨었다.

"전부 달려들어 칼을 뺏고 난리를 쳤어요. 그래서 다행히 상처가 깊지는 않았지만 다들 너무나 당황했죠. 그 당시엔 자해 행위가 팀장님을 향한 거라고 생각했는데, 나중엔 사람들이 그러더라구요. 자신을 자를지도 모르는 회사를 향한 협박일 거라고…… 하여튼 요즘 애들 무서워요. 회사가 한동안 난리였어요. 완전히 얼어붙었죠."

"……아니 그럼, 그런 상황에서 야유회를?"

"네? 야유회라뇨? 우리 회사가요?"

"아, 아닙니다……"

서준석은 이마가 서늘해지는 것을 느꼈다.

"팀장님이 갑자기 휴가를 내신 것도 사실 무리가 아니라고 다들 생각했을 정도였으니까요…… 근데 그런 말씀, 집에서는 안 하시나 봐요?"

정은 씨가 그렇게 묻자 서준석은 아이스 아메리카노 잔을 집어 들었다. 잔의 표면에 묻은 차가운 물이 손바닥에 흥건하게 묻어났다. 손바닥에 묻은 물기를 바지에 문지른 그는 갑자기 잔을 탁자에 놓더니 몸을 벌떡 일으켰다. 정은 씨가 서 있는 그를 의아한 눈으로 바라보았다.

"죄송합니다. 갑자기 급한 일이 생각나서."

자리를 벗어나다 그만 테이블 다리에 발이 걸리는 바람에 이번에는 컵에 있던 커피가 쏟아지고 말았다. 커피 잔을 바로 세우며 그는 정은 씨에게 몇 번이나 미안하다고 말했다. 거리로 나가서도 마찬가지였다. 어디가 어딘지, 몇 번 버스를 타야 하는지 지하철 입구가 어딘지도 모를 만큼 그는 자신이 깊은 물속에 빠진 것 같은 기분을 느꼈다. 처음엔 자해 행위를 했다는 말을 들은 것 때문인 줄 알았다. 하지만 아니었다.

올 4월이었을 것이다. 서준석은 예능 프로를 보며 낄낄거리고 있었다. 도로 건너편 쪽에서 급하게 사이렌을 울리며 구급차가 지나가는 소리가 들렸다. 왜 지금 그 소리까지 선명하게 떠오르는지 그는 잘 알았다. 그날 아내가 한 말이 그의 신경을 날카롭게 건드렸기 때문이었다.

"무엇이든 억지로 잊으려고 하는 건 잘 안 돼."

"무슨 소리야?"

"잊으려고 애를 쓸수록 더 기억나잖아. 어떻게 잊겠어?"

아내의 목소리는 물기 때문에 꽉 잠겨 있었다. 그는 아내의 목소리가 잠겨 있다는 사실 때문에 당황해서 텔레비전에서 시선을 돌려 아내를 보았다.

"목구멍을 넘어가는 물소리가 들리는 것 같아. 물이 기도와 식도를 다 막아버렸을 거야. 숨을 쉬기 위해서 사레가 들리고 기침이 나와야 하는데…… 물이 넘어가고 또 넘어가고……"

뭔가를 견디는 듯한 아내의 표정이 왠지 그의 자존심을 건드리는 것만 같았다. 어색한 침묵이 두 사람 사이를 갈랐다. 마침내 심판이라도 하는 듯한 목소리로 아내가 말했다.

"……당신은 이런 글 안 써?"

"뭐?"

아내가 탁자 위에 핸드폰을 조심스럽게 놓았다. 아까부터 그의 옆에 앉아서 한참 동안 들여다보고 있던 것이었다. 아내의 핸드폰에는 노란 리본을 단 사람들이 2주년 추모집회를 하는 사진이 상단 화면에 떠 있고, 낯이 익은 시인의 글이 기사로 나와 있었다.

"당신은 작가잖아."

그는 아내가 지금 장난을 치고 있다고 생각했다. 하지만 아내의 웃음기 가신 얼굴이 마음에 걸렸다. 저게 장난이 아니라면 지금 아내는 너는 작가도 아니다, 라고 말하고 있는 것이었다. 서준석은 제 얼굴이 수습하기 힘들 정도로 굳어지는 것을 느꼈다.

"작가라고 다 그런 글을 쓰나?"

"그럼 누가 써?"

서준석은 아내의 눈을 마주 보았다. 단체의 서명운동에 마지못해 이름을 올린 적은 있지만 그는 작가가 정치적인 행동을 하는 것 자체가 싫었다. 그것은 정치권의 목적이나 필요에 의해 문학을 정치에 예속시키는 일이었다. 문학이 정치에 이용당해서는 안 된다고 그는 생각하고 있었다. 아내는 노기가 섞인 그의 시선을 그대로 받아내며 정면으로 그를 마주 보았다.

"작가는 반드시 사회의 변혁에 앞장서야 하고, 정의로워야 하고, 도덕적으로 완벽해야 하는 거야? 그렇지 않은 작가도 많아. 아니, 침묵하는 작가가 더 많다구."

"하지만 지식인으로서의 죄책감 같은 게 있잖아……"

"죄책감이라고?"

그의 목소리가 자기도 모르게 높아졌다. 아내의 그 한마디가 자신을 쓰레기처럼 만들었다고 생각했다. 그러고 보니 아내는 남편을 작가로 인정하면서도 한편으로는 은근히 비판해 왔다는 생각이 들었다. 서준석의 머릿속에 몇 개의 단어가 꺼림칙하게 남아 있었다. 지금 죄책감이라는 단어가 그러했다. 그동안 아내가 자신을 교묘하게 공격했던 다른 단어는 생각나지 않았다. 아니 생각하려고 하지 않았다. 그는 깊게 심호흡을 했으나 끓어오르는 화를 누그러뜨릴 수가 없어 큰소리로 고함을 질렀다.

"과거에 갇혀버리면 인간의 미래는 없어! 언제까지 그러고 살아갈 건데?"

"인간의 미래라고? ……당신에게, ……인간이, 도대체 뭔
데?"

그때 텔레비전에서 과장된 폭소가 터졌다. 그는 리모컨의
볼륨을 높였다. 아내의 입에서 나올 다음 말을 듣고 싶지 않
아서였다. 하지만 텔레비전의 소리가 귀에 들어오는 것도 아
니었다. 예능 프로를 보는 내내 그는 웃지 않았다. 시간이 지
날수록 자꾸만 기분이 나빠졌다.

고통은 이야기하는 것이다. 이야기하지 않은 고통은 곪는
다. 외면당한 상처도 곪는다. 곪기 시작하면 아프지 않은 곳까
지 그 부위는 점점 넓어진다.

지금 해야 할 일은 애도가 아니다.

이렇게 살 수는 없다고 생각했다. 집을 나왔으나 갈 곳이 없
었다. 차를 몰고 하루 종일 돌아다녔지만 결국 어느 곳에도 주
차를 하지 못했다. 배가 고프고 지치기 시작했다.

야유회에 다녀왔다는 아내는 땀 한 방울 흘리지 않은 모습
이었다. 모자를 써서 머리가 눌리거나 화장이 지워진 얼굴도
아니었다. 이제 아내도 나이가 들어서 야유회에서 하루 종일
양산을 쓰고 그늘에 앉아 있거나 후배들이 귀찮은 일을 하는
걸 적당히 지켜보고 있거나 했나 보다라고 생각했다. 이날 일

기에 의하면 아내는 일요일 하루를 서준석과 오롯이 보내야한다는 사실에 가지도 않은 야유회를 간다고 말하고 집을 나간 것이다. 그러고 보니 그 전 주말에도, 그 전전 주말에도 아내는 어딘가를 다녀온 듯했다. 친정에 간다고 했던 것 같기도 하고 친구와 모임이 있다고 말한 것 같기도 하지만 정확하지는 않았다. 서준석은 초조하게 거실을 서성이기 시작했다. 단지 책이 안 팔릴 뿐이다. 그것뿐이다. 기회가 되면 『은은의 산책』을 능가하는 작품을 쓸 수 있다. 잘못된 것은 아무것도 없다. 나의 무엇이 잘못된 게 아니다. 아내는 민아 때문에 우울증에 걸려 있고, 그리고 휴가가 끝나면 곧 돌아올 것이다. 서성이면서 서준석은 계속 중얼거리고 또 중얼거렸다.

핸드폰이 울렸다. 경찰서 형사였다. 차량 수배를 하였으니 아내를 곧 찾을 수 있을 거라는 말이었다. 그는 네, 라는 짧은 대답 외에 아무 말도 할 수 없었다. 전화를 끊으면서 형사는 한마디 덧붙이는 것을 잊지 않았다. 소설가 선생, 부인 돌아오면 경찰서에 한번 들르세요. 소주나 한잔합시다. 형사는 끝까지 아내의 가출이 소설가 선생의 책임이라고 밀어붙이고 싶은 모양이었다.

아내의 일기장 맨 뒷장은 최근 문예지에 발표한 그의 단편소설 중 한 대목으로 시작하고 있었다. 그것은 민아 사건을 토대로 해서 쓴 학교 폭력 이야기였다. 소설은 가해자와 피해자의 화해와 치유의 과정, 그 과정에서 벌어지는 소통의 문제를 다루고 있었다.

그는 기억은 기록이 아니라 해석이라는 어느 영화 속의 대사를 떠올렸다. 그는 그동안 애써 기록해왔던 자신의 노트를 그제야 손에서 놓았다.

그리고 아내는 그 아래 짧은 글을 남겼다.

나는 기록할 뿐 해석할 수 없다. 너무 생생하기 때문이다.

서준석은 현관문을 열고 밖으로 나갔다. 어디를 돌아다니는지도 모르게 발이 가는 대로 내버려두었다. 긴 산책이었지만 그의 머릿속에는 어떤 연상 작용도 떠오르지 않았다. 집에 돌아왔을 때는 이미 밤이 어두웠다. 그의 몸은 무겁고 지쳐 있었고 집에 들어가면 바로 침대에 곯아떨어질 것 같았다. 그런데 막상 아파트 앞에 이르자 바로 들어가고 싶지 않았다. 술 생각이 간절했다. 혼란한 머릿속을 강렬한 알코올 기운으로 적시지 않으면 쉽게 잠들 것 같지 않았다. 형사에게 전화를 한번 해볼까. 그는 다시 한 번 자기 집 쪽을 올려다보았다. 그런데 창 쪽으로 엷은 불빛이 보이는 것이 아닌가? 그것도 거실 불빛이 틀림없었다. 화들짝 놀란 그는 서둘러 엘리베이터를 탔다.

집에는 아무도 없었다. 그가 깜빡하고 거실 불을 켜놓고 간 것인지도 몰랐다. 불은 여전히 켜져 있고, 바닥은 아침에 청소하지 않은 그대로였다. 갑자기 명치에 덩어리 같은 것이 걸린 것 같더니 타는 듯한 갈증이 몰려왔다. 그는 냉장고 문을 열고 생수 통을 들어 입에다 대고 벌컥벌컥 물을 마시기 시작했다. 식도를 타고 내려가는 물로 갈증은 해소되지 않았다. 그는 물병을 더 높이 기울이고 물을 들이켰다. 그때였다. 숨을 쉴 수도 없을 정도로 기침이 터져 나오기 시작했다. 눈물이 흐르고 콧물이 얼굴을 덮었으나 사레는 좀처럼 진정되지 않았다. 허리와 배가 아플 정도였다. 기진한 그가 바닥에 무릎을 꿇고 쭈그리고 앉자 침인지 눈물인지 모를 것들이 거실 바닥으로 두두둑 쏟아져 내렸다.

시 집 읽기

1

오전의 편의점은 적막한 느낌마저 들었다. N고 학생들의 등교 시간이 지나고, 출근하는 원룸 사람들이 담배나 커피 따위를 사가고 나면 거리는 텅 빈 듯 고요해졌다. 동완은 계산대에 우두커니 앉아 지나가는 자동차들의 번호판을 습관처럼 읊조렸다.

건너편 도로에서 영란 씨가 요구르트 카트를 몰고 오는 모습이 보였다. 편의점에서 시작하여 이 도로의 끝까지 한 바퀴 돌고 오는 것이 영란 씨의 오전 일과였다. 동완은 자리에서 일어나 유리문에 바싹 붙어 섰다. 편의점 앞에는 횡단보도가 없다. 언제나 그랬듯이 영란 씨는 좌우의 운전자들에게 인사를 하며 능숙하게 카트를 운전했다. 참았던 숨을 뱉어내며 동완은 이마에 맺힌 식은땀을 닦아냈다. 겨드랑이까지 축축해져 있었다.

지난 2년 동안 지수의 사고 현장을 목격했다는 사람은 나타나지 않았다. 그 흔한 시시티브이도 없는 사각지대였고, 단지 끼익 소리가 나서 나가보니 흰색 승용차가 오른쪽으로 사라지는 것을 봤다는 편의점 알바생의 말뿐이었다. 지수의 장례가 끝난 후 동완은 하루도 빠지지 않고 이 거리를 서성였다. 뺑소니 차량을 찾을 방법이 없다는 것을 확인하고 난 뒤에도 마찬가지였다.

이 동네에 머무는 것이 극복을 위함인지 죄책감 때문인지 판단할 수 없었다. 지수와 같은 자리에 그냥 자신을 던져두고 싶었을 뿐이었다. 지수는 이 도로의 끝에서 죽었고, 동완은 하루에도 몇 번씩 그 지점을 흘깃 곁눈질했다. 차마 그곳에 발을 딛지는 못하고 잠깐 쳐다보기만 할 뿐인데도 심장이 쿵 내려앉았다. 마치 아직도 그곳에 지수가 피를 흘리며 쓰러져 있는 것 같았다. 사고가 난 날 함께 있지 못한 죄책감이 쌓이고 쌓여서 무덤의 흙처럼 자신을 눌렀다.

길을 건넌 영란 씨가 유리문에 붙어 선 동완을 보았는지 인사를 했다. 무표정하던 영란 씨의 얼굴이 환하게 빛이 났다. 동네 사람들은 가끔 영란 씨 이야기를 했다. 편의점은 그들에게 동네 사랑방 같은 거였다. 화이트세탁소 권 사장이나 청춘

중개사무소 김 소장 같은 이들은 하루에도 몇 번씩 편의점에 들러 컵라면 따위를 먹으며 동완에게 끊임없이 이야기를 시켰다. 그 이야기 끝에는 꼭 영란 씨가 나왔다. 영란 씨가 지나가는 걸 보면서도 그랬지만 없는 자리에서도 그 아줌마 이야기 알아요? 라고 말을 걸곤 했다. 피시방에서 알바를 하는 황 군도 마찬가지였다.

"저 앞에 슈퍼 건물 2층에 음악학원이 있었거든요. 아저씨가 원장이었는데 이름만 원장이고 봉고차 운전 같은 걸 했어요. 아줌마가 피아노를 가르쳤구요. 아들이 하나 있었는데, 몇 년 전에 죽었어요. 경민이라고……"

"경민이? 걔를 아니?"

"그럼요, 나랑 동아리 활동도 같이 했는데요. 걔 죽고 아줌마 좀 이상해졌어요. 울다가 웃다가 화내다가…… 그러다 학원 애들 다 끊기고…… 학원 망하고 여길 뜨나 했는데, 얼마 전부터 저걸 하더라고요. 아마 저 아줌마 죽을 때까지 이 동네를 못 떠날 거예요."

"왜?"

"학교 때문이죠 뭐. 학교 주변을 저렇게 평생 뱅뱅 돌아다닐 것 같아요…… 숨 막히게. 경민이 죽은 지가 언제인데, 아직 살아 있는 것처럼 행동할 때도 있고요. 저 같으면 이 동네 사는 게 너무 힘들 것 같은데 말예요."

동완은 황 군을 힐끗 보고는 도로 쪽으로 얼굴을 돌렸다.

"어떤 사람에게는 상처를 마주 보고 살아가는 게 덜 고통스러울 수도 있어."

"정말 그럴까요? 그래서 못 떠나는 걸까요?"

황 군이 심각한 얼굴로 물었다. 마치 자신이 이 동네에 있는 이유를 동완에게 묻는 것 같은 진지한 말투였다.

황 군의 이야기를 들은 후 영란 씨에게 괜히 신경이 쓰였다. 끊임없이 자신을 학대하면서 살아야만 숨을 쉴 수 있는 사람이 자신 외에 또 존재한다는 사실이 끔찍하게 느껴졌다. 그녀가 제시간에 나타나지 않으면 저도 모르게 조바심이 났다. 그녀가 창문도 없는 조그마한 방에서 싸늘한 주검으로 변해 있는 건 아닌가 하는 끔찍한 상상에 시달리기도 했다. 그렇게 긴 시간이 지났는데도 잊지 못하는 사람들이 있구나, 진실을 알지 못하는 사람들은 더욱 그러겠지. 십 년이 지나고 이십 년이 지나도 달라지는 건 없다. 그때도 동완의 가슴엔 여전히 지수가 비수처럼 꽂혀 있을 것이었다.

2

평일이라 그런지 극장은 생각보다 한산한 편이었다. 홀에는 구수한 팝콘 냄새가 가득 퍼져 있었다. 홀 중앙 기둥을 둘러싼 둥근 소파에는 예순 살은 족히 넘어 보이는 커플 한 쌍이 엉덩이를 딱 붙이고 이어폰을 하나씩 나누어 끼고 앉아 있었다. 신나는 음악을 듣고 있는 모양인지 두 사람의 다리가 똑같은 반동으로 까딱까딱 움직이고 있었다. 영란은 매표소 입구로 다가갔다. 기다리는 사람이 아무도 없어서 자동발매기를 이용할 필요는 없을 것 같았다.

사람이 많을 때 자동발매기를 이용하면 좋다는 것을 처음 가르쳐준 사람은 편의점 박동완 사장이었다. 8개월 전, 그날이 공휴일인 줄도 모르고 극장에 갔다가 사람들이 많아 긴 줄에 서 있었는데, 누군가가 어깨를 건드려서 돌아보니 처음 본 청년이었다. 이마는 반듯했고, 적당한 크기의 눈은 싱글싱글 웃고 있었다. 하얀 볼은 여드름 자국 하나 없이 깨끗했고, 말투에는 훈련된 것과는 다른 친근함이 묻어 있었다. 영란은 청년의 얼굴을 눈에 새길 듯이 쳐다보며 고개를 끄덕였다. 따라오세요 하고 말한 청년이 복잡해 보이는 기계 앞에 섰다. 영란은 그게 자동발매기라는 것도 처음 알았다. 청년은 차근차근 발매기 이용하는 법을 설명했다.

"혼자 오신 거예요?"

영란은 고개를 끄덕였다.

"혼자서 영화 관람도 하시고 정말 멋지세요."

자동발매기에 한 장을 입력하는 것을 본 영란이 얼른 그의 팔을 잡았다.

"두 장이 필요해요."

"아, 일행 분께서 나중에 오실 건가 봐요?"

영란은 청년을 향해 그저 조용히 웃어주었다. 표가 나오자 청년은 인사를 꾸벅하더니 상영관 출입구 쪽으로 갔다. 극장 안에 들어가서 혹시나 근처에 그가 있나 싶어 돌아봤으나 눈에 띄지 않았다. 나중에 그 청년이 영란이 살고 있는 동네 사거리에서 편의점을 하는 박동완이라는 것을 알게 되었다. 청년은 영란을 익히 알고 있었다고 했다. 하긴 그 편의점 앞을 하루에도 몇 번씩 지나가니 편의점 사장이 아는 게 이상한 것도 아니었다. 그 후 편의점을 들락거리면서 박동완과 친해졌다. 그러면서 그의 어머니로부터 그가 결혼을 하루 앞둔 날 밤에 연인을 뺑소니 사고로 잃었다는 이야기를 들었다. 그날 이후 그는 영란에게 남다른 사람이 되었다. 연인이 죽은 자리에서 떠나지 않는 그의 마음을 너무나 잘 알 것 같기 때문이었다.

오늘 극장은 3관이었다. 홀이 조용한 걸로 봐서 빈 좌석이 많을 거라고 생각했는데, 극장 안은 사람들이 제법 차 있었다. 워낙 인기가 있던 영화이기도 했지만 그래도 끝물이나 마찬가지인데 아직까지 이 정도일 줄은 몰랐다는 얼굴로 영란은 어깨를 으쓱했다. 영란은 비어 있는 옆 좌석을 손바닥으로 한 번 쓰윽 쓸어냈다. 불이 꺼지고 광고가 끝나자 영화가 시작되었다. 영화는 액션 판타지물이었다. 이런 장르는 경민이가 좋아하지 않는 타입의 영화였다. 경민이는 마음을 울리는 영화를 좋아했다. 짧은 글로 마음을 표현할 수 있어서 시

를 사랑한다고. 인생이 한 편의 시 같아서 영화를 좋아한다고
했다.

둘의 영화 보기 데이트가 시작된 것은 경민이의 제안 때문
이었다. 경민이가 처음 엄마에게 영화 초대 쪽지를 쓴 것은
중학교 2학년 때였다. 전날 학교 글짓기대회에서 받은 상장
을 찢긴 채로 가지고 왔길래 무슨 일이냐고 물었는데, 머뭇거
리던 아이가 울음을 터뜨린 것이었다. 끝까지 누가 찢은 것
인지 경민이는 말하지 않았다. 영란은 담임에게 전화를 걸었
고, 그때 처음으로 경민이가 왕따당하고 있다는 사실을 알았
다. 담임은 재발 방지를 약속했지만 재발 방지라는 것이 열다
섯 살짜리 아이들에게 통하기는 하는 것일까. 이사라도 가야
하나, 방구석에 쪼그리고 앉아 그런 걱정을 하고 있는 영란의
눈에 쪽지가 보였다. 쪽지에는 극장 이름과 영화 시간, 그리
고 간단한 메모가 적혀 있었다. 글씨체는 경민이의 것이었다.

'당신을 영화 보기에 초대합니다. 영화는 멋진 예술입니다.
영화를 보는 동안 나는 그 사람의 인생을 살다가 나옵니다.
그때 나는 세상의 어떤 미움도 다 용서할 수 있습니다.'

그날 이후 영란은 레슨이 일찍 끝나는 수요일 저녁이 되면
피아노학원 문을 닫고 경민이와 극장에서 영화를 보았다. 경
민이가 죽고 난 후 영란에게 남은 것은 그런 습관이었다. 경
민이의 이름을 적은 표를 출입구 직원에게 맡기고 영란은 먼
저 입장했다. 옆에 빈자리를 만들어 영화를 보고 있으면 어

느새 옆에 경민이가 와서 앉을 것만 같았다. 가끔은 영화가 끝나고 난 뒤에까지 경민이를 기다리고 있을 때도 있었다. 오늘도 마찬가지였다. 오늘은 꼭 올 것 같았다고 영란은 생각했다.

3

동완은 시집을 펼쳤다. 영란 씨의 아들이 시를 잘 썼다는 말을 듣고 혹시 그 시를 찾아볼 수 있겠냐고 물었더니 황 군이 가지고 온 것이었다. 고통은 고통의 냄새를 맡는 것일까. 아니면 고통은 또 다른 고통을 만났을 때 비로소 평온을 얻는 것일까? 영란 씨를 영화관에서 만났을 때 굳이 알은척을 했던 것도 그런 연유였을지 몰랐다. 더구나 그날 자동발매기에서 2장의 표를 끊어주고 영화가 끝날 때까지 그 빈자리에 아무도 앉지 않던 것을 발견하고 난 다음에는 더욱 그랬다. 그것이 상처를 안고 살아가는 사람의 방식이라는 것을 동완은 이미 알고 있었다. 왜냐하면 자신도 언제나 지수의 빈자리를 옆에 두고 영화를 봤으니까. 동완은 가장 뒷자리 외진 곳에서 영화를 봤는데 그것은 지수가 그 자리를 좋아했기 때문이었다. 그날 이후 영란 씨를 두 번쯤 더 영화관에서 봤는데 그녀는 언제나 빈자리를 옆에 두고 영화를 봤다. 그런 모습이 그의 마음을 더 아프게 했다. 자리는 멀리 떨어져 있지만 가끔 그녀로부터 알 수 없는 뭔가가 안개처럼 밀려오는 것을 느끼기도 했다.

오늘 시집도 그런 연장선에 있었다. 시집이라고 하기에는 조잡했지만 제본은 깨끗하게 한 편이었다. 5년 전 N고등학교 문예반이 졸업 기념으로 그동안 쓴 시를 엮은 시집이라고 했다. 하지만 학교 이름도, 연도 표시도 없어서 언뜻 보면 무슨 동인지 시집처럼 보이기도 했다. 내꺼도 있어요, 라고 쑥스러운 듯 황 군이 말했다.

"그래?"

"근데 아마 못 찾을 거예요."

"왜?"

"우리 그때 완전 허세 쩔었거든요. 어른 흉내 좀 냈죠. 학교 이름 같은 거 쓰지 말자고…… 흐흐. 거기다 전부 필명으로 냈어요. 제 필명은 가르쳐드릴 수가 없고요. 경민이 필명은 이거예요."

시집은 졸업 때 엮은 것이기 때문에 2학년 때 죽은 경민이의 시를 시집에 넣을 것인가를 두고 회의를 했다고 했다.

"아이들은 넣지 말자는 생각이었는데, 차마 그 말을 못 했죠. 그동안 함께 활동한 친구인데 경민이 시 하나만 넣자고…… 결국 선생님 의견이 들어간 거죠."

경민이의 시는 첫 페이지에 있었다. 제목은 '그리움'이었다. 너는 내 마음이 스민 자리에 있다. 첫 행이었다. 가슴이 덜컹했다. 동완의 고개가 뻣뻣해졌다. 스민다는 그 평범한 한 구절이 망치처럼 그의 어딘가를 때렸다. 식은땀이 등줄기를 따라 흐르더니 오래전에 앓았던 공황장애 증상이 다시 나타난 듯 가슴이 두근거렸다.

그리움

너는, 내 마음이 스민 자리에 있다.

여린 산수화가 여린 산수화에 스며들듯이.
여린 소나무 잎이 여린 소나무 잎에 스며들듯이.
이른 새벽이슬이 잠든 풀잎에 스며들듯이.
너의 가슴 저 밑 아득한 곳에서
개울물처럼 흘러오는
아픈 흔적이
내 가슴 아득한 곳을 스며드는데

너와 마주한 아침,
책상 위 굴절된 빛에 절망이 스민다.

그랬구나. 지수도 그렇게 내게 스며들었구나. 동완은 낮게 중얼거렸다. 지수를 처음 만난 것은 대학 동아리방에서였다. 신입생으로 들어온 지수가 꾸벅 인사를 하는데 단발머리가 동완의 앞으로 쏟아져 내리는 것 같아 흠칫 뒷걸음질을 쳤다. 고개를 반짝 든 지수는 얼굴이 하얗고 이마가 넓었으며 조그마한 입술을 가지고 있었다. 쿵쿵 동완의 심장이 빠르게 뛰기 시작했다. 그렇게 예쁜 여자는 본 적이 없는 것 같았다. 신입생 환영회 날 야, 쟤 예쁘지 않냐, 라고 동완이 물었을 때 옆자리에 앉은 경식이가 동완의 옆구리를 푹 찌르며 말했다. 하여튼 박동완, 여자 보는 안목 좀 길러라. 경식이한테 뭐라 투덜거리면서도 동완의 시선은 지수에게 고정되어 있었다. 지수는 잘 웃고 밝고 친절했다. 뒤풀이 자리에서 누구보다 먼저 손을 번쩍 들고 노래를 했고, 썩 잘 부르지도 못하면서 열창을 했다. 지수가 부른 노래는 「유리창엔 비」라는 아주 오래된 노래였다. 엄마가 좋아하는 노래인데 듣다보니 애창곡이 됐어요. 제일 먼저 용기를 냈지만 좀 쑥스럽네요. 반주가 나오기 전에 혼자서 히히 웃으며 몇 마디 하더니 어깨를 으쓱했다. 지수의 노래 실력은 별로였다. 노래방 기계의 반주를 곧잘 따라갔으나 고음 처리를 잘하지 못했다. 높은음에서 가성으로 부르던 지수는 2절에 들어서자 자신감을 얻은 듯 생 목소리를 내기 시작했다. '떠오른 기억 스민 순간 사이로……' 라고 부르는 순간 위태위태하던 아이들 웃음이 빵 터지고 말았다. '스민'에서 음 이탈이 나고 말았던 것이다. 지수는 얼굴이 벌겋게 달아올라 제자리로 들어왔고, 자리에 앉자마자 맥주를 벌컥벌컥 들이켰다. 그날 동완은 맥주 두 잔에 완전히 취해버린 지수를 집까지 데려다주었다. 처음 술을 마셨다는 지수는 동완을 10년쯤 알아온 친구처럼 스스럼없이 대했다.

"선배, 봐 봐, 봐 봐요. 내가 다시 부를게. 그 정도 고음은 문제없다고요. 떠오른 기억 스미인…… 아 다시요. 떠오른 기억 수미이인…… 아 다시! 떠오른 기억 스미이인……"

너무 시끄럽게 구는 바람에 결국 버스를 타지 못하고 걸어 가야만 했다. 지수는 집까지 걸어가는 한 시간 동안 '떠오른 기억 스민 순간 사이로'를 부르고 또 불렀다. 그거 주사야, 너 어떻게 감당하려고 마음을 못 접냐? 라고 경식이가 물었을 때 동완은 무슨 말이냐는 듯 정색을 했다.

"그렇게 귀여운 주사면 10년, 20년이라도 받아주겠다."

"너 단단히 미쳤구나."

그 주사가 싫었던 적은 한 번도 없었다. 앞으로도 계속 받아줄 수 있었다. 술을 마시면 지수가 부리던 주사가 환청처럼 동완을 사로잡았다. 술이 깨고 난 뒤에도 환청이 계속되곤 했다. 그게 병이라는 것을 깨닫는 데는 오랜 시간이 걸렸다. 병원에 다니면서 환청은 나았으나 마음은 녹슨 못에 찔린 듯 아프고 곪았다.

그런데 지금 영란 씨 아들의 시를 읽으면서 그 모든 기억이 생생한 상처가 되어 피를 흘렸다. 동완은 시집을 서랍 속에 넣어버렸다. 나중에 황 군이 오면 돌려줄 생각이었다. 그때였다. 편의점 앞에 영란 씨의 배달 전동 카트가 멈춰 섰다. 동완

은 벌떡 몸을 일으켜 굳은 듯 그 자리에 서서 전동 카트를 주
차시키고 배달 물건을 챙기는 영란 씨를 지켜보았다. 영란 씨
가 막 자리를 뜨려고 할 때 동완이 편의점 문을 열고 밖으로
나갔다. 황 군이 준 시집을 들고서였다.

"저기, 아주머니."

"네, 박 사장님."

영란 씨가 활짝 웃었다.

"이거 손님이 두고 간 거예요…… 심심할 때 한번 보세요."

영란 씨가 책을 받아 들고 펼쳐보는 동안 동완은 얼른 편의
점 안으로 들어갔다. 무슨 큰 죄라도 지은 사람처럼 심장이
쿵쿵 뛰었다. 영란 씨가 유리창 너머로 고맙다고 인사를 하며
시집을 카트 위에 툭 던졌다.

4

편의점은 N고등학교 교문 입구를 정면으로 바라보고 있었
다. 아이들은 쉬는 시간에도 선생님 몰래 교문을 빠져나와 편
의점에서 아이스크림이나 음료수를 사 먹었다. 점심시간이
나 저녁식사 시간에는 학생들이 너무 많아 알바생과 박 사장
이 함께 정신없이 몸을 놀려야 했다. 박 사장은 낮 시간 동안
편의점에 나와 있었는데, 편의점 앞으로 영란이 지나가면 꼭
불러서 뭔가를 주었다. 유통기한이 임박했다며 삼각김밥이나

포장 치킨을 주기도 하고, 목을 축이라며 음료수를 건네기도 했다. 한번은 핸드폰을 달라고 하더니 박동완이라고 쓰고는 전화번호를 입력해주었다.

"혼자 사시니까 도움이 필요할 때가 있을 거예요. 그때 연락 주세요."

박 사장의 어머니도 가끔 편의점에 나왔는데, 아들의 착한 심성이 어머니를 닮았나 싶을 정도로 곰살맞은 사람이었다.

박 사장이 편의점에서 쓰러진 것은 바로 한 달 전쯤이었다. 밤에 일하던 알바생이 연락도 없이 오지 않아 어쩔 수 없이 박 사장이 밤 근무를 한 날이라고 했다. 이른 아침이면 출근을 해 알바생과 교대를 하고, 폐지 줍는 할아버지 가져가라고 폐박스를 모아 편의점 앞에 내놓곤 했는데 그날은 폐박스가 나와 있지 않았다. 유리창 너머로 편의점 안을 들여다보았으나 실내는 인기척이 느껴지지 않았다. 이상한 생각에 영란은 카트를 주차시키고 편의점 안으로 들어갔다. 맑은 종소리가 밤새 묵은 공기를 밀어내며 지나치게 밝은 실내를 흩뜨려놓았다. 순간 섬뜩한 생각이 들었다. 옅은 신음 소리가 들린 것은 계산대 쪽이었다. 계산대 아래쪽에 박 사장이 쓰러져 있고, 입고 있는 편의점 조끼는 피로 물들어 있었다. 영란은 비명이 터지는 입을 틀어막았다. 손이 덜덜 떨려 119를 누르는 짧은 순간에도 숨을 내쉬며 몇 번이나 자신을 진정시켜야 했다. 조금만 늦게 발견했다면 큰일 날 뻔했다며 박 사장 어머니는 영란의 손을 으스러지도록 잡았다.

"식도 정맥류라고, 병원 치료를 오래 받았어요. 좀 나아졌다고 생각했는데…… 이렇게 자기 몸을 혹사시키며 일을 해대니……"

"왜 그렇게 일을 한대요. 몸을 좀 보살피면서 해야지."

"회사도 그만두고 방구석에 처박혀 있는 꼴을 볼 수가 있어야지. 그래서 이걸 차려준 거예요. 그런데 꼭 이 동네에서 하겠다는 거예요. 여기서는 절대 안 된다고 했는데…… 기어이 계약을 해버렸어요. 한편으론 저도 여기서 극복을 해야 다시 살 수 있겠다 싶기도 하고……"

영란은 박 사장 어머니의 등을 천천히 쓸어주었다. 무슨 말이든 하고 싶었지만 아무 말도 생각이 나지 않았다.

"그 아이 장례를 치르고 동완이가 술을 마시고 손목을 그은 적이 있었어요. 그땐 정말 하늘이 무너지는 줄 알았죠. 병원 치료 후에 술을 끊은 줄 알았는데…… 어젯밤에 무리한데다…… 또 혼자서 술을 마신 모양이에요."

박 사장은 보름 만에 다시 편의점으로 출근했다. 광대뼈가 더 튀어나오고 얼굴은 햇볕 못 본 아이처럼 창백했다. 박 사장을 볼 때마다 영란은 아린 상처를 마주한 듯 가슴이 아팠다. 표시를 안 내려고 무덤덤하게 대했지만 돌아서면 자꾸 눈물이 나왔다. 세상은 어떻게 저렇게 예쁜 사람에게 고통을 주는 것일까. 그런 모순된 사실이 견디기 힘들 때면 삶에 대한 욕구가 볕에 내놓은 얕은 습기처럼 사라졌다.

책은 아주 얇았다. 좀 전에 카트 위로 던진 시집을 우두커니 보던 영란은 바르르 진저리를 쳤다. 이렇게 시집을 던져도 되나 하는 생각이 들어서였다. 아무리 시가 뭔지도 모른다지만 시를 좋아한 아들의 엄마인데 시집을 던져도 되나 하는 생각이 든 것이다. 엄마, 나는 시인이 되고 싶어. 시인이 되겠다는 말을 딱 한 번 한 적이 있는데 남편이 기겁을 하는 바람에 그 뒤로 아들은 그 말을 꺼내지 않았다. 시인이 뭐냐? 굶어 죽기 딱 좋다, 라고 남편이 말했던 것이다.

영란은 시집의 표지를 펼쳤다. 첫번째 시의 제목은 '그리움'이었다. 너는 내 마음이 스민 자리에 있다. 첫번째 줄은 그렇게 이어졌다. 마음이 스민 자리라니, 이게 무슨 뜻일까 싶어서 영란은 책을 덮고 잠깐 하늘을 보았다. 마음이 스미다, 스미다, 그러니까 스미다라는 말은 종이에 먹물이 번지듯이 스며드는 것을 말하는 것이다. 그러니까 베에 감물이 드는 것 같은 것이다. 한약을 짠 삼베 수건에 시커먼 물이 배면 절대 빠지지 않는 것이다. 비누로 빨아도 지지 않는 것이다. 그럴 때 스민다고 하지 않나. 그럼 스민 것은 쉽게 뺄 수가 없다. 아무리 빨아도 지지 않는다. 그런 게 그리움이라는 말인가?

하늘은 눈부시게 맑은데 마음이 구름이 낀 듯했다. 이 시인은 어떻게 그리움이라는 말에 스미다라는 표현을 쓰게 되었을까. 어떻게 이렇게 내 마음을 잘 알아주는 것일까, 어떻게 수년이 지나도 마음에 멍이 들듯, 아니 멍이 스민 듯 지워지지 않는 아들에 대한 생각을 이렇게도 잘 표현한 것일까. 영란은 그다음 구절을 읽고 싶은 마음을 누르고 시집을 말아 주머니에 넣었다. 집에 가서 읽어볼 참이었다. 집에 가서 밥을 먹고 양치를 하고 몸을 깨끗하게 씻은 후 읽을 참이었다. 시인이라는 사람들에 대해 진지하게 생각해본 적이 없었는데, 영란은 갑자기 시인들이 존경스러워졌다. 그들은 아픈 이들의 마음을 들여다보고 손으로 쓸어주는 사람일지도 몰랐다. 신과 같은 존재일지도 모른다는 생각이 들었다.

문득 영란은 재작년에 세상을 떠난 남편 생각이 났다. 그때 영란은 24시간 국밥집에서 밤 근무를 하고 있었다. 밤 근무를 하고 아침에 가게를 나선 것만 또렷했다. 그 시간 이후의 기억은 짙은 안갯속인 듯 깜깜했다. 남편의 마지막 모습도 장례 절차도 기억나지 않았다. 언제부터 언제까지의 기억이 끊긴 것인지 남편이 죽은 날부터 한 달 후인지 1년 후인지 그것도 알 수 없었다. 그날 국밥집을 나선 이후로 영란의 머릿속에 블랙홀 같은 구멍이 생긴 것이다.

남편은 아들의 죽음을 밝혀야 한다면서 아들의 시신이 발견되었던 산을 샅샅이 훑고 다녔다. 영란은 등산로 입구에만 가도 다리가 벌벌 떨리는데 남편은 골치 아픈 문서에 집중하는 사무요원처럼 진지하게 산을 올랐다. 지금도 그런 남편을 뒤따라가는 자신의 모습이 또렷하게 떠올랐다. 무거운 상여를 어깨에 메고 산길을 걸어 올라가는 기분이었다. 이 아이를 본 적이 없냐고, 혹시 그날의 사고에 대해 아는 것이 없냐고 등산로를 다니는 사람들을 일일이 세우고 물어보았다. 산속에 시시티브이 같은 게 있을 리 없었다. 아들은 폭행당한 흔적도 없었고, 옷이 찢어지거나 한 것도 아니었다. 목에 줄을 맨 흔적만 선명했다. 경찰은 자살이 분명하다고 했지만 남편은 포기할 수 없다고 했다. 아이가 왜 학교에 있을 시간에 산에 있었는지 알아야겠다고 했다. 그것도 학교 근처 산도 아니었다. 학교에서 마주 보이는 맞은편 산이었다. 그즈음 영란과 남편은 몇 번이나 아들의 동선을 그대로 따라서 가보았다. 학교에서 버스를 타고 내린 뒤 20분은 더 걸어가야 등산로 입구에 도착할 수 있었다. 아이가 점심시간을 이용해서 산책을 할 수 있는 산은 아니었고, 더군다나 아이는 운동을 싫어했다. 점심시간에 저 혼자 맞은편 산으로 가다니…… 영란 씨 부부가 갔을 때에는 나무에서 내려진 아들이 바닥에 자는 것처럼 누워 있었다. 아이를 발견한 사람은 군인이었다. 그곳은 군사시설이 가까운 곳이었고, 등산길 너머로 보초를 서는 군인들도 만날 수 있는 곳이었다. 군인은 말했다. 첨엔 나무둥친 줄 알았어요.

남편이 산을 헤집는 일을 그만둔 것은 산에서 내려오다 입은 낙상 사고 때문이었다. 남편은 그 일로 다리가 부러져 수

술이 불가피했고, 완치된 후에도 다리를 절었다. 남편의 사고는 다행한 일이었다고 영란은 지금도 생각했다. 그 사고가 나지 않았다면 죽을 때까지 산을 수색하는 일이 계속되었을 것이다. 남편은 포기를 모르는 사람이었다.

학원이 문을 닫고 영란이 24시간 돼지국밥집에 밤일을 하러 가기 시작한 것은 남편이 퇴원을 하고 난 뒤부터였다. 아이가 죽은 산을 찾으면서 남편은 학원 일에 손을 놓았고, 영란은 학원 경영은 물론이고 아이들 가르치는 일조차 감당하기 어려워졌다. 그런 와중에 남편의 사고가 났고, 수술을 하고 재활이 길어지면서 학원은 자연스럽게 다른 사람 손에 넘어갔다. 먹고살아야 했으므로 일을 해야 했는데, 아무 생각 없이 하는 반복적인 노동 외에 다른 일은 할 엄두가 나지 않았다. 식당에서 일을 하는 그 시간 동안은 적어도 아들 생각을 잊기도 했던 것이다.

영란은 시집을 덮고 스미다, 라고 읊조렸다. 그리고 생각했다. 아들은 이미 내 안에 스며들어 내 일부가 되었을까? 그래서 이 단순한 구절이 이렇게 나를 놓지 않는 것일까?

5

황 군이 찾아온 것은 시집을 영란 씨에게 주고 난 다음 날 저녁이었다. 아무래도 시집 이야기를 해야 할 것 같아서 동완은 황 군을 끌고 근처 커피숍으로 갔다. 자리에 앉자마자 황 군은 시집을 달라고 했다.

"미안해. 나한테 없어…… 아주머니 줬어."

황 군이 기분 나쁘다는 듯 인상을 확 찌푸렸다.

"왜요? 제 허락도 없이."

"그 아주머니, 지푸라기라도 건지고 싶어서 이 주변을 떠나지 못하는데 그게 너무 안타깝기도 하고……"

"필명이라 어차피 자기 아들인 줄도 몰라요. 경민인 부모님이 시를 좋아하지 않는다고 했어요. 그래서 부모님한테 시 쓰는 이야기 안 한다고."

"미안하다, 너한테 허락 받아야 되는 건데…… 필요하면 다시 받아줄게. 버리지는 않았을 거야."

"아니, 뭐……"

"근데 경민인 왜 죽은 거야?"

"자살이라니까요."

"자살에도 이유가 있잖아."

가끔 정말 혹시나 지수가 자살을 한 것은 아닐까 하는 얼토당토않은 생각을 할 때도 있었다. 뺑소니 교통사고라는 것을 알면서도 그랬다. 나한테 문제가 있는 것은 아닐까, 나 때문인 것은 아닐까 하는 의심이 끊임없이 솟아나 한동안 스스로를 옥죄고 괴롭혔다.

"왕따 이런 거였어?"

"사실 애들이 좀 재수 없어 했어요. 잘난 체하기도 했고……"

"반 애들이?"

시선을 피한 채 황 군이 고개를 끄덕이며 말했다.

"우리 반에 키가 작은 애가 있었는데, 건수라고…… 그 애랑 소문이 있었죠. 둘이 사귄다고. 건수는 펄쩍 뛰었는데, 경민이는 그 사실에 늘 침묵했죠. 그 침묵이 스스로 동성애자라고 밝힌 꼴이어서…… 근데 꼭 그것 때문만도 아닌 게 왕따는 중학교 때부터 따라다녔다고 했어요."

"그래서?"

"대홍이라는 애를 중심으로 네 명 정도의 아이들이 항상 괴롭히는 주축이었는데 걔들이 진짜 웃긴 게…… 절대로 경민이한테는 폭력을 안 써요. 경민이에게 하루에 하나씩 새로운 과제를 주면서 그것을 완수하지 못하면 건수를 어떻게 하겠다, 이런 식으로 협박을 했어요."

"과제가 어떤 거였는데?"

"괴롭히는 데 이유가 있을 것 같아요? 그냥 심심해서 그러는 거예요. 그 애들은 그게 그냥 게임이고 재미고 장난이고 그런 거니까 입에 나오는 대로 지껄여서 과제를 만들었어요. 개똥도 주워 오라 그러고, 슬리퍼를 입에 물고 화장실 앞에 있으라고 그러고. 어디 피시방에 가서 무슨 형님한테 인사하고 오라고 하고. 그걸 경민이가 실행하니까 이게 더 재미가 난 거죠. 그러다가 그날은……"

그 아이들은 말했다고 했다.

"너, 시인이라며? 좋아, 그럼 오늘은 니가 젤 잘할 수 있는 걸로 과업을 주지."

대홍이가 손가락을 뻗쳐 맞은편 산을 가리켰다.

"저기. 저기로 가! 그곳에서 니 사랑을 시로 표현해서 갖고 와. 단, 저 산에 갔다는 증거를 가지고 와야 해. 보초 군인한 테 사인을 받아 온다든지 말이야, 알겠어? 점심시간이 끝나 기 전에! 증거와 함께 니 사랑을 시로!"

대홍이가 사랑이라고 말을 할 때 경민이를 둘러싼 아이들 이 낄낄거리고 웃었다. 건수는 두 팔이 묶인 채로 화장실 구 석에 세워져 있었다. 낄낄거리던 아이들이 신고 있던 삼색 슬 리퍼를 벗어 들었다. 경민이가 그 과업을 완수하지 않을 경우 슬리퍼를 건수에게 던질 것이라는 제스처였다. 경민이는 고 개를 푹 숙인 채로 교문을 나섰다고 했다. 그것이 제가 본 경 민이의 마지막 모습이었어요, 라고 황 군은 말했다.

"굳이 건너편 산까지 안 갔어도 됐는데, 나중에 우리는 경 민이가 그 산에서 발견되었다는 이야기를 듣고 정말 경민이 가 바보 같다는 생각을 했어요. 아니면 바보가 되어버린 걸 까요? 사실 대홍이는 건수를 그렇게 많이 괴롭히지도 않았어 요. 못 견딜 정도로 괴롭힌 게 아니었다구요. 그냥 장난에 가 까웠고, 그냥 경민이를 협박하는 재료로만 쓴 거예요. 그걸 경민이도 알았을 거예요. 그런데도 경민이는 왜 그렇게 열심히 그 과제들을 수행했을까요?"

"뭘 증명하고 싶었겠지. 그 아이들에게 굴복한 게 아니라…… 혹시 끊임없이 자신을 외면하는 건수에게 보여주고 싶었던 거 아닐까. 사랑을 증명한다는 마음이었을지도 모르지."

막상 황 군에게 그 말을 하고 나니 동완은 정말 경민이가 그랬을지도 모른다는 생각이 들었다. 지독하게 외로운 사람이 사랑을 증명하는 방법이 죽음 말고 도대체 뭐가 있을까. 황 군은 알바 시간에 늦었다며 황급히 자리에서 일어났다. 그리고 시집은 안 돌려줘도 된다고 하며 그냥 그 아주머니 주라고 덧붙였다. 동완은 오늘따라 유난히 키가 작아 보이는 황 군의 뒷모습을 우두커니 바라보았다. 황 군이 집에서 한 시간이나 먼 이 동네 피시방에서 2년씩이나 알바를 하고 있다는 사실에 문득 생각이 미쳤다. 동완은 자기도 모르게 흠칫 몸을 떨었다.

6

영란은 집으로 돌아왔다. 밥솥을 여니 어제 저녁에 한 밥이 누렇게 변해서 한 그릇 정도 들어 있었다. 코드를 뽑고 밥을 푼 후 김치를 꺼내고 아침에 먹다 남은 된장찌개를 데웠다. 허겁지겁 밥을 먹고 설거지를 한 후 깨끗하게 양치를 하고 몸을 씻었다. 비누칠을 할 때 카트에서 내리다가 발을 헛디디며 넘어지면서 다친 허벅지와 팔꿈치에 난 상처가 쓰라렸으나 영란은 얼른 찬물을 뒤집어썼다. 찬 기운이 쓰라림에 스며들었다. 스며들었다? 이 표현은 맞는 것일까.

어쩌면 지금 이 순간을 위해서 이 동네를 떠나지 않은 것인지도 모른다는 생각이 들었다. 시라는 것으로 추운 땅속에 묻힌 아들을 위로해줄 수 있을지도 모른다…… 방을 깨끗하게 치웠다. 밥상을 두 번 닦았다. 그리고 그 위에 시집을 펼쳤다. '그리움'이라는 시를 쓴 사람의 이름은 설민이었다. 그리움. 너는 내 마음이 스민 자리에 있다. 너는…… 영란은 눈을 감았다. 다시 한 번 아들의 얼굴이 영란의 가슴에 스미듯 번져갔기 때문이었다. 눈으로 시를 읽어 내려가던 영란은 다음 구절을 두 번 반복했다.

'너와 마주한 아침, 책상 위 굴절된 빛에 절망이 스민다.'

영란의 머릿속으로 단어 몇 개가 뚝뚝 지나갔다. 책상, 굴절, 절망, 스민다. 모르는 단어는 없었지만 영란은 그 문장의 뜻을 퍼뜩 알아챌 수가 없었다. 몰락하는 이들의 꿈으로 시작하는 다음 행도 마찬가지였다. 영란은 열 번쯤 그 시를 읽다가 책을 덮었다.

시집은 그런 것인지도 몰랐다. 애당초 반가운 단어 하나 있다고 넙죽 그것을 품에 안고 감상에 젖었으니 자신이 생각해도 너무나 어리석은 일이었다. 영란은 시집을 문 옆으로 던져 버리고 텔레비전을 켰다. 텔레비전을 보다가 영란은 밥상 위로 푹 고꾸라졌다. 꿈속에서 영란은 시인을 만났다. 설민이라는 시인이었다. 설민은 자기도 영화 보는 것을 좋아한다고 말했다. 영란은 심장이 덜컹거리듯 뛰는 것을 느끼며 잠에서 깨어났다. 영란은 엉금엉금 문 앞으로 기어가 아까 자신이 던져버린 시집을 집어 들었다. 질금질금 눈물이 비어져 나왔다. 시인이라니, 꼭 한 번 만나보고 싶었다. 시인을 만나서 그리움이 어떤 것인지 묻고 싶었다. 스민다는 게 어떤 것인지 묻고 싶었다. 아들이 보고 싶어서, 그 보고 싶은 마음으로 이렇게 가슴이 조여 오는 것도 스미는 것인지 묻고 싶었다. 영란은 시집을 품에 안고 가만히 자리에 누웠다. 경민이가 고스란히 제 몸속으로 스며드는 기분이었다.

한참 만에 일어난 영란은 핸드폰을 켜서 문자를 작성하기 시작했다. 설민이 쓴 시처럼 써보려고 했으나 시를 욕되게 하는 것 같아 무서웠다. 영란이 쓴 문자는 집 화단을 떠나 메마르고 척박한 땅에 이식된 식물처럼 생경스러웠다. 하지만 썼다가 고치고, 또 지우기를 계속하는 동안 이상하게도 마음이 조금씩 가라앉았다. 조금씩 견디며 무뎌지기를 바랐던 자신의 모습을 거울 속에서 발견하고 그래, 그래 하고 다독여주었던 어느 오후와 비슷한 느낌이었다. 마침내 영란은 마지막 한 문장을 남겼고, 그 글자들이 눈동자에 화인처럼 단단하게 박

힐 때까지 여러 번 소리 내어 읽었다. 그리고 전송을 눌렀다.

'당신을 영화보기에 초대합니다.'

7

편의점 밖에서 서성이는 황 군이 보였다. 이쪽 눈치를 보는 것 같으면서도 선뜻 들어오지 못하는 모양새였다. 동완이 손짓을 하자 잠시 후 황 군이 편의점 문을 열고 들어섰다.

"저 아줌마 짜증나요. 정말."

"왜?"

"볼 때마다 웃잖아요. 잘 알지도 못하면서."

영란 씨가 웃으면서 손을 흔들고 지나가는 것이 보였다. 동완은 그녀의 뒷모습을 좇다가 문득 어머니를 떠올렸다. 나이든 여자들의 뒷모습은 다 저렇게 비슷해 보이는 것일까. 한 달 전, 병원에서 깨어났을 때 동완은 어머니 얼굴을 외면했다. 지수의 죽음에서 벗어나지 못하는 자신이 죄스럽고, 이런 자신을 낳은 어머니가 원망스러웠다. 어머니는 아무 말도 하지 않았다. 단지 영란 씨가 자신을 살렸다는 말을 하며 불쌍한 사람이 불쌍한 사람을 구했다고 했다.

"화재로 남편이 죽었는데 그걸 모르더라. 그 기억이 없대. 조 앞에 화장품 가게 사장이 그러더라고. 남편이 다리 다치고 난 뒤부터 사람이 포악해지고 술 먹고 자주 폭력을 휘둘렀다

고. 그러던 어느 밤에 술을 억병으로 퍼마신 그 양반이 애 물
건을 전부 방에 쏟아놓고 불을 질렀다더라. 그 바람에 화재가
크게 났는데, 밤중에 소방차가 오고 난리도 아니었대. 전화번
호 아는 사람이 없어서 아주머니한테는 연락도 못하고……
결국 식당 밤일 마치고 아침에 돌아온 아주머니가 그 험한 일
을 다 치르고는 그걸 기억 못한단다."

어머니는 영란 씨 이야기만 늘어놓았다. 마치 그러니까 너
도 살아야 하지 않겠냐고 말하는 것 같았다.

"그걸 기억 못하는 그 사람 마음이 오죽하겠니."

링거액이 떨어지는 걸 보며 동완은 새벽에 들었던 지수의
목소리를 떠올렸다. 주변의 불빛들이 하나둘 사위어가고 새
벽의 푸른빛이 조금씩 짙어지던 무렵이었다. 자동차도 지나
가지 않고 인적도 끊긴 도로는 마치 정지된 화면 같았다. 지
수의 노랫소리가 들린 것은 바로 그때였다. 떠오른 기억 스
미인 순간 사이로…… 뜨거운 덩어리가 목구멍 아래에서 치
받아 올라왔다. 동완은 조여 오는 가슴을 움켜잡았다. 식은땀
이 나고 온몸이 떨렸다. 마치 누군가에게 조종 받는 로봇처럼
동완은 주춤주춤 진열대로 걸어가 소주병을 움켜쥐었다. 술
이라도 마시지 않으면 숨이 막혀서 죽을 것만 같았기 때문이
었다.

"짜증나다 못해 아줌마 볼 때마다 화가 나요."

가까이 다가온 황 군의 입에서 소주 냄새가 진하게 났다. 그러고 보니 얼굴도 벌겋게 달아올라 있었다. 묻지도 않았는데 황 군이 경민이 이야기를 꺼냈다.

"6월이었어요. 뜨거운 햇살이 교문을 나서는 경민이의 등에 사정없이 내리꽂혔죠. 아이들이 창밖으로 몸을 내밀고 사랑, 사랑이라고 외치며 킬킬거렸어요."

"그때 왕따를 주도한 아이들은 어떻게 되었는데?"

"어떻게 되긴요, 아무 일도 없었죠."

"왜?"

"아무도 말을 안 했거든요. 경찰이나 학교나 그 누구에게도 말을 안 했거든요."

"건수도?"

"물론이죠. 경민이가 교문을 나서자마자 그 애들이 건수를 데리고 밥 먹으러 식당으로 간 걸요."

"건수는 왜 말을 안 했을까."

"……무서웠겠죠. 건수는 끝까지 자기는 동성애자가 아니라고 했거든요."

황 군의 눈이 벌겋게 충혈되었다. 하지만 눈물은 떨어지지 않았다. 대신 어금니를 꽉 물었는지 턱뼈가 울근불근 움직이고 있었다. 잠시 후 잔뜩 가라앉은 목소리로 황 군이 중얼거렸다.

"그때 건수가, 아니 우리 모두가, 한 사람도 빠짐없이, 모두 입을 다물었다는 사실이…… 저는 정말 무서웠어요. 무서워서 아무 말도 할 수가 없었어요. 그게 얼마나 끔찍했는지 모르실 거예요."

피시방에 늦었다면서도 황 군은 쉽게 일어나지 못했다. 몇 번이나 동완에게 할 말이 있는 것처럼 머뭇머뭇했으나 결국 피시방 사장의 재촉 전화를 받고 편의점을 나섰다.

동완은 황 군처럼 어금니를 꽉 깨물고 뜨거운 침을 삼켰다. 알바생과 교대를 하고 난 뒤에도 동완은 집으로 가지 않았다. 아까 정리한 물건을 들었다가 다시 놓기도 하고 아래위로 물건을 바꾸어 진열하기도 했다. 창고 정리까지 마쳤을 때에는 야자를 끝내고 한바탕 들이닥친 고등학생 무리도 모두 집으로 돌아간 후였다. 동완은 어둠이 먹물처럼 내려앉은 거리를 눈이 시리도록 바라보았다. 그때 우웅, 주머니 속의 핸드폰이 울리며 문자가 도착했음을 알렸다. 동완은 핸드폰의 문자를 한참 동안 들여다보았다. 문자의 글자들이 동완의 셔츠에 한 글자씩 달라붙는 것 같았다. 그래서 그 글자들이 조금씩 몸속으로 스며들 것만 같았다. 동완은 핸드폰을 손에 쥔 채 편의점 문을 열고 밖으로 나갔다. 어둠을 묻힌 바람이 귓전에 울렁거렸다. 지수가 누워 있던 길 끝을 지나온 바람이었다. 동완은 크게 심호흡을 하고 컴컴한 어둠을 향해 발을 한 발 내딛었다.

8

불이 꺼지고 영화가 시작되었다. 번득이는 화면과 웅장한 사운드가 실내를 채우고 관객들은 숨을 죽이며 영화 속으로 빠져들고 있었다. 사람들은 기침 소리도 내지 않았다. 영란도 영화 속에 깊이 잠겨갔다. 그런데 어느 순간, 영란은 자기 옆에 누군가 앉았고 그의 부드러운 기운이 자기 속으로 스며드는 것을 느꼈다. 돌아보지 않았다. 그림자처럼, 안개처럼, 혹은 이슬처럼 여린 뭔가가 스며들었다. 그 따스한 기운이 천천히 온몸을 덮혔다. 영화가 끝날 때까지 그녀는 결코 돌아보지 않을 작정이었다. 그녀는 그가 누군지를 이미 알았고, 지금은 그렇게 스며오는 기운이면 충분했다.

이매진

나는 태어나는 순간 들은 노래를 기억한다. 내가 이 말을 하면 사람들은 의학적 지식을 총동원하여 나를 공격한다. 신생아 청력 정도와 신생아가 가지는 기억력의 한계에 대해 흥분하여 말한다. 뱃속에 있는 태아에게 음악을 반복해서 들려주면 아이가 태어났을 때 그 음악을 인지한다는 연구 결과는 있지만, 그것을 정확하게 알고 기억한다는 것은 불가능하다는 것이다. 그러나 어쩌랴. 정확하게 들었고, 기억하는 것을. 세상에는 인간이 이해할 수 없는 기적들이 얼마나 많은가. 죽은 사람이 살아나기도 하고 귀신이 사람들의 꿈속에서 미래를 예지하기도 하는데 거기에 비하면 이건 아무것도 아니다.

나중에서야 알게 되었지만 그 노래는 「이매진」이었다. 노래는 태어나 처음 들은 순간부터 잠시도 쉬지 않고 들렸다. 젖을 빨거나 목욕을 하거나 똥을 쌀 때에도 들었는데, 아마도 잠잘 때를 제외하고 나는 그 노래 속에 파묻혀 있었던 것은 아닐까 생각한다.

내가 그 노래 제목을 처음 안 것은 초등학교 5학년 때였다. 체르니 30번을 몇 장 남겨놓고 있지 않은 때의 피아노 치기란 여름 한낮의 만원 버스에 탄 것 같은 숨막힘을 느끼게 했다. 나는 선생님이 피아노 방만 나가면 의자의 모서리를 볼펜으로 파며 내 몸을 결박한 것 같은 갑갑한 기분을 해소하곤 했다. 손가락의 모든 근육을 엄지와 검지로 모아 체르니 30번을 끝냈을 때에는 결단코 의자를 모두 해체해버리고 말겠다는 의지를 불태웠던 것이다. 선생님이 밖에서 들을지도 모르기 때문에 가끔은 피아노를 쳐줘야 했는데 그럴 때면 머리를 피아노 몸체에 박고 연체동물같이 늘어진 손가락으로 건반을 두드렸다. 그것은 피아노 선생님이 제일 싫어하는 자세였다. 제일 싫어한다는 것을 알았기에 나는 방에 혼자 있을 때에는 항상 그 자세를 고수했다. 그렇게라도 해야 지겹고 권태로운 피아노 치기의 시간을 조금은 보상 받는 것 같았기 때문이다.

그러던 어느 날이었다. 여느 때와 같이 3번 방에서 피아노를 치다 말고 의자를 파고 있는데 그동안 들었던 것과는 다른 음악이 옆방에서 들렸다. 그것은 마치 내 피부를 뚫고 들어오는 것 같았다. 심장이 쿵쿵거리더니 뜨거운 열기가 머리끝까

지 치솟았다. 음악은 모세혈관 깊숙이 파고들었고 손가락 발
가락 마디, 내 머리카락 한 올까지 일으켜 그것들을 멍들게
했다.

　나는 피아노 3번 방의 문을 박차고 나가 4번 방의 문을 살
짝 열었다. 피아노를 치고 있는 사람은 피아노 선생님이었다.
선생님 옆에는 젊은 남자가 앉아 있었다. 새로 온 수강생에게
재즈 피아노를 가르치느라 시범 연주를 하는 모양이었다. 문
을 닫으려는 순간 나는 어깨를 부르르 떨며 손잡이를 잡은 손
에 힘을 꽉 주었다. 젊은 남자의 손이 선생님의 등을 쓰다듬
기 시작한 것이었다. 손은 점점 아래로 내려가더니 미끄러지
듯 바지 안으로 들어갔다. 몸을 꼬면서 비틀긴 했지만 선생님
의 연주는 한 치의 빈틈도 없었다. 음악은 클라이맥스로 치닫
고 있었다. 피아노 음 사이로 그들의 은밀한 숨소리가 들렸
다. 갑자기 사타구니가 뻐근해왔다. 나는 불룩해진 사타구니
를 두 손으로 감싼 채 후다닥 3번 방으로 뛰어들어갔다.

　이름만 피아노학원 원장이지 엄마는 거의 모든 레슨을 강
사에게 떠맡겨 놓다시피 했다. 엄마는 자주 학원을 비웠고,
그날 역시 엄마가 외출한 날이었다. 선생님은 과중한 레슨에
비해 터무니없이 적은 보수를 주는 원장에 대한 모든 미움을
담아서 나를 보곤 했다. 나 역시 그녀를 싫어했지만 「이매진」
을 나에게 선물해준 후 그녀를 조금은 좋아하게 되었다. 아
니, 어쩌면 그녀를 볼 때마다 등을 타고 바지 안으로 들어간

남자의 손이 떠올랐기 때문인지도 몰랐다.

엄마는 상당히 낭만적인 사람이었다. 피아노를 전공했지만 베토벤보다 비틀즈를 더 좋아했던 엄마는 존 레논을 전혀 닮지 않은 아빠랑은 더 이상 같이 살 수 없어서 이혼했다고 나에게 말했다. 큰 사업체를 가지고 있는 아빠에게서 받은 상당액의 위자료를 엄마는 음악학원에 투자했다. 그 당시는 어린 학생들을 위한 음악학원이 그리 많지 않은 때였다. 입시생들을 위한 시간은 저녁부터 시작되었고, 대낮에는 별 할 일도 없어 보이는 어른 몇이 재즈 피아노를 배우러 왔다. 초등학생은 나뿐이어서 더욱 그러했지만 지옥의 차임벨 같은 피아노학원이 나는 싫었다. 하지만 내 나이 열두 살 때 나는 운명처럼 「이매진」을 다시 만났고, 그 음악 소리는 그때부터 나를 다른 세계로 인도해주었다. 나는 「이매진」을 복기함과 동시에 성에 눈을 뜬 것이었다. 음악은 나를 발기시켰다. 그리고 곧 음악은 잊어버리고 발기만이 남았다. 피아노 4번 방을 훔쳐보는 것은 나의 일상이 되었다. 엄마에게는 항상 남자가 있었는데 가끔 남녀의 히히거리는 소리는 원장실 문틈으로도 새어 나왔다. 어처구니없게도 그들은 모두 내 발기를 도왔다.

엄마의 남자들에게 공통점이 있다면 그들이 존 레논을 닮았다고 엄마가 생각한다는 점이었다. 엄마의 첫사랑은 존 레논의 광팬이었는데, 헤어스타일과 외양을 존 레논과 똑같이 해 다니던 인기도 없는 밴드의 리더싱어였다. 엄마는 존 레논을 사랑했고, 존 레논을 닮은 그 남자를 사랑한다고 믿었다. 물론 남자는 엄마에게 열광했다. 하지만 대학을 졸업할 즈음 엄마는 그를 초개와 같이 버리고 오로지 미스코리아 본선 진출이라는 스펙 하나로 부산 굴지의 사업가 아들과 결혼을 했다. 아들을 낳고 그 아들이 중학교에 들어가 학교 낡은 체육 창고 안에서 친구들과 처음으로 포르노 잡지를 본 날, 엄마는 존 레논을 닮은 그의 죽음을 맞닥뜨렸다. 1980년 12월, 존 레논이 피살당했다는 기사가 난 일주일 후 그는 스스로 목숨을 끊었다. 자신이 존 레논과 같은 운명을 지녔다고 생각한 그 남자의 비극적인 최후였다. 물론 그것은 오로지 그의 생각이었다. 밀린 연습실 대여료와 생활고에 대한 압박과 지지부진한 음악적 성과와 그리고 가질 수 없는 사랑이 그를 그렇게 만들었다며 애잔한 표정으로 엄마는 말했다. 엄마는 가끔 철 없는 학원 여자애들처럼 나에게 남자들 이야기를 해주곤 했는데, 그 첫사랑 남자에 대해서도 마찬가지였다. '나의 연인 정연을 기억하며 내 장례식에는 존 레논의 「이매진」이 흐르기를 바란다'라는 유서를 그는 남겼다. 엄마는 그의 유서에 대해 약간은 과장된 슬픈 목소리로 이야기했다.

"엄마가 결혼하고 난 뒤에도 1년에 몇 번씩 편지를 해왔어. 그게 10년 넘게 계속되었어. 그 사람한테는 나뿐이었던 거야."

"엄마도 답장한 거야?"

엄마는 내 질문에 별다른 반응 없이 어깨를 으쓱 올릴 뿐이었다. 엄마는 항상 말했다. 사랑은 영원할 수 있고, 그것은 공식적인 이별 이후에 가능하다고 말이다. 공식적인 이별이라는 말이 궁금했지만 나는 묻지 않았다. 엄마가 선택한 단어에는 항상 엄마 나름의 계산이 숨어 있다는 것을 알기 때문이었다. 14년이나 지난 연인이 유서에 등장했다는 사실에 지인들은 모두 놀랐다고 했지만 나는 놀라지 않았다. 그는 영원한 사랑의 희생양이 된 것이 분명했다. 영원히 사랑하도록 엄마가 늘 여지를 남겨두었을 테니 말이다. 어쨌든 남자의 죽음에 엄마의 슬픔이 극에 달하지는 않았다. 이유는 그 즈음 새로 등장한 청춘 스타 이영하를 닮은 젊은 애인 때문이었다.

엄마는 전혀 나를 낳고 싶어 하지 않았다. 하지만 2세의 탄생을 눈이 빠져라 기다리고 있는 시댁의 분위기상 낳을 수밖에 없었다. 엄마는 임신 초기부터 극심한 우울증을 겪었고, 그것은 내가 태어났을 때 극에 달했다. 엄마의 산후 우울증을 위로해준 것은 오직 존 레논뿐이었다. 엄마는 젖이 퉁퉁 불어 겨드랑이까지 단단해져도 아이에게 젖을 물릴 생각은 하지 않고 오로지 「이매진」만 들었다. 아빠는 최선을 다해서 엄마를 보살폈다. 나를 목욕시키다가 갑작스러운 울음과 함께 어깨를 뒤흔드는 엄마를 부축하느라 더러운 목욕물이 꼴딱꼴딱 아기의 목 안으로 넘어갈 때에도 아빠 눈에는 오로지 산후 우울증에 걸린 아내만 보였다는 것이다.

하지만 엄마의 상태는 호전될 기미가 보이지 않았다. 죽을 때까지 힘든 아내를 외면하지 않겠노라 결심한 아빠는 그러나 다른 모든 남자들과 마찬가지로 쉽게 나가떨어졌다. 지친 아빠를 부드러운 손길로 사로잡은 여자는 아빠 거래처의 미모의 비서였다. 어린 딸이 하나 있는 돌싱이었던 그녀는 아빠의 재력에 혹했으며 아무 주저 없이 아빠가 내미는 손을 조개처럼 꽉 물고 놓아주지 않았다. 엄마 아빠가 이혼한 것은 내가 여섯 살이 되던 해였다. 결혼 생활이 끝나자 엄마의 우울증도 끝이 났고, 우울증을 함께했던 「이매진」은 서랍 속으로 처박히고 말았다.

나는 한 달에 한 번 아빠를 만났다. 아빠를 만날 때면 항상 그 가족이 함께 나왔는데 아이러니하게도 돌싱녀의 그 딸아이는 나를 닮아 있었다. 함께 찍은 사진을 본 사람들은 우리가 한 가족임을 전혀 의심하지 않았다. 쌍꺼풀진 눈과 둥근 이마가 특히 나와 닮았지만 묘하게 다른 느낌이 있었다. 살짝 야윈 듯한 뺨은 복숭아빛이 돌았고, 침을 바르는 습관이 있어 도톰한 입술은 항상 반짝거렸다. 고개를 조금이라도 숙이면 속눈썹이 큰 눈을 덮을 정도로 짙었는데 나는 그 모습을 보는 게 너무 좋았다. 나보다 10개월이나 어렸지만 2월생이라 초등학교도 같이 입학하게 되어 학년도 같았다. 수정이와 나는 잘 통했다. 나는 무엇이든 수정이를 먼저 챙겨주었고, 수정이는 친오빠처럼 나를 잘 따랐다. 아주 불온하지만 나는 발기만 되면 그 여동생을 생각하며 사정했다. 중학교 때 그 짓은 절정을 이루었는데, 그것은 나에게 굉장한 사건이며, 저항할 수 없는 어떤 힘이었다. 어쩌면 그때부터 내 인생 곳곳에 그것이 기다리고 있었는지도 몰랐다. 그놈은 늘 나를 휘청거리게 했다.

내가 수정이 집으로 처음 놀러 간 것은 중학교 2학년 때였다. 아버지 집은 막 새로 신축한 아파트였다. 집 안에는 향긋한 냄새가 가득했다. 하얀 칼라가 거실 탁자 위 투명한 유리병에 꽂혀 있고, 발레하는 소녀의 청동상이 텔레비전 옆에 놓여 있었다. 현관에 들어서자 무릎까지 오는 청치마를 입은 수정이가 오빠 어서 와, 하며 활짝 웃었다. 수정이 어머니는 어디 갔는지 보이지 않았다. 점심때가 되자 탕수육과 짜장면 등을 시켜놓고 아버지가 서재로 들어가셨다. 나는 수정이와 나란히 소파에 앉아 텔레비전을 보았다. 수정이의 동그랗고 하얀 무릎이 눈에 들어왔다. 나는 자꾸 벌렁거리는 가슴을 어떻게 할 수가 없었다. 뜨겁게 달아오른 얼굴을 들킬 것만 같아서 그만 이 집을 나가고 싶었다. 그런 내 마음을 아는지 모르는지 수정이가 나를 빤히 쳐다보며 말했다.

"오빠, 어디 아파? 얼굴이 빨개."

수정이가 내 이마에 손을 대더니 그 손을 내려 내 손을 잡았다.

"어떡해…… 아프지 마."

우리는 손을 잡은 채 한동안 텔레비전을 보았다. 텔레비전 속 개그맨의 과장된 웃음소리보다 내 심장 소리가 더 큰 것 같았다. 중국집 배달원이 초인종을 누를 때까지 수정이는 잡은 내 손을 놓지 않았다. 너무 떨려서 수정이의 손을 꽉 쥐지도 못했는데, 내 손바닥에는 자꾸 땀이 차올랐다.

　다음 달, 나는 그들의 가족 모임에 불참했다. 시험 기간이라며, 친구와 선약이 있다며 나는 아버지와의 약속을 번번이 거절했다. 아버지가 부탁을 하면 어쩔 수 없이 나가기는 했지만 함께 있는 시간 동안 수정이와 눈도 마주치지 못했다. 고등학생이 되자 자연적으로 발걸음이 멀어졌고, 아버지께는 전화로만 안부를 전했다. 대신 나는 앞뒤로「이매진」이 반복 녹음된 테이프와 함께 그 시간을 보냈다. 그것은 우연히 발견한 엄마의 물건이었다. 엄마의 화장대 서랍 안쪽에서「이매진」이라고 적힌 60분짜리 카세트테이프를 발견했는데 플레이어에 넣고 노래를 들어보니 앞뒤로「이매진」노래만 반복 녹음되어 있었다. 엄마에게는 이미 오래전에 잊힌 노래 같아서 나는 아무런 갈등 없이 그 테이프를 가졌다.

　내가 그녀를 다시 만난 것은 대학생 때였다. 아버지로부터 그녀와 내가 지원한 대학이 같다는 것은 들어서 알고 있었지만 막상 합격 통보를 받자 그녀를 만난다는 생각에 너무 들떠서 잠이 오지 않았다. 그녀는 마치 어릴 때 잃어버린 오빠라도 다시 만난 듯 나를 반겼다. 경이로움과 사랑스러움이 뒤섞인 표정이었다. 하지만 오빠라고 부르는 그녀의 목소리에서 예전의 애틋함을 찾아보기는 힘들었다. 그녀는 이제 우리 사이에 있었던 야릇한 감정 따윈 사라진 지 오래라는 듯 내 앞에서 쿨하게 행동했다. 그 점이 서운하긴 했지만 그게 무슨 상관인가. 나는 사랑하는 내 감정에 충실하기로 했다.

사랑하는 이들이 제일 먼저 하는 일은 소중한 것을 서로 공유하는 일일 것이다. 내가 수정이에게 한 일도 마찬가지였다. 나는 수정이에게 「이매진」을 들려주었다. 수정이는 나의 「이매진」에 금방 매혹되었다. 내가 「이매진」에 대해 설명할 때 그녀는 존경과 호기심이 가득한 눈으로 나를 바라보았다.

"이 노래는 비틀즈가 해체되고 존 레논이 솔로로 활동하며 발표한 앨범에 들어 있어. 노래 가사를 보면 알겠지만 존 레논은 반전 평화운동가야. 그때 그의 나이 서른둘이었지. 그 옆에는 오노 요코라는 사랑하는 여인이 있었고."

"그 여자가 존 레논에게 어떤 영향을 미친 거야?"

"비틀즈가 해체된 게 오노 요코 때문이라는 말도 있을 정도야."

"사랑이 사람을 변화시켰구나."

"한 인간에게 사랑이라는 감정은 정말 중요한 것 같아. 존 레논이 오노 요코를 만나 「이매진」이라는 명곡이 나왔다고 생각하거든."

"존 레논에 대해 오빠 모르는 게 없네."

나는 약간 으쓱한 기분으로 수정이를 바라보았다.

"뭔가를 좋아하면 저절로 알게 돼."

"그 사람들은 어떻게 됐어? 영원히 사랑했어?"

"글쎄, 영원히 사랑했을까? 그로부터 8년 뒤인 80년 12월 8일 존 레논은 마크 채프먼의 총에 저격당하거든."

"아, 평화를 노래한 사람이 저격을 당하다니 정말 말도 안 돼."

수정이는 종종 내 앞에서 나지막한 목소리로 한 소절씩 노래를 부르며 가사를 우리말로 옮겨보곤 했다.

"오빠, 난 이 부분이 좋아. Imagine all the people living life in peace. 모든 사람들이 평화롭게 삶을 살아간다고 상상해봐요. You may say I'm a dreamer but I'm not the only one. 내가 꿈만 꾸는 사람이라고 당신은 말할지 모르지만 나 혼자만 그런 건 아니에요. I hope some day you'll join us and the world will be as one. 먼 훗날 당신도 나처럼 되고 세상은 하나처럼 될 거라 희망해요."

하지만 우리의 평화는 그리 오래 지속되지 않았다. 아니, 우리의 평화라고 하기에는 조금 어폐가 있다. 그것은 엄밀히 말하면 나의 평화이기 때문이다.

수정이는 신입생이 되고 두 달 만에 남자친구가 생겼다. B 대학 ROTC였던 그는 잘생긴데다 마초의 매력이 흘러넘치는 남자였다. 수정이는 금방 그에게 빠져들었고, 어떻게 자신의 매력을 어필할지 고민하며 나에게 조언을 구했다. 그녀가 그럴 때마다 나는 손을 꼭 잡아주던 어린 날의 그녀를 떠올렸다. 그리고 그녀가 어쩔 수 없이 그러는 거라고 생각했다. 나를 사랑하지 않기 위해 일부러 나에게 상처를 주는 것이라고 말이다. 이런 생각 자체가 얼마나 멍청하고 어리석은지 알고 있었지만 나를 위로하기 위해서 다른 방법은 찾을 수가 없었다.

수정이가 데이트에 몰두하기 시작하자 내 시간은 덤으로 얻은 것처럼 남아돌았다. 나는 그 시간을 어떻게 보내야 하는지 알지 못했다. 갱년기가 되었어도 여전히 낭만을 꿈꾸는 엄마의 피아노학원은 불온한 관계들이 카푸치노의 거품처럼 아름다움으로 위장한 채 존재하고 있었다. 엄마의 집은 나에게 전혀 위안이 되지 못했다.

그즈음 내가 알게 된 유일한 위안의 장소는 '늘봄'이었다. 늘봄은 학교 밑 허름한 커피숍 이름이다. 때 묻은 소파들은 군데군데 속이 터져 스펀지가 죽은 물고기의 내장처럼 튀어나와 있고, 커피에서는 쓴 담배 냄새가 났으며, 유일한 종업원인 김 양이 짧은 치마를 입고 엉덩이를 흔들며 지나가는 곳이었다. 학교 앞 커피숍이라고 하기에는 순수한 낭만이 없었고, 그렇다고 퇴폐적이지도 않았으며, 어찌 보면 가난한 집의 부엌처럼 궁기가 흐르는 곳이었다. 나는 그곳에 처박혔다. 그곳에 처박힌 것은 김 양 때문도, 어린 날의 감성을 되살리는 터진 피아노 의자 같은 소파 때문도 아니었다. 그곳에 처음 발을 디뎠을 때 흘러나온 「이매진」 때문이었다. 김 양은 비틀즈 팬이었고, 존 레논을 좋아했다. 그곳에만 가면 존 레논을 들을 수 있었다.

존 레논의 노래가 끝나면 나는 주방 안쪽으로 들어갔다. 주방 안쪽에는 허리를 구부려야 들어갈 수 있는 작은 문이 있었다. 입장료를 내면 커피 한 잔이 제공되었다. 그곳이야말로 「이매진」의 가사처럼 세계 평화와 인류애가 실현되는 바로 그런 곳이었다. 그 방에서 나는 속칭 빨간비디오를 보았다. 방은 어두컴컴했다. 백열등이 천정에 매달려 있기는 했으나 켜진 적은 없었다. 창문이 있었으나 밤색 커튼이 쳐져 있어 바깥 풍경이 어떤지 알 수 없었다. 딱 한 번 그 커튼을 살짝 들어 올린 적이 있었는데, 밖은 벽돌만 쌓아올려져 있는 담이었다. 그 방엔 언제나 두세 명의 청춘이 어색하게 앉아 있었다. 물론 여자가 있었던 적은 없었다. 김 양도 그 방에는 들어오지 않았다. 어둡게 내려앉은 공기는 밀가루 풀을 쑨 것처럼 진득거렸고, 과장된 비디오의 신음 소리는 매번 청춘의 뇌하수체를 감전시켰다. 화면에는 상상해본 적도 없는 체위들이 펼쳐졌으며 우리들의 손은 어느새 바지 속으로 들어가 있었다. 여자가 내지르는 신음 소리에 얼굴이 붉어졌지만 아랫도리를 덮은 군용 모포가 있었기에 우리는 눈치 보지 않고 마음껏 사정할 수 있었다.

나는 거기서 진호 형을 만났다. 나보다 세 살 많았던 형은 사정은 혼자서 하는 게 아니라 남과 함께 하는 것이라는 것을 가르쳐주었다. 형은 배우가 되는 게 꿈이라고 했다. 얼마 전까지만 해도 무대에 연극을 올리기도 했다는 것이다. 어떤 연극이냐고 묻자 진호 형은 대사를 하듯 극적인 목소리로 말을 했다.

"말을 하면 잡혀가는 그런 나라가 있어. 배우가 소리치지. 사람이 말을 못하면 그게 사람이냐, 짐승이지."

"그게 형이 한 대사야?"

"그래, 그것 때문에 잡혀가서 생고생했어. 연극 내용은 정말 단순한 거였는데 말야."

연극 동아리에서 올린 연극 때문에 단원들이 모두 경찰서에 끌려갔다고 했다.

"그 뒤로 동아리는 강제 해체되었지. 그러니 배우 지망생이 어디서 배우 수업을 받겠냐? 배우 수업을 받을 데라곤 여기뿐이다."

배우의 몸짓뿐 아니라 말소리까지 그대로 흉내 내는 진호 형을 보고 있노라면 그 목소리와 연기가 너무 똑같아 음란한 내용인데도 숭고한 느낌마저 들었다. 진호 형의 연기를 매일 감상할 수 있는 나는 행복한 관객이었다. 연기뿐만 아니었다. 비디오 속의 아주 디테일한 장면까지 진호 형은 세세하게 알고 있었고 그 행위를 할 때의 느낌을 생생하게 전해주었다.

진호 형이 있을 때 빨간비디오는 수준이 한 단계 업그레이드 되었고, 나는 진호 형과 함께 볼 때 입장료가 진정한 가치를 발휘한다는 것을 알았다.

진호 형은 학교 밑에서 하숙을 하고 있었다. 나는 수업이 없는 대부분의 시간을 늘봄과 진호 형의 하숙집에서 보냈다. 그 두 가지는 나를 수정이에게서 벗어나게도 해주었기 때문에 나는 '어쩔 수 없는 나의 선택'이 어쩔 수 없다고 생각했다. 진호 형의 방은 하숙집에서 최고였다. 넓고 밝고 쾌적했다. 거기다 다락까지 있었다. 조금 불온하게 말하자면 마치 그 집의 주인 방 같았다. 내가 불온이라는 낱말을 붙인 데에는 나름대로 이유가 있다. 그즈음 형은 하숙집에 종종 나를 데리고 갔는데, 아줌마가 나를 보는 눈길이 결코 곱지 않았다. 처음엔 저녁밥을 축내서 그런가 보다 했는데 그게 아니었다. 그녀는 내가 그들 사이의 평화를 깨뜨리고 있다고 생각하는 것 같았다. 30대 중반의 하숙집 주인아줌마는 남편 없이 아이 하나를 키우고 있었다. 약간 살이 찐 체형이었는데 얼굴에 붉은 홍조가 늘 드리워져 있었다. 어느 날 진호 형이 새로 사귄 여자애 이야기를 하며 그 여자애와 어떻게 키스를 하고 가슴을 만지게 되었는지를 설명하고 있는데 아줌마가 노크도 없이 들어왔다. 아줌마의 손에는 찐 감자가 놓인 둥근 쟁반이 들려 있었다. 찐 감자 쟁반이 진호 형과 나 사이에 놓이고 아줌마는 자연스럽게 진호 형 옆에 앉아 다리를 이불 안으로 쑥

집어넣었다.

"진호야, 음악 좀 틀어봐. 아침 일찍부터 이불 빨래를 했더니 온몸이 녹아 없어지는 것 같아."

진호 형이 카세트테이프를 넣으려고 몸을 돌리자 아줌마가 그새 진호 형 옆으로 바싹 다가앉았다. 난감한 얼굴로 진호 형이 나를 보았는데, 이미 아줌마의 머리가 진호 형의 어깨에 기대어져 있었다. 아줌마가 찐 감자가 담긴 쟁반을 내 앞으로 내밀며 말했다.

"볼륨 좀 높여봐."

형의 방에 있는 다락은 종종 형 여자 친구의 숨바꼭질 장소가 되었다. 아줌마가 없는 날 형이 여자 친구를 데리고 왔다가 형의 사생활에 관심이 많은 아줌마의 급습에 놀란 여자들이 황급히 숨는 장소였다. 그런 날 아줌마는 형에게 더 지분거렸다. 물론 다락방의 여자가 들으라고 하는 교태였다. 십중팔구 여자들의 열정은 더 불타올랐고, 스릴이 없는 사랑은 재미없는 늘봄 영화 같은 것이라고 믿는 형의 사랑은 더욱 스펙터클해졌다.

형은 말했다. 니 사랑이야말로 진정 스펙터클하다고 말이다. 이루어질 수 없는 사랑은 그 자체만으로도 스펙터클한 거야. 내 사랑은 스펙터클하지 못했지만 진호 형과 내가 일으킨 사건은 학교가 떠들썩할 정도로 스펙터클했다.

그해 봄이 터질 듯 무르익어갈 무렵 학교 축제 때였다. 아이들은 미팅 때 만난 여자들의 어깨에 손을 두르고 벙글거리며 축제에 나타났다. 나에게는 파트너가 없었다. 내 파트너는 늘봄에 있었고, 그녀들은 모두 알몸이기 때문에 데리고 올 수 없었다. 나는 진호 형의 과 텐트에서 주점 일을 돕고 있었다. 막걸리와 파전을 파는 주점이었는데, 전야제가 절정에 이른 시간이 되자 수정이가 ROTC를 데리고 나타났다.

"수정 씨!"

진호 형이 수정이의 손을 잡고 억지로 끌고 왔다. ROTC가 당황한 얼굴로 진호 형을 보았으나 그런 눈 흘김에 움찔거릴 진호 형이 아니었다. 경찰서에 끌려갔다 온 후 형은 오히려 세상에 겁나는 게 없어지더라고 했다. 경찰이든 군인이든 제복 입은 것에 대한 반감도 훨씬 커졌다고 입버릇처럼 말했다. 어쩌면 ROTC의 제복이 진호 형에게 그런 반감을 불러일으켰는지도 몰랐다. 진호 형의 빈정거림이 과할 정도로 눈에 띄었던 것이다.

"남자 친구?"

수정이에 대한 내 연심을 알고 있는 진호 형의 장난이 시작되었음을 눈치챘지만 수정이와 녀석이 단둘이 있는 상황을 만들고 싶지 않았기에 나 역시 진호 형에게 적극 동조하고 싶었다. 남들에게 우리가 남매라는 사실을 억지로 알릴 필요는 없다고 수정이나 나는 평소에 생각하고 있었다. 진호 형만이 수정이와 나의 관계를 소상히 알고 있었는데, 평소 진호 형의 표현대로라면 '남매는 무슨, 피도 한 방울 안 섞였는데' 같은 관계가 수정이와 나의 관계인 것이다. ROTC가 자리에 앉아 모자를 벗어 탁자 위에 놓자 수정이가 모자를 옆 의자에 살며시 내려놓았다. 몹시 소중한 물건을 다루는 듯한 기분이 들게 하는 손길이었다. 파전이 나오자 진호 형이 막걸리 병을 들고 수정이의 테이블로 갔다. 그러더니 마치 일행인 듯 의자에 앉으며 나에게 손짓했다.

"야, 너도 이리 와서 앉아."

내가 앉으려고 하는 자리에는 수정이가 놓아둔 모자가 자기 자리라는 듯 당당하게 자리를 차지하고 있었다. 머뭇거리는 나를 본 진호 형이 모자를 들어 아무렇게나 탁자 위에 올리더니 술병을 들고 그의 잔에 막걸리를 따랐다.

"자, 한잔합시다. 건배."

잔이 부딪히고 진호 형이 원샷을 했다.

"장사를 하실 분이 그렇게 마셔도 됩니까?"

ROTC가 진호 형에게 물었다.

"아, 그건 걱정 안 해도 됩니다. 내가 술이 좀 세거든."

진호 형은 세거든으로 말을 끝냈다. ROTC의 인상이 구겨진 종이처럼 일그러졌다. 그것은 수정이도 마찬가지였다. 수정이는 나를 보면서 이 사람 왜 이러느냐는 신호를 아까부터 계속 보내고 있었다. 나는 모른 척하고 수정이에게 물었다.

"너 요즘도「이매진」듣니?"

나는 수정이의 대답 따윈 필요 없다는 듯 눈을 들어 먼 곳을 바라보며 홍얼홍얼 노래를 불렀다. 수정이와 진호 형, 그리고 ROTC가 동시에 나를 바라보았다. 순간 수정이가 흘끔 ROTC의 눈치를 보는 것이 느껴졌다. 나는 ROTC가 한 번도 수정이에게 사랑한다는 말을 한 적이 없음을 알고 있었다. 어쩌면 그놈은 수정이에게 사정만 해댈지 몰랐다. 그녀가 그놈과 밤을 보낼지도 모른다는 폭발할 것 같은 질투심으로 나는 그 녀석을 미워했고, 증오했고, 죽이고 싶었다.

　　이런 내 마음을 알고 있는 진호 형은 계속 ROTC에게 술을 권했다. 그도 진호 형 못지않았다. 술잔을 받을 때마다 진호 형과 나의 술잔에도 넘치도록 술을 부었다. 순식간에 수정이를 제외하고 셋은 모두 취해버렸다. 누가 먼저였을까. 아마도 진호 형이 먼저였을 것이다. 진호 형이 술잔을 탁자 위에 탁 하고 놓은 어느 순간 ROTC의 모자에 막걸리가 튀어버렸다. 막걸리 자국은 모자에 빠르게 스며들었고 허연 얼룩을 남겼다. 취해서 얼굴이 벌겋게 달아오른 ROTC가 낮게 중얼거렸다. 씨발. 그 소리를 들은 진호 형이 입술을 비틀더니 입에 들어 있던 막걸리를 푹 모자에 뱉었다. ROTC가 벌떡 일어났다. 잠깐 침묵이 흐르나 했는데 ROTC가 들고 있던 잔을 그대로 진호 형의 바지 위에 부어버렸다.

　　"씨발, 이런 개새끼가!"

　　이번엔 진호 형이 일어났고, 들고 있던 술을 그의 얼굴을 향해 뿌렸다. 이런 씹새끼가 하는 욕설과 함께 진호 형의 얼굴로 주먹이 휙 날아들었다. 순식간에 주점은 아수라장이 되었다. 진호 형이 쓰러지자 주점을 하던 후배들이 몰려와서 ROTC를 향해 주먹을 아낌없이 날렸다. 그만하라고 비명을 지르는 수정이의 목소리는 들리지도 않았다. 슬며시 나도 몇 번 발길질을 녀석의 뱃구레 어디쯤에 해댔다.

걸레처럼 너덜너덜해진 녀석을 수정이가 힘겹게 부축해서 나갈 때쯤엔 우리도 지쳐 있었다. 냉랭한 얼굴로 지나가는 택시에 녀석을 구겨 넣는 수정이를 보며 나는 어쩌면 다시는 그녀를 만나지 못할지도 모른다는 생각을 했다. 그 모든 것이 술 때문이었을까. 아니면 너무나 끈적끈적해진 진호 형과 나의 우정 때문이었을까.

"……씨발, 나도 어쩔 수가 없었어. 제복 입고 으스대는 꼬락서니가 딱 보기 싫었다고."

감정이 앞서버렸다는 후회가 형의 얼굴에 가득했지만 형은 곧 내 어깨에 팔을 두르며 말했다. 자, 사건은 지나갔고, 이제 한번 치워볼까? 술이 말짱하게 깬 얼굴로 형은 넘어진 테이블을 치우고 뒷정리를 했다.

사건은 지나간 게 아니었다. 정말 사건은 그 다음 날 일어났다. 다음 날, 사복을 입은 ROTC 네 명이 진호 형을 찾아왔다. 얼굴이 부어터져서 한쪽 눈이 찌그러지고 광대뼈와 목에도 아기 주먹만 한 피멍이 든 녀석이 맨 앞줄에 있었다. 그들은 어떻게 알았는지 진호 형이 수업을 끝낸 건물 앞에서 기다리고 있더라고 했다. 그러고는 마치 잘 아는 친구처럼 진호 형의 팔짱을 끼고 학교 뒷산으로 올라가더라는 것이다. 허겁지겁 내가 학교 뒷산으로 갔을 때는 이미 모든 일이 끝난 후였다. 하늘을 찌를 듯이 솟아 있는 전나무들에 둘러싸여 약간의 귀기마저 도는 그곳에는 피비린내가 공동 어시장처럼 번져 있었다. 신고하자는 내 말에 피투성이가 된 얼굴로 진호 형이 뱉어내듯 말을 했다.

"신고 따위 집어치워."

진호 형은 삼 주 동안 입원해 있었다. 퇴원할 때에는 다리를 약간 절었지만 의사는 곧 괜찮아질 것이라고 했다. 죄책감과 미안함에 나는 진호 형의 간호를 자처했다. 하숙집 아줌마는 매일 밥과 반찬을 내 것까지 배달해주었고, 진호 형의 엄마처럼 나에게 고마워했다. 아줌마와 함께 있으면 늘 시시껄렁한 농담을 하며 낄낄거렸는데, 나는 진호 형이 장난으로라도 웃을 수 있음에 감사했다. 하지만 그것은 나의 완벽한 착각이었다. 퇴원하기 전날 진호 형은 병원을 몰래 빠져나가 술을 진창 마셨다. 그것도 모자라 지나가던 행인에게 시비를 걸어 남자 세 명에게 또 엉망으로 얻어맞고 들어온 것이다. 퇴원은 사흘이나 뒤로 미뤄졌다. 왜 그랬느냐는 내 질문에 진호 형은 이렇게 말했다.

"내가 너무 찌질하잖냐. 여자애들이나 꼬시고, 포르노나 보고, 애나 줘 패고, 그걸 경찰서에 끌려갔던 일의 복수라고 자기 합리화하질 않나…… 그동안 살아온 내 삶이 부끄럽고, 이게 뭐하는 짓인가 싶게 구차하고…… 한번 시원하게 맞고 싶었어…… 내가 얼마나 어리석고 어리고 못났는지 견딜 수가 없었어."

퇴원을 하고 걸을 수 있게 되자 진호 형은 거리로 나갔다. 형은 다리를 절룩이며 내 손을 잡아끌고 가만있으면 안 된다고 소리쳤다. 거리는 인파와 거대한 함성으로 이미 점령당해 있었고, 여기저기서 '호헌 철폐!', '독재 타도!' 구호가 터져 나왔다. 진호 형은 시위대의 끄트머리에 나를 데리고 가서 이리저리 몰려다녔다. 시위는 며칠 전부터 있어왔지만 그날처럼 그렇게 격렬한 시위는 처음이었다. 진호 형은 목이 터져라 구호를 외쳐댔다.

"형 그만 가자."

"다들 민주화를 위해 싸우잖아. 우리도 동참해야지. 혁명을 해야 돼. 혁명을!"

진호 형은 그날 이후 6·29선언이 있던 날까지 거리 시위에 나섰다. 나도 마치 투사처럼 시위에 몰두했다. 하지만 나는 투사가 아니었다. 나는 무언가가 필요했을 뿐이었다.

며칠 그러고 다니는데 어느 날 뜻밖에 수정이를 만났다. 시위 대열이 최루탄을 피해 골목으로 들어서면서 진호 형과 헤어졌을 때였다. 옆에서 누군가가 내 손목을 확 잡아끌었다.

나는 최루탄으로 눈물범벅이 돼서 돌아보았다. 수정이였다. 그녀는 나를 끌고 근처에 있는 빌딩 안으로 들어갔다. 빌딩 안은 텅 비어 있었는데 거기에도 최루탄 냄새가 매캐했다.

"오빠, 다시 얼굴도 안 보려고 했는데 아빠 말 듣고 걱정이 돼서 가만있을 수가 없었어."

"니가 왜 내 걱정을 해?"

"왜 내 걱정을, 이라니? 무슨 말이 그래? 오빠…… 오빠는…… 됐어."

수정이의 눈에 새로운 습기가 차올랐다. 그것은 최루탄 때문은 아닌 듯했다. 수정이가 내 걱정을 했다는 말에 고마워해야 하는데 나는 끊임없이 심술이 났다.

"뭐가 됐다는 거야?"

수정이가 입술을 깨물었다.

"오빠도 이런 거 하는 거야?"

"혁명을 해야지, 혁명을……"

"혁명?"

혁명이 아니라 내게는 그저, 그래 어쩌면 사정 같은 것이었다. 하지만 그 말을 수정이에게 할 수는 없었다.

"이러다 잡히면 감옥살이도 하고 고문도 받고 병신이 되고 죽는단 말이야. 그냥 여기서 나가자. 오빠한텐 혁명은 어울리지 않아. 그냥 음악실에 가서 나랑 「이매진」이나 듣자."

수정이가 내 팔을 잡고 흔들었다.

"「이매진」은 너나 들어. 이 거리 꼴을 봐. 평화는 개뿔."

시위대와 진압 경찰이 휩쓸고 간 바깥 풍경은 을씨년스러 웠다. 온통 잿빛인 거리에는 돌멩이들이 어지럽게 흩어져 있고, 사람들은 모두 어디로 갔는지 보이지 않았다. 황량한 거리에 무더운 바람이 지나가자 폐허 같은 주변 건물들이 설핏 흔들리는 착각이 일었다. 고개를 돌려 그 황량한 거리를 보는데 수정이가 나를 보고 있는 것이 느껴졌다.

"……아빠 말 듣고 설마했어. 오빠 걱정 때문에 잠도 안 왔어. 아무것도 할 수 없었어. 오빠 걱정밖에 안 됐다고! 아무것도 할 수 없었다고!"

"그러니까 니가 왜? 너는 그 ROTC……"

"그 사람 내게 아무것도 아니야. 몰랐어?"

"그 새끼랑 너……"

수정이가 갑자기 나를 끌어안았다. 목이 조여올 정도로 힘을 주어 안은 것이었다. 뜨거운 입김이 내 목덜미로 쏟아져 내리는가 싶더니 수정이가 어깨를 들썩이며 흐느끼기 시작했다. 얼어붙어버린 줄 알았던 내 가슴이 쿵쾅거리고 뛰었다. 나는 나도 모르게 수정이의 몸이 으스러지도록 끌어안았다. 그리고 눈물로 젖은 그녀의 입술에 입을 맞추었다. 그녀의 짠 눈물이 침과 뒤섞이자 온몸이 끓어오르는 것 같았다. 그때였다. 어디선가 매운 최루탄 냄새가 날아왔다. 매캐하게 번져 있던 공기 속에 새로운 최루탄 냄새가 파고들자 재채기가 나오고 눈물과 콧물이 줄줄 흘러내렸다. 그것은 수정이도 마찬가지였다. 냄새는 눈물 콧물뿐 아니라 나의 이성마저 뒤흔들었다. 어린 수정이를 떠올리며 사정하던 중학생 때의 나처럼, 본능과 이성 속에서 갈등하던 그 숱한 밤처럼 이게 뭐 하는 짓이냐고 그 매운 냄새가 나를 일깨우고 있었다. 나는 무서운 물건이라도 만진 듯 놀라 수정이의 몸을 밀치고 빌딩 밖으로 나갔다. 어지럽게 흩어진 돌멩이와 흙먼지 속에 전경들은 보이지 않았으나 어디선가 누군가의 급하게 뛰는 발소리가 들렸다. 나는 도시의 작은 골목 속으로 들어갔다. 매캐한 냄새가 골목마다 퍼져 있었다. 어디를 얼마나 돌아다녔는지 몰랐다. 여전히 가슴은 뛰었고, 나도 모르게 꽉 쥔 주먹은 뜨거웠다. 이윽고 막다른 골목에서 나는 발을 멈추었다. 나는 그 골목의 대문에 지친 몸을 기대었다. 한낮의 태양에 데워진 철제 대문의 열기가 몸으로 파고들어오는 것 같았다. 뜨거운 덩어리가 목구멍을 치받는가 싶었는데 주르륵 눈물이 흘러내렸다. 나는 어깨를 들썩이며 흐느껴 울기 시작했다. 처음에는 내 울음소리 때문에 아무것도 들을 수 없었다. 차츰 울음이 잦아들자 나는 그 가냘픈 숨소리를 들을 수 있었다. 그것은 마치 상처 입은 작은 새가 내는 울음소리 같았다. 뭔가 부끄러운 것을 들킨 것 같아 나는 휙 뒤를 돌아보았다. 그곳에 수정이가 서 있었다. 흘러내린 땀과 먼지로 얼굴은 엉망이 되어 있었고, 나를 쫓아오느라 그랬는지 야윈 몸은 금방이라도 쓰러질 듯 지쳐보였다.

그날 우리는 도심 속 작은 여관에 숨어들었다. 우리는 아무 말도 하지 않고 서로의 몸에 열중했다. 늘 어두운 곳에서 웅크려 있던 내 사정은 처음으로 사랑이라는 행위에 굴복했다. 우리는 지치지 않았다. 우리에게 남은 날은 오직 그날뿐이라는 듯 우리는 몇 번이고 서로를 안았다.

이한열 열사의 장례식 행렬까지 열심히 쫓아다니던 진호 형은 거리와 교정이 조용해지자 휴학을 하고 고향으로 내려갔다. 곧 입대할 작정이라고 했다. 하숙집 아줌마가 끈질기게 붙잡았지만 진호 형은 그 어떤 결정을 할 때보다 단호했다.

"……다락방에 틀어박혀 있으면 니가 좋아한 그 노래가 생각나더라. 「이매진」…… 너네 엄마를 사랑했던 남자가 좋아한 노래라고 했지? 우리가 그런 세상을 당장 만나지는 못할지라도, 만들 수는 있을 거라고 믿어. 그렇게 믿고 싶어. 그리고 그렇게 살 거야."

진호 형의 말을 들으며 나는 문득 내가 태어났을 때 그 노래를 들었다고 생각했다는 사실을 떠올렸다. 나는 왜 세상과 마주하는 순간 그 노래를 들었다고 생각한 것일까. 나는 내가 태어나서 처음 마주하는 곳이 평화롭고 아름다운 세상이라고 믿고 싶었던 것은 아니었을까. 「이매진」을 엄마에게 가르쳐주었던 리더싱어 역시 그의 세상이 평화로울 거라 믿었던 것처럼 말이다. 입대하기 전까지 진호 형과 가끔 통화했다. 배우의 꿈이 사라진 형은 정치인이 되겠다고 했다. 형은 세상을 흔드는 것이 아니라 바꾸고 싶다고 단호하게 말했다.

수정이는 어찌된 일인지 학교에서 우연히 마주치지도 않았다. 아버지와의 통화에서 수정이가 몸이 아파 휴학을 결정했다는 이야기를 들었다. 아버지와 통화를 끝내고 나는 수정이가 너무 보고 싶어서 울었다. 누군가가 살을 도려내는 것처럼 몸이 아팠다. 그녀의 낮은 목소리도, 그녀의 짠 눈물도, 그녀의 야윈 손목도 그리웠다. 그녀의 둥근 광대뼈도, 도톰하고 작은 입술도, 그녀가 부르는 「이매진」 노랫소리도 그리웠다. 하지만 나는 아무것도 할 수 없었다. 편지를 몇 번이나 썼다가 지웠지만 단 한 줄의 문장도 완성하지 못했다. 전화 한 통도 못하고 편지 한 줄도 쓰지 못한 채 며칠을 고민하다 나는 「이매진」이 녹음된 테이프를 포장해 그녀에게 보냈다. 그것이 내가 그녀에게 줄 수 있는 유일한 사랑의 행위였다.

나 역시 세상에서 도피하듯 입대했다. 제대 후 학교로 돌아왔으나 시간이 그렇게 오래 지나도 수정이의 체취는 여전히 남아 있어 견디기가 힘들었다. 도망치듯 늘봄으로 갔으나 단속에 걸려 작은 방은 폐쇄된 뒤였다. 복학했다는 말은 들었지만 진호 형은 만날 수 없었다. 진호 형은 치열한 전대협 활동으로 인해 이미 석 달 전부터 도피 중이었다. 전화가 모두 도청되고 있어서 하숙집이나 고향집에서도 진호 형의 행방을 몰랐다.

졸업 후에도 내 삶은 여전했다. 한곳에 오래 머무르지 못하고 몇몇 직장을 전전했다. 내가 그렇게 떠돌아다니는 동안 수정이는 재미 교포 2세를 만나 결혼 후 바로 미국으로 갔다. 그녀가 그곳에서 얼마나 행복하게 잘살고 있는지 아버지는 항상 나에게 자랑하듯 말을 했다. 나는 그녀가 영원히 그렇게 행복하고 평화롭게 살기를 바랐다. 그랬다면 이 글은 쓰이지 않았을지도 모른다.

수정이 어머니가 나를 찾아온 것은 수정이가 미국으로 떠난 지 1년쯤 되었을 때였다. 엉뚱하게도 수정이 어머니는 자리에 앉자마자 존 레논의 「이매진」에 대해 말을 했다.

"니가 그 노래를 수정이에게 가르쳐주었다는 것을 알고 있어."

숨이 거칠고 목소리는 탁했지만 그녀는 마치 돌탑을 쌓아 올리듯 조심스럽고도 또렷하게 말하려고 애를 쓰고 있었다.

"수정이의 미국 생활은 온통 멍투성이였어. 그 어린것이 얼마나 힘들었을까…… 그곳으로 보내지 말았어야 했는데…… 나는 그걸 몰랐구나."

수정이 어머니가 젖은 목소리를 힘겹게 삼켰다. 내 앞에서 울지 않으려고 애쓰는 것 같았다. 뼈가 튀어나올 것처럼 마른 그녀의 얼굴이 고통스럽게 일그러졌다.

"수정이는 졸업하자마자 떠나고 싶어 했어. 왜 그렇게 한

국을 떠나고 싶어 했는지 나는 알지도 못한 채…… 그저 선을 본 사람이 교포였고 그가 수정이 마음에 들었겠거니 생각했어. 수정이한테 전화가 올 때마다 나는 어떤 기미도 알아챌 수 없었어. 수정이가 죽은 후에야 김서방으로부터 들어서 알았어. 처음엔 그런대로 잘 견디며 사는 것 같았대. 그런데 침대에서 일어나지도 않고, 울기만 하더라는 거야. 처음엔 그게 병인 줄도 모르고…… 우울증이 그렇게 무서운 병인지도 몰랐고…… 힘들어할 때마다 그럼 한국으로 들어가자고 했대. 그런데 수정이가 싫다고, 절대로 들어가지 않겠다고 했다는 거야."

수정이는 향수병과 우울증이 겹쳐서 힘들어하다가 결국 살던 아파트에서 뛰어내렸다고 했다. 나는 심장이 쪼그라드는 것 같은 통증을 느끼며 가슴을 움켜잡았다. 참았던 숨을 토해내자 으헉 하는 비명 소리가 저절로 튀어나왔다.

"그게 혹시…… 이것 때문이니?"

수정이 어머니가 내놓은 것은 카세트테이프였다. 바깥에 엄마가 쓴 「이매진」이라는 노래 제목이 적혀 있었다.

"그 테이프를 아주머니가 왜?"

"내가…… 이걸…… 얼마나 들었는지 모른다…… 그 테이프엔 너도 알다시피 같은 노래만 녹음되어 있더구나. 뛰어내린 수정이의 손에 이 테이프가 쥐어져 있었어…… 얼마나 세게 쥐고 있었던지……"

"아, 아니, 그…… 저, 저는……"

나는 더듬거리기만 했다. 글자만 둥둥 떠다닐 뿐 도저히 어떤 말도 조합할 수 없었다.

"마지막까지 움켜쥐고 있었던 이 테이프, 무엇을 말하려고 죽는 순간에도 이걸 쥐고 있었을까?"

그녀는 눈을 감았다. 눈물이 번진 눈가는 움푹 파여서 마치 무덤 속에 누워 있는 해골 같았다. 그녀가 말했다.

"민수야, 나는 너무 힘들어서 이걸 도저히 못 가지고 있겠다. 돌려주려고……"

카세트테이프를 탁자 위에 올리고 그녀가 일어섰다. 그녀의 몸이 비틀 흔들렸다. 내가 얼른 팔을 잡았지만 그녀가 휙 뿌리쳤다. 비틀거린 그녀의 다리에 부딪혔는지 덜커덩 탁자가 흔들렸다. 그 소리에 몸속의 내 장기가 와르르 무너지는 것 같았다. 나는 수정이의 체취가 묻어 있는 그 카세트테이프를 으스러질 정도로 손에 꽉 쥐었다.

이것으로 나의 20대 이야기는 끝이 났다. 가끔 여자를 만나기도 했으나 연애는 오래 지속되지 못했다. 동거를 한 여자가 있었지만 여자는 석 달 만에 도망가버렸다. 그 후 작은 광고 회사의 직장 동료와 연애 같은 것을 하고 결혼했으나 3년 만에 아이도 없이 이혼했다. 한 직장에서 오래 견디지 못하고 번번이 퇴사하는 나를 보던 엄마는 결국 몇 번이나 리모델링

한 학원 건물을 원룸으로 개조해 그것의 관리를 나에게 맡겼다. 그 이후의 생활을 말한다는 것은 너무 지지부진하므로 여기에서 그만두겠다.

나는 수정이 어머니로부터 카세트테이프를 받은 후 한 번도 그것을 듣지 않았다. 내가 그것을 오래된 서랍 속에서 꺼낸 것은 평창 동계올림픽 개막식이 있던 날이었다. 촛불로 그린 평화의 비둘기 가운데 서 있는 네 명의 가수가 「이매진」을 부르기 시작했다. 지난 몇십 년 동안 어떻게든 듣지 않으려고 애썼던 노래를 나는 무방비한 상태에서 듣게 된 것이었다. 반주가 나오는 동안에도 나는 그 노래가 그 노래라는 사실을 몰랐다. 인지했을 때에는 이미 늦어서 텔레비전을 꺼야겠다는 생각을 할 수도 없었다. 가수의 노래가 시작되자 나도 모르게 눈물이 흘러내렸다. 한번 쏟아진 눈물은 주체할 수가 없었다. 나는 눈물 콧물이 범벅이 된 얼굴로 허둥지둥 작은방으로 달려가 책상 서랍을 마구 뒤졌다. 그곳에 22년 전, 수정이 어머니가 전해준 카세트테이프가 그대로 놓여 있었다.

아름다운 세상이기를 바란 수정이와 나는 전혀 아름답지 못한 삶을 살았다고 생각했다. 그녀처럼 죽을 용기도 없었던 나는 오로지 그녀로부터 도망쳐야만 살 수 있다고 생각했다. 도망치면서 수없이 넘어졌지만 다시 도망쳤다. 그것이 그녀를 잊는 방법이라고 생각했다. 하지만 22년을 뛰어넘어 그 노래를 듣는 순간, 나는 단 한 번도 그녀를 잊은 적이 없으며,

단 한 발짝도 도망치지 못했다는 사실을 깨달았다. 나는 그 노래가 얼마나 아름다운 것인지 처음 안 사람처럼 온몸을 떨며 전율했다. 그녀가 생의 마지막 순간에 쥐고 있었던 노래가 어떻게 아름답지 않을 수 있겠는가. 그녀는 그 기억만을 가지고 영원을 선택한 것이다. 그동안 나는 그것을 모르는 척 외면하고 있었다. 그것은 내가 외면할 수 없는 사랑이었으며, 외면해서는 안 되는 사랑이었다. 나는 자리에서 일어나 얼굴을 말끔하게 훔쳤다. 그리고 마치 그녀를 만나러 가기라도 할 것처럼 현관문을 밀고 밖으로 뛰쳐나갔다.

이 카세트테이프 속의 노래를 한 번이라도 다시 들을 수 있다면 그동안 헤매기만 했던 어둡고 깊은 터널을 빠져나오는 방법을 찾을 것도 같았다. 옛날 전파상 같은 곳을 찾아가볼까. 인터넷 중고 시장을 찾아볼까. 녹음테이프를 재생할 수 있는 곳이 있기는 할까. 이런저런 생각에 잠기어 걸음을 옮기던 나는 그만 지하철 계단에서 무릎이 꺾여 구르고 말았다. 사람들이 어어 하는 비명을 질렀으나 고통을 느낄 수 없었다. 한참을 웅크리고 있던 나는 수정이가 마지막에 그랬던 것처럼 카세트테이프를 손에 꽉 움켜쥐고 있는 내 손을 내려다보았다. 휴대폰보다 더 작은 테이프가 철근처럼 무겁게 느껴졌다. 나에게 숭고했던 수정이는 이 작은 테이프 안에 갇힌 채 22년을 지나와버렸다. 그녀의 움직임이, 그녀의 손가락이, 그녀가 나를 고통스럽게 했던 아름다운 순간들이 경련처럼 내 몸을 스치고 지나갔다. 문득 정신을 차리고 보니 엄마가 있는 요양 병원으로 가는 지하철 방향에 내가 서 있었다.

요양 병원의 자동문이 열리자 어디선가 노래가 들렸다. 나는 세이렌의 노래를 따라가는 뱃사공처럼 노랫소리가 들리는 방의 문을 열었다. 치매에 걸린 후 엄마는 가장 행복했던 대학 시절을 살고 있었다. 엄마는 또래 친구들이 대학 근처에도 가지 못했던 시절에 대학을 다녔다는 데 엄청난 자부심을 가지고 있었다. 지금 엄마는 처녀 때처럼 팝송을 좋아했고, 비틀즈의 노래를 자주 불렀다. 요양 병원에서는 엄마를 비틀즈 할머니라고 불렀다. 나는 노래를 흥얼거리고 있는 엄마에게 다가갔다.

"엄마……"

멍하니 나를 보던 엄마가 내 손에 놓인 카세트테이프를 집어 들었다. 아주 오래된 보물을 발견한 사람처럼 카세트테이프에 적힌 제목을 들여다보던 엄마가 활짝 웃었다. 그러더니 마치 콘서트에 온 소녀처럼 카세트테이프를 들고 이리저리 좌우로 흔들며 「이매진」을 부르기 시작했다.

"Imagine there's no heaven. It's easy if you try……"

사람들은 지긋지긋하다는 듯 이쪽으로 등을 보이고 돌아앉았다. 몇몇은 앙상하고 야윈 어깨를 부르르 떨기도 했다. 그동안 연습이라도 한 사람처럼 엄마는 영어로 된 가사를 정확하게 발음하며 노래를 불렀다. 엄마의 얼굴은 너무 평화로워서 그 아름다운 노래로 인한 고통 따위는 있을 수도 없다고 말하는 것 같았다. 나는 엄마의 어깨에 머리를 기대고 천천히 숨을 내쉬었다. 어쩌면 오늘은 깊은 잠을 잘 수도 있을 것 같았다.

좋은 여자

햇살이 야금야금 파먹어 들어가는 나무는 반 넘게 백광으로 물들고 있었다. 모자를 깊게 눌러쓴 수경이 호주머니에 손을 푹 찔러넣은 채 학교 뒷담 옆 느타나무 주변을 서성이는 모습이 보였다. 그 옆으로 알록달록한 등산복을 입은 한 무리의 사람들이 와르르 웃음을 떨어뜨리며 지나갔다. 그녀의 모습을 몰래 지켜보고 있자니 아찔한 현기증이 일었다. 진수는 크게 한 번 심호흡을 했다. 수경이 초조한 표정으로 핸드폰 시계를 확인하는 것을 보고 진수는 시동을 걸었다.

불쾌한 기분을 억누르며 수경은 교문에 등을 붙이고 섰다. 차가운 쇠의 감촉이 셔츠를 뚫고 살갗으로 파고들었다. 서늘한 기운과 함께 어젯밤의 문자에 지혜롭게 대처하지 못했다는 자책이 보기 흉한 두드러기처럼 솟아올랐다.

'이수경 씨, 내일 좀 볼까, 할 이야기가 있는데.'

진수의 문자는 그렇게 시작되었다.

'무슨 일이신데요? 내일 약속이 좀 있는데.'

'줄 게 있어서 그래. 중요한 거야.'

'이사님과 저 사이에 그런 게 뭐가……?'

'잠깐이면 돼. 내일 아침 8시에 이수경 씨 집 뒤쪽에 있는 S중학교 뒷문에서 봐. 약속이 아침부터 있을 리는 없을 테고, 그땐 괜찮지?'

집요한 태도로 보아 쉽게 포기할 것 같지 않아 수경은 알겠습니다, 라는 문자를 보냈다. 그리고 난 뒤부터 지금까지 월요일 날 회사에서 말하라고 할 걸, 하는 하나마나한 후회를 하고 있는 것이다.

진수는 지난달, 수경이 S지사에서 근무하다 본사로 발령 나면서 4년 만에 다시 만난 직장 상사였다. 4년 전에 무슨 특별한 일이 있었던 것도 아니었다. 수경은 아까부터 지끈거리는 관자놀이를 꾹꾹 눌렀다.

언덕을 올라오는 기척도 없었는데 어느새 은색 외제차가 수경 옆에 와서 섰다. 내부는 짙은 선팅 때문인지 전혀 보이지 않았다. 곧 부드러운 커튼이 열리는 것처럼 창문이 소리 없이 내려졌다.

"타지."

좁은 차 안에 단둘이라니, 생각도 하기 싫었다. 수경이 머뭇거리자 진수가 같잖다는 듯이 픽하고 웃었다.

"참, 왜 그렇게 의심이 많아?"

수경은 어쩔 수 없이 차에 올랐다. 차 안에는 싱그러운 향기가 났다. 커피 향 같기도 하고 멜론 향 같기도 한 냄새였다. 진수는 수경이 옆에 타는데도 앞만 보고 있었다. 진수가 보고 있는 것은 한 무리 피어 있는 영산홍이었다. 연분홍과 그보다 더 붉은 분홍이 학교 후문 안쪽 화단을 온통 뒤덮고 있었다. 언뜻 화단은 둥그런 것이 무덤처럼 보이기도 했다. 붉고 화려한 무덤…… 바로 수경의 짧았던 결혼 생활 같았다.

"저에게 줄 게 있다면서요?"

"걱정 마. 줄 거야."

수경은 쥐고 있는 핸드폰의 커버를 불안하게 열었다 닫았다 하며 비밀 패턴을 그렸다가 덮기를 반복했다.

"지난달 사무실에서 이수경 씨를 만나고 난 거의 잠을 자지 못했어…… 그동안은 이런 식의 만남은 해서는 안 된다고, 잘못된 것이라고만 늘 생각해왔거든."

적당한 말을 찾으려고 했으나 수경은 선뜻 대답하지 못했다. 뭔가 속임수가 있다고 생각했다. 50대 중반의 남자에게 이런 말을 듣다니 이건 좀 아닌 게 분명했다.

"이사님, 지금 무슨 말씀을 하시는지 모르겠어요."

"무슨 말인지 모른다?"

해가 높아지면서 차 안이 점점 더워지고 있었다. 눈을 어지럽히는 꽃들에겐 축복의 햇살일지 모르지만 수경은 숨이 막힐 것 같았다. 차 안은 더운데다 세차라도 한 것인지 바닥의 시트에서 눅눅한 습기가 코끝으로 올라왔다. 에어컨을 좀 켜달라고 말하고 싶었으나 그런 말조차 왠지 친근감의 표시로 비칠까 봐 수경은 입을 꾹 다물고 땀이 배어 나오기 시작한 목덜미를 손으로 닦아냈다. 이렇게 빙빙 도는 말만 하다 보면 자신이 하고 싶은 말을 결국은 못한다는 것을 수경은 알고 있었다. 더 이상 허방을 짚지 않으려면 처음부터 냉정해져야 했다.

"이사님, 혹시…… 저를 여자로 좋아하시나요? 이러면 안 되는 거 아닌가요?"

"어차피 이수경 씨가 동의하지 않는 한 나 혼자 하는 짝사랑인데 무슨 상관인가?"

"그럼, 계속 그러고 계시지 왜 말씀하시는 거예요?"

"다시 만났으니까. 그날 이후에……"

"그날이라뇨?"

"한 달 전, 이수경 씨를 다시 만나고 난 절실히 깨달았어. 이런 식의 만남이 잘못이 아니라 말하지 않는 것이 잘못이라는 걸 말야. 왜냐하면…… 그날의 시간이 지금까지 나를 지탱해주었기 때문이야."

"그날 그날 하시는데, 도대체 무슨 말씀을 하시는 거예요?"

"그냥 이수경 씨를 만난 날을 말하는 거야. 우연히 만난 날……"

"하시는 말씀도 무슨 말인지 모르겠지만, 무엇보다도 전 유부녀예요."

"이수경 씨 혼자 됐다는 말을 들었어."

감기라도 걸린 것처럼 코가 맹맹해졌다. 콧등을 찡등그리며 수경은 진수를 보던 시선을 거두고 눈앞의 영산홍을 보았다. 피처럼 붉은 꽃들이 환한 불을 밝히고 수경을 향해 달려들고 있었다. 바싹 마른 입천장 너머로 침이 꿀꺽 넘어갔다. 무심한 얼굴의 남편이 그래서 나더러 뭐 어쩌란 말이냐고 되물었을 때처럼 수경의 속엣것들이 바싹 타들어갔다. 그때처럼 주체할 수 없는 화가 치밀어 올랐다.

"그래서요? 제가 쉬워 보이시나요?"

목소리가 저도 모르게 떨렸다.

"무슨 말인지 모르겠군."

"왜 무슨 말인지 모르세요? 전 이제 서른셋이에요. 이사님 자식뻘이라구요. 그러니까 자식뻘의 여자한테 이러는 이유가 제가 이혼녀라서 그런 게 아니냐구요."

진수는 입을 꾹 다물더니 라디오를 켰다. 낮은 첼로 음색이 자동차 안에 가득 퍼졌다.

"이수경 씨는 상대방의 진심을 교묘하게 오독하는 경향이 있군."

　오독이라니 오해겠지, 라고 생각하다가 수경은 정면 돌파
가 아니면 앞으로 계속 질질 끌려다니게 될지도 모른다는 생
각을 했다. 이사와 평사원의 관계란 그런 것이 아니겠는가.
수경은 이제 다른 회사를 찾아다닐 수 있는 나이가 아님을 알
고 있다. 스펙이 그렇게 화려한 것도 아니다. 진수에게 잘 보
여야 하는 입장인 것이다.

　"네, 맞아요. 저 이혼녀예요. 이사님은 유부남이시고. 이혼
녀와 유부남……"

　수경은 찜통 속에 들어앉아 있는 것처럼 답답함을 느꼈다.
비명이라도 악 지르고 싶은 심정이었다.

　"흥, 정말 멋지네요. 그래서 지금 저랑 연애라도 하실 생각
이세요? 그러다 사모님이랑 이혼하시고 저랑 결혼이라도 하
실 생각이냐고요? 아니면 그냥 바람이나 피우려고요? 이혼
녀니까 적당히 가지고 노시겠다? 그렇다면 오산이에요. 저는
요……"

　진수가 수경의 손을 잡았다. 수경이 그 손을 빼지 못할 정
도로 악력이 깊었다.

　"그건 상관없어."

　"네?"

　"내 와이프 말야. 아무 상관없다고."

　단호하게 자르듯 말을 하고 진수는 손을 놓았다. 손을 얼른

거두어들인 수경이 지친 안타까움을 얼굴 가득 묻힌 진수를 힐끔 본 그 짧은 순간이었다. 수경은 아주 오래된 기억 하나가 차 안의 숨은 습기처럼 눈앞으로 스멀스멀 기어 올라오는 것을 느꼈다. 그러니까 진수와 수경 사이에 아무 일도 없었던 것은 아닌 셈이었다. 단지 수경이 까맣게 잊고 있었을 뿐이었다.

진수의 아내가 바람을 피워 사람들 입방아에 오르내린 것은 수경이 회사 생활을 시작한 지 일 년도 채 안 된 때였다. 진수와 그의 아내는 사내 커플로 시작해 결혼까지 골인하고 승진에도 승승장구한 회사 내에서 제법 유명한 부부였다. 당시 진수 아내는 본사 핵심 부서인 기획실의 부장으로 부장급 중에서도 서열이 가장 높았다. 뿐만 아니라 여배우처럼 세련된 옷차림과 누구든 한 번은 뒤를 돌아보게 만드는 돋보이는 미모 때문에 40대 후반임에도 불구하고 열 살은 젊어 보였다. 그런 진수 아내가 부하 직원과 바람을 피워 인사과에 투서가 날아든 것이었다. 자수성가해서 부친으로부터 물려받은 작은 제약회사를 제법 큰 기업으로 키운 사장은 '가화만사성'을 사훈으로 정할 정도로 가정의 역할을 중시하는 사람이었다. 이혼이나 가정불화는 당연히 회사 일에 지장을 주며, 그러므로 승진에도 영향을 끼칠 수 있다고 늘 강조했다. 사장은 사건을 일으킨 두 사람을 각각 다른 지방으로 보내는 것으로 투서 사건을 마무리했다.

회사 내에서 자신보다 직책이 높았던 아내에 대한 질투로 진수의 나날은 공중에서 줄을 타는 광대처럼 불안하고 외로웠다. 열등감으로 시작되었던 불화는 전염균처럼 퍼져서 가정의 구석구석으로 파고들었다. 하나 있던 아이마저 유학을 떠나고 나자 집은 파리지옥으로 변해갔다. 진수는 아내를 잡아먹기 위해 몸부림쳤으나 잡아먹힌 쪽은 늘 자신이었다는 것을 깨닫곤 했다. 아내는 진수보다 한 시간 일찍 일어나서 식사 준비를 해야 했고, 늦은 귀가는 용납되지 않았다. 시간이 없어서 밥을 못했다며 즉석밥을 식탁에 올렸을 때 '감히 남편에게 이 따위를 올려?'라는 말과 함께 식탁 위의 반찬을 모두 바닥으로 쓸어버린 적도 있었다. 늦은 귀가는 승진에 목맨 아내의 필수 조건이었으나 진수는 바이어의 바지 속 물건을 주물럭거리느라 그렇게 늦었느냐는 말을 서슴지 않았다. 그래도 아내는 포기하지 않았다. 아니 포기하기에 아내의 실력은 너무 출중했고, 그런 아내를 사장이 놓아줄 리 없었다. 몇 년의 노력 끝에 당뇨 치료제의 남미 판권을 성사시킨 것도 아내였고, 벌레처럼 버글거리며 일어나던 노조의 가려운 곳을 적절하게 긁어준 것도 아내였다. 진수가 아내를 이길 수 있는 곳은 침대뿐이었다. 어느 날, 침대에 누운 아내에게 주먹을 휘둘렀을 때 진수는 자신의 몸 한가운데에서 참을 수 없는 성적 욕망이 분출되는 것을 알았다. 당신은 더러운 사디스트라고 아내가 내뱉었을 때 진수는 당황스러운 희열을 느꼈다. 아내는 격렬하게 반항했지만 곧 죽은 새처럼 조용해지곤 했다. 그러나 그럴수록 진수의 속은 냄새나는 오물을 뒤집어쓴 것처럼 참담해져갔다.

불화도, 불륜도 이혼으로 이어지지는 않았다. 한바탕의 소동 끝에 투서 사건이 진화된 후 아내는 진수에게 공언했다.

"회사 경영은 내 오랜 꿈이야. 지금 잠시 물러서지만 나는 다시 올라갈 거니까. 이혼 따위 없어."

"잘됐군 그래. 이제 남 눈치 볼 것도 없이 마음껏 그놈을 만나겠군. 그놈이랑 좋았나? 좋았겠지. 젊은 놈이 당신의 그 굶주린 육체를 마음껏 주물렀을 테니까."

"당신, 그동안 아주 넘치게 했어. 이제 그만할 때도 되지 않았어?"

집을 나서는 아내의 등에다 대고 진수는 저급한 욕설을 퍼부었다. 하지만 아내의 등은 단단한 방패처럼 그 못들을 모두 막아 진수에게 그대로 되돌려주었다. 남겨진 시간은 간장에 조려져 냉동된 즉석음식처럼 매번 진수를 숨 막히게 했다.

그즈음이었다. 진수가 수경과 우연히 밥을 함께 먹은 것은. 그것을 '함께'라고 부를 수 있을지는 모르겠지만 말이다.

정호와의 결혼 준비가 진행되고 있었다. 시어머니와 같이 한복을 맞추고 예물을 보러 간 날이었다. 신랑은 없고 신부만 온 것을 한복집에서도 예물집에서도 이상하게 생각했으나 시어머니는 아무 말도 하지 않았다. 정호와는 벌써 사흘이 넘도록 전화 연결이 되지 않고 있었다.

다정하고 친절하며 열심히 일하는 남자였다. 든든한 직장에 집안도 부유했으며 잘생기고 체격도 좋았다. 중매로 만났지만 수경은 금방 그에게 빠져들어서 종종 그와의 결혼 생활을 상상하며 잠자리에 들곤 했다. 하지만 결혼 날짜를 잡고 난 뒤부터 그가 보여준 행동들에 수경은 불안감을 느꼈다. 멍하니 다른 곳을 보는 공허한 눈, 스킨십을 하면서도 마치 절차에 따라 행사를 진행하듯 형식적이며 그 자체에 열중하지 않는다는 의구심.

"걱정 마라. 곧 연락 올 게다."

시어머니의 말이 거리에 선 수경의 뒤통수를 자꾸 잡아끌었다. 수경을 바라보는 시어머니의 눈에 서린 까닭 모를 긴장감을 수경은 미안함으로 읽고 싶었다. 시어머니가 떠난 뒤에도 핸드폰을 손에서 놓지 못한 채 수경은 묵묵히 걸었다. 젖은 비닐이 다리를 친친 감아대는 것처럼 발걸음은 무거웠다. 한참을 걷다보니 회사 앞이었다. 이미 어두워진 회사의 자동 유리문에 잠시 기대섰던 수경은 핸드폰을 끄고 가방 안에 집어넣었다. 시어머니의 태도로 보아 그에게 적어도 물리적인 어떤 사건이 생기지 않은 것은 분명해 보였다. 그렇다면 그는 정신적으로 뭔가를 힘들어하고 있다는 말일 것이다. 도저히 풀 수 없는 수수께끼를 마주한 듯 머릿속은 복잡하게 헝클어졌다.

수경은 극심한 허기를 느꼈다. 어제부터 거의 아무것도 먹지 않은 상태였던 것이다. 주변을 둘러보는 수경의 눈에 출입문이 통나무로 된 작은 우동집이 들어왔다. 제법 무거운 그 문을 밀고 들어가자 등을 한껏 구부린 손님 한 명이 우동 그릇을 앞에 두고 멍하니 앉아 있었다. 그는 아직 젓가락도 집지 않은 채였다. 가까이 가지 않아도 수경은 그가 누구인지 한눈에 알아보았다. 얼마 전, 와이프가 바람피운 사건으로 온갖 구설수에 오른 그 남자였다. 수경은 강한 자력에 이끌리기라도 한 듯 그의 앞으로 가서 마주 앉았다. 그가 힐끗 수경을 보았으나 왜 앞자리에 앉느냐고 항의할 의사도 없다는 듯 이내 눈을 내리깔았다. 같은 걸 주문하고 멍하니 앉아 있는데, 전화를 하고 메시지를 남긴 지난 사흘 동안의 시간들이 수경의 눈앞을 부옇게 가로막았다. 울컥 눈물이 쏟아지려고 하는 순간 수경은 앞에 앉은 남자를 보았다. 남자의 울분이 수경의 가슴속으로 와와 밀려 들어왔다. 이 남자가 느끼는 배반감과 슬픔은 얼마나 클까, 이 남자 앞에서 울 수는 없다, 라는 생각이 들었다. 그것은 정말 못할 짓이었다.

우동이 나왔다. 수경이 젓가락을 들자 그가 따라서 젓가락을 들었다. 그의 우동은 식었지만 그는 국물도 남기지 않고 우동을 다 먹었다. 그가 먼저 젓가락을 놓았다. 수경이 다 먹기를 기다려 그는 마치 함께 먹어주어서 고맙다는 듯 목례를 하고 수경의 우동값을 계산한 후 우동집을 나갔다. 그것이 까맣게 잊고 있던 그와의 기억이었다.

우동집의 일을 수경의 머릿속에서 지우게 된 것은 아마도 그다음에 이어진 기억 때문일 것이다. 다음 날 정호는 연락을 해왔고, 그날 이후 결혼식이 있기까지 모든 준비에 완벽하게 대응했다. 다만 시어머니의 안부를 묻는 중에 아파서 병원에 입원했다는 이야기를 들었는데 정호는 수경이 병문안 가는 것을 강력하게 저지했다. 시어머니가 그 누구의 방문도 허락하지 않는다는 것이 그 이유였다. 당시는 결혼식을 앞두고 소란스러워지는 것을 염려한 어른의 배려겠거니 생각하고 무심하게 넘어갔다. 결혼을 하고 난 후, 그러고도 시간이 한참 지난 뒤에야 그것이 정호를 협박하기 위한 시어머니의 자살 소동이었다는 것을 알게 되었다.

수경은 머리를 가득 채운 정호를 떨쳐버리기라도 할 것처럼 고개를 흔들며 진수를 정면으로 바라보았다.

"아, 네. 이사님과 일이 있긴 있었군요. 그 우동집 말이에요? 그것 때문에 지금 인연 운운하시는 거예요?"

또렷해진 기억의 표피를 붙잡으며 수경은 목소리를 높였다.

너무나 하찮다는 듯 코웃음을 치며 대답을 한 수경의 목소리는 가늘게 떨리고 있었다. 아내 앞에서 제 속을 들키지 않으려고 애를 쓰던 자신의 모습 같은 목소리였다. 진수는 눈을 감았다. 그림을 그리는 것처럼 조금씩 그녀의 모습이 떠올랐다. 우동 그릇을 앞에 두고 김이 오르다 더 이상 오르지 않을 때까지 보고 있었을 때, 그녀가 진수 앞에 와서 앉았던 것이다.

　회사에서 몇 번 눈여겨본 적이 있던 직원이었다. 보송한 솜털이 두 뺨 가득했고 그림 속의 여자처럼 목덜미가 가느다래서 청초하면서도 매혹적인 인상을 주었던 여자였다. 몇 번 엘리베이터에서 가까이 서서 간 적이 있었는데, 하얀 볼이 종이로 빚은 듯 투명해서 자신도 모르게 가슴이 쿵 소리를 내었던 적도 있었다. 어린 여자에게 반응한 심장이 부끄러웠으나 진수는 잠시 동안 그녀의 옆얼굴을 훔쳐보았다.

　우동이 나오고 그녀가 젓가락을 들자 진수는 마치 무조건 엄마를 따라 하는 어린아이처럼 젓가락을 집었다. 그녀가 우동을 입으로 가져갈 때마다 괜찮다, 괜찮아, 하고 이태 전 교통사고로 죽은 누이가 어깨를 도닥도닥 두드려주는 것 같았다. 아무 말 없이 그렇게 자신을 쓰다듬어주는 그녀가 고마워서 눈물이 나려고 했으나 진수는 목울음을 삼키고 대신 우동을 먹었다. 주인이 뜨거운 국물로 바꾸어주겠다고 했지만 진수는 고개를 저었다. 우동은 진수의 코앞에서 소리 나지 않게 후후 불며 들이켜는 그녀의 숨결처럼 따뜻하게 느껴졌다.

"그 후 나는 매일 우동집에 갔어. 나는 정말 할 일이 없었 거든. 회식이 있거나 저녁에 약속이 있는 날도 갔지. 우동집은 밤 10시가 되기 전에 문을 닫았는데, 불 꺼진 우동집 검은 유리에 얼굴을 대고 거기 이수경 씨가 앉았던 자리를 보았어…… 『설국』이라는 소설 아나? 거기 나오는 고마코를 닮았지, 당신은…… 유리에 얼굴의 기름이 얼룩처럼 번질 때까지 차갑게 젖어오는 이마를 옮기지도 않고 나는 고마코를 향해 이야기하곤 했어. 당신은 좋은 여자라고 말야……"

그 말은 소설 속의 시마무라가 고마코에게 한 말이지, 라고 진수는 들릴 듯 말 듯 웅얼거렸다.

"그리고…… 6개월 뒤쯤인가? 우리는 다시 만났어."

수경이 고개를 세차게 흔들었다. 마치 그까짓 우동 한 그릇 때문에 이러느냐는 좀 전 자신의 말에 절대로 다른 옷을 입히지는 않겠다는 강력한 의지처럼 보였다.

"저는 기억이 나지 않아요. 이사님, 죄송합니다."

"기억이 나지 않는다?"

"저, 전 뭘 잘 잊어요. 아마 그래서 그럴 거예요. 종종 핸드폰을 지하철에 두고 내린 적도 있고, 계산을 치른 후 지갑을 커피숍 의자에 그대로 두고 온 적도 있어요."

"하지만 그건 기억력이 없다고 댈 적당한 핑계는 아닌 것 같군 그래. 기억력의 문제가 아니라 그건 주의력 부족이라고

해야 맞지 않나? 기억은 뭘 모으는 게 아니야. 기억은 저장과
다르지."

"……"

"뇌는 기억해야 할 것들만 골라내지. 거기서 밀려난 것들이
망각이 되는 거고."

"이사님과의 기억이 제 뇌가 골라내고 난 후 버려지면서 망
각되었다고 말씀하시는군요. 하지만…… 저는 그 정도로 용
의주도하지 못해요. 저는 겁도 많아요. 남한테 모진 소리도
못하고요."

"그건 이수경 씨의 기억이 만들어낸 조작일 수도 있어."

"정말 우습네요. 저보다 저를 더 잘 아신다니."

"사람이 아픈 기억만 골라서 망각할 수는 없어. 그럼에도
불구하고, 어떤 사람들은 자신의 뇌에서 아픈 기억만을 잊
고 싶어 하고 실제로 그것을 잊기도 해. 바꾸기도 하고 말이
야…… 그날, 이수경 씨는 무척 아파 보였어."

맞아요, 라고 수경이 말했다. 하마터면 놓칠 뻔했을 정도로
작은 목소리였다.

"하지만…… 어쨌든, 죄송해요. 지금 뭔가를 기억해내라는
건 저에겐 불가능한 일이에요."

"나와 관련된 기억을 강요하진 않겠어. 다만 무슨 일이 있
었는지 이야기해줄 수 있나? 그날, 3년 전 4월에."

수경의 몸이 석고처럼 굳어졌다.

"그해 4월, 출장을 왔는지 본사 로비에서 이수경 씨를 잠깐 봤어. 그날 저녁에 이수경 씨는 S시로 돌아가지 않았어. 작은 우동집으로 갔지."

"거기서 제가 이사님을 만났나요?"

"아니, 나만 이수경 씨를 보았지."

진수를 다시 만난 기억은 정말 없었다. 하지만 진수가 3년 전 4월을 알고 있다면 그건 수경이 그를 만난 게 확실하다는 말이었다. 하긴 그랬다. 그런 기억이 정말 없다고 맞받아칠 수 없었다. 세상에 자신을 믿지 못하는 것만큼 두려운 일이 또 있을까. 짧았던 결혼 생활 동안 수경은 너무나 이기적이게도 자신의 생각에만 골몰하고 있었다. 이혼을 하고 난 후 친구들이나 가족들을 만났을 때 수경은 저도 모르게 그들과의 많은 추억과 기억을 자신이 상당 부분 훼손하고 있다는 사실을 알았다. 심지어 막 결혼하고 난 후 엄마가 유방암 수술을 한 것도 수경은 잊고 있었다. 대부분의 사실들은 그 당시만 기억하고 곧 잊어버린 것을 한참 지난 후에야 알고는 깜짝 놀라는 식으로 수경에게 존재했다. 수경에게는 정호와 싸운 1년의 기억만이 조각칼로 새긴 듯 남아 있을 뿐이었다. 그 어느 것도 진실이 아니었던 결혼 생활. 그 강을 건너려고 있는 힘을 다해 애를 쓸 때마다 깊이를 모르고 빠져들던 몸, 꼴깍꼴깍 목구멍 안으로 사정없이 들어가던 강물, 숨이 멎을 것

같던 그 시간들······

3년 전 4월 정호가 자살했다. 정호는 1년의 짧은 결혼 생활과 34년의 길지 않은 인생, 그리고 13년의 긴 사랑에 마침내 마침표를 찍었다. 정호가 늘 다니던 기차역 근방의 모텔에서였다. 두 사람은 벌거벗은 상태였고, 날카로운 면도날로 그은 손목에서 흘러나온 피로 욕실은 벌겋게 물들어 있었다. 끌어안고 죽음을 시도했을 두 사람은 아이러니하게도 등을 돌린채 누워 있었고, 정호의 얼굴은 괴로움에 몸부림친 듯 정지된 화면처럼 일그러져 있었다.

수경이 두 사람을 눈치챈 것은 결혼 생활 석 달로 막 접어들던 무렵이었다. 정호는 출장이 잦았다. 어느 날 출장을 간다고 나간 정호가 새벽에 집으로 돌아왔다. 정호는 몸을 제대로 가누지 못할 정도로 술에 취해 있었다. 갑자기 출장이 취소되었고 회식이 있어서 술을 마셨다고 했다. 그는 밤새도록 잠을 이루지 못했다. 술에 취하면 옷을 벗기 무섭게 잠에 곯아떨어지는 사람이었다. 정호는 다음 날 집에 들어오지 않았다. 취소된 출장을 다시 가야 하는 어쩔 수 없는 일이 생겼다는 것이었다. 그래도 의심하지 않았다. 문제는 그날이 일요일이라는 데 있었다. 시어머니는 일요일 아침마다 전화를 걸어왔다.

"아니, 일요일 날 출장 가서 일을 하는 회사도 있단 말이냐?"

시어머니의 목소리는 격앙되어 있었다. 마치 주말 출장이 수경의 탓이라도 되는 양 힐난하는 투였다.

"정호한테 전화는 해봤니?"

그 말을 내뱉자마자 시어머니는 수경의 대답은 들을 필요도 없다는 듯 황급히 전화를 끊었다. 그제야 수경은 뭔가 잘못되었을지도 모른다는 생각이 들었다. 평온했지만 낡은 마룻장을 걷는 것처럼 삐걱거렸던 일들이 어느 집에나 있는 평범한 일상은 아닐지도 모른다는 생각이었다. 시어머니는 가끔 정호가 외박을 하지 않는지 물어왔다. 집에 늦게 들어오거나 하면 꼭 전화를 해보라고 수경을 다그치기도 했다. 부부가 함께 있으면서 느끼는 기이한 침묵도, 바람 새는 자전거를 타고 시골길을 가는 것처럼 뭔가 명쾌하지 않았던 침대 속의 정체도, 그 모든 진실들이 집 안 어딘가에서 다른 얼굴을 하고 웅크리고 있을 것만 같았다.

수경은 노트북을 켜고 검색창에 언젠가 보았던 카드 내역서 속의 모텔 이름을 적어 넣었다. 출장지 모텔이라고 대수롭지 않게 말했던 정호의 말을 한 번도 의심하지 않았던 자신이 바보처럼 생각되었다. 같은 모텔의 이름이 전국에 세 개가 나왔고, 수경은 그중 이 도시의 모텔 주소와 전화번호를 핸드폰에 입력했다.

출장을 다녀온 정호는 기분이 좋아 보였다. 부부의 일상은 평화롭기 그지없었으나 수경은 전과 달라졌다. 수경에게 정호의 틈이 보이기 시작했다. 정호의 핸드폰 비밀 패턴은 수시로 바뀌었다. 담배를 피우지 않으면서 정호는 종종 베란다에 나가 서 있었고, 그의 얼굴에 서린 깊은 고뇌가 흉한 사마귀처럼 도드라져 있었다. 수경은 한 달 후, 출장을 간다는 정호의 뒤를 밟았다. 정호는 기차역에서 누군가를 기다렸다. 기다린 누군가가 키가 훤칠하고 약간 마른 체형의 남자라는 사실을 알았을 때, 수경은 남편을 의심해 택시까지 대절해서 미행한 것이 너무 저속해서 얼굴이 붉어졌다. 두 사람은 근처 식당으로 들어가서 밥을 먹었다. 식당에서 나온 두 사람은 역 근방에 있는 모텔로 들어갔다. 그제야 수경은 핸드폰에 입력해놓았던 모텔의 주소지가 기차역 주변이라는 사실을 깨달았다. 어떻게 할 거유? 힐끗 뒤를 돌아본 택시 기사의 얼굴에 경멸감이 가득 묻어 있었다. 수경은 택시를 보냈다. 택시에 앉아 모텔로 들어가는 정호를 본 기사가 '저런 호모새끼'라고 내뱉은 말이 수경의 귀에 더러운 오물처럼 발렸기 때문이었다. 밤이 늦도록 두 사람은 모텔에서 나오지 않았다.

반신반의하며 수경이 물었을 때, 정호의 얼굴이 두려움이 아니라 평안함으로 빛났던 것을 수경은 기억한다. 마치 생각나지 않아 오랫동안 사용할 수 없었던 여행 가방의 비밀번호를 기억해낸 듯 환희에 찬 표정이었다. 정호는 그 말을 수경이 생전 처음 들은 한 영화의 제목으로 시작했다.

"당신, 「브로크백 마운틴」이라는 영화 봤어?"

수경은 그 얼굴을 견딜 수 없었다. 천연덕스럽게 영화 이야기를 할 수 있는 그의 얼굴을 찢어발기고 싶었다. 물 한 모금만 삼켜도 허연 거품 같은 것들을 토해내며 휘청거리는 수경 앞에서 영화 타령이라니! 시어머니를 제외한 시댁 식구 그 누구도 모르는 사실이었다. 오로지 시어머니와 정호 간의 싸움이었고, 절벽 끝에 선 두 사람의 대치는 언제나 시어머니의 승리로 끝이 났다. 아들에 맞서기 위해 시어머니는 칼로 동맥을 그었고, 아들이 보는 앞에서 망설이지 않고 수면제를 입에 털어 넣기도 했다고 했다. 시어머니의 악착같은 대항 앞에 정호는 매번 단 하나의 조건을 내걸며 백기를 들었다. 그것은 자신이 사랑하는 사람을 보호하는 일이었다. 정호는 어머니로부터 상대를 목숨 걸고 사수했고, 지금까지 어떤 일에도 목숨을 건 일이 없는 수경은 그 싸움에서 질 수밖에 없다는 것을 알았다.

"당신이 알게 된 이상 결혼 생활은 할 수 있으나 부부 관계는 불가능한 일이야."

"앞으로 불가능한 게 그동안은 어떻게 가능했던 거야?"

"……견딘 거야."

"견뎠다고? 그게…… 견딘 거라고?"

"미안해. 내 제안에 동의할 수 없다면 어쩔 수 없어. 이혼하자."

시어머니는 이혼 불가를 외쳤다. 그동안 아들이 반란을 일으킬 때마다 자신의 몸에 상처 내기를 조금도 두려워하지 않았던 시어머니는 이번엔 수경을 향해 맹목적인 분노를 쏟아내었다.

"여자가 남자 마음 하나도 제대로 못 잡아서 이 난리를 치게 만드니?"

시어머니의 억지와 독설은 견디기 힘들었으나 수경 역시 선뜻 이혼을 결정할 수 없었다. 이 터무니없는 현실 앞의 증오에도 불구하고 정호에 대한 사랑이 아직도 남아 있다는 사실이 무엇보다 수경을 힘들게 했다. 정호는 수경 근처에도 오지 않았고, 여전히 출장은 멈추지 않았다. 시어머니는 아무 일도 없었다는 듯 임신에 좋은 약이라며 한약을 지어 와 냉장고에 그득그득 쌓아놓았다.

수경은 그들 모두에게 입을 닫았다. 아침에 눈을 뜨면 갑자기 저녁이 도착했고, 또 어떤 날은 지겹도록 시간이 가지 않았다. 밤은 길고 잠은 대양의 먼 등대 불빛처럼 발끝에서 아른거릴 뿐이었다. 어느 날 아침 텅 빈 침대에서 일어난 수경은 짐을 쌌다. 두어 달 사이에 몸무게가 7킬로나 줄었다는 것을 알고 난 뒤였다.

그때부터 속도가 붙은 게임처럼 이혼은 빠르게 진행되었다. 정호는 합의이혼을 원했으나 시어머니는 반대했다.

"합의이혼은 힘들겠어…… 커밍아웃은 못해. 너한테 미안하다. 이 사실이 알려지면 아버지를 내가 감당할 수 없어. 너도 알잖아. 내가 죽는다고 해도 아버지는 인정하지 않을 거야…… 물론 엄마도 마찬가지고."

시아버지는 교회의 장로였다. 독실한 기독교 집안이지만 시어머니에게 하나님보다 아들이 더 소중했다면 시아버지는 하나님이 더 중요한 사람이었다. 시아버지의 기도가 너무나 간절했기 때문에 그와 함께 밥을 먹는 일은 매번 통성기도를 올리는 것처럼 절박한 기분을 느끼게 하곤 했다. 시아버지는 결코 용납하지 못할 일이었다.

이혼 소송이 시작되었다. 부부가 겪어야만 했던 고통의 시간이 변호사에게 가닿자 그것은 상대를 무자비하게 난도질하는 미치광이의 칼로 변했다. 서로의 잘못을 까발리기 위해 법정은 전쟁터가 되었다. 부부의 침대 속까지 벌겋게 파헤쳐져야 하는 참혹하고도 치욕적인 싸움이었다. 그리고 드디어 정호가 가장 염려스러워하는 일이 벌어지고 말았다. 정호가 사랑하는 남자가 수면에 드러나기 시작한 것이다. 시아버지의 차갑고 날카로운 화살은 정호의 남자에게 주저 없이 향했다. 시아버지는 마귀로부터 아들을 구원하기 위해 너무나 쉽게 수치를 잊고 예의를 버렸다. 정호는 동성애자가 아니며, 동성애자인 남자로부터 끊임없이 스토킹 당해온 것뿐이라고 변호사는 반격을 가해왔다.

힘겹게 끌던 이혼 소송이 겨우 마무리되던 어느 밤에 정호와 그의 애인은 함께 모텔에 든 뒤 가늘고 날렵한 면도날로 서로의 손목을 그었다. 요즈음은 잘 볼 수 없는 도루코 양면 면도날이었다. 길이 5센티미터 정도의 그 작은 면도날은 두 사람의 죽음만큼 가벼워서 핏빛 욕탕에 둥둥 떠 있었다고 했다. 익명이었지만 남편의 죽음이 뉴스에 나버렸고, 시어머니는 공식적인 장례 절차를 생략했다.

"우동집 유리창 너머에서 이수경 씨를 본 순간 나는 아주 큰 알약을 물도 없이 삼키는 기분이었지. 당신은 우동을 먹는 게 아니라 그냥 우동을 입속으로 집어넣고 있었어. 우동집을 나온 당신은 허우적허우적 걸었어. 한참 걷다가 들어간 곳은 어묵을 파는 사케집이었어. 당신은 그곳에서 상당량의 술을 마셨지. 나는 바로 옆 테이블에 앉아 있다가 당신이 일어나는 조짐이 보이자 먼저 그 사케집을 나왔어. 문 앞에서 우리가 부딪쳤을 때, 당신은 나를 보고 이렇게 말했지. 어, 마누라가 바람난 그 아저씨다!"

"제가요?"

"난 깜짝 놀랐지. 그렇게 많은 시간이 지났는데…… 이수경 씨가 나를 알아봤기 때문이야."

긴장과 당황스러움으로 인해 수경의 등과 목에 땀이 돋아나는 것이 보였다. 그날 밤처럼 진수는 그녀의 목을 닦아주고 그 목에 입을 맞추고 싶었다.

"당신이 말했어. 역으로 가자고, 거기 있는 W모텔로 가자고, 거기 꼭 가야겠다고…… 검색해보니 그 도시의 역엔 W모텔이라는 이름이 없었어. 그 모텔은 당신이 살고 있었던 S시에 있었지. 이미 당신은 탈진 상태였어. 나는 당신을 부축해 근처의 모텔로 들어갔어."

수경의 얼굴이 마취 주사라도 맞은 것처럼 굳어갔다. 눈동자가 불안하게 흔들리더니 손으로 떨고 있는 입술을 가렸다.

"그날, 당신이 말했지. 며칠째 잠을 자지 못했다고."

"그, 그래서요? 또 제가 뭐라고 했나요? 혹시 무슨 일이 있었나요? ……오, 정말 죄송합니다. 아무 생각도 나지 않아요."

그날이 속살에라도 닿은 듯 이리 생생한데, 어떻게 이 여자의 기억은 강력 세제를 넣고 돌린 것처럼 모두 지워져버렸을까. 내색하지 않으려 했지만 가슴 한편이 생마늘이라도 씹은 듯 아려왔다.

"……나 역시 정말 오랜만에 잠을 잘 수 있었어. 그즈음 시간의 초침이 쿡쿡 찔러대는 불편한 불면이 밤마다 나를 내리눌렀거든. 노곤한 잠이었어. 아내와 함께할 때는 단 한 번도 그렇게 잠들지 못했지. 아내는 늘 나를 긴장시켰거든."

진수는 알고 있었다. 누구나 아내의 실력을 인정했다. 사장은 진수의 아내가 사장 후보로서 자격이 충분하다고 생각하고 있었다. 불륜 사건 따위는 아내에게 아무것도 아니었다. 전근 간 지방에서조차 아내의 빛나는 활약은 귀 옆에 켜놓은 라디오 소리처럼 진수에게 왕왕 울렸다. 실력만큼 아내는 당당했고, 당당한 아내는 항상 자신감 넘쳤고, 자신감 넘치는 아내를 사람들은 좋아했다. 불면의 밤은 늘 그런 옹졸한 것들로 채워져 진수를 독 안에 홀로 든 것처럼 외롭게 만들었다.

수경이 진수를 정면으로 바라보았다. 마치 지금 진수를 마주 보는 것만이 자기 앞의 문제를 해결할 수 있는 유일한 길이라는 듯 절박한 얼굴이었다.

"남편은 나에게 사과 한마디 없이 죽는 날까지 당당했어요. 전 그게 너무 억울했어요."

"그날 밤, 당신은 남편과 싸운 기억을 되새기는 것인지 자면서도 끊임없이 중얼거렸어…… 너랑 끝내는 방법을 좀 알고 싶다고 했지."

"그건…… 영화에 나오는 말이에요. 그리고 남편이 나에게 비명을 지르듯이 쏟아낸 말이기도 했죠…… 왜 끝내지 못했느냐고? 당신은 그 방법을 알고 있는 거야? 어떻게 하면 끝낼 수 있는 거지?"

연극이라도 하는 것처럼 흥분된 목소리로 수경은 남편의 말을 흉내 내어 토해냈다. 곧 울분으로 끓어오르던 그녀의 눈이 알 수 없는 습기로 젖어들었다.

"남편이 죽고 난 후 그 영화를 보았어요. 동성애자의 사랑을 다룬 「브로크백 마운틴」이라는 영화였죠. 남편을 이해하고 싶지 않았는데 영화를 보는 동안 내내 목구멍으로 눈물을 삼켰어요. 무슨 감정으로 눈물을 흘렸는지 나도 몰라요. 사흘 동안 그 영화만 봤어요……"

수경의 손이 나무토막처럼 뻣뻣해졌다. 진수는 그녀의 손을 떨리는 눈으로 바라보았다. 술에 취한 채 자신의 몸을 더듬던 그녀가, 상대가 깜짝 놀랄 정도로 섹스에 적극적이던 그녀가 고스란히 떠올랐다.

일주일간 휴가를 내고 집에만 틀어박혀 있는 동안 방 안에서는 영화가 계속 리플레이되고 있었다. 영화를 보는 내내 수경은 이불을 뒤집어쓰고 벌벌 떨었다. 정호가 죽고 난 후 엄마가 했던 말 때문이었다.

엄마는 이렇게 말했던 것이다.

"참, 이상하지. 누가 사용했나? 아무도 사용할 사람이 없는데…… 비었네."

도루코 면도날은 엄마가 처녀 때부터 세트로 구입해서 써오던 칼이었다. 엄마는 눈썹 정리를 할 때는 그 면도날만 사용했다. 여느 칼보다 잘 들고 사용하기가 편리하다는 게 그 이유였다. 모텔의 붉은 욕조에 둥둥 떠 있던 칼이 바로 그 칼이었다는 것을 알고, 엄마는 정호가 어디서 도루코 면도날을 구했는지 궁금해했던 것이다.

수경은 모든 것을 떨쳐내기라도 할 듯 어느 순간 몸을 일으켜 집을 나섰다. 뜨거운 것이 먹고 싶었고, 뜨거운 것을 먹는다면 온몸에 덧씌워져 있는 더러운 오물들이 말끔하게 씻겨

내려갈 것만 같았다. 본사 앞의 작은 우동집이 생각났다. 그것이 수경이 기억하는 그날 행적의 다였다. 다음 날 생소한 모텔에서 눈을 떴을 때 수경은 자신이 왜 그곳에 있는지 기억하지 못했다. 욕실에 들어가서 샤워를 하고 모텔을 나왔을 때 수경은 목구멍까지 차올랐던 뜨겁고 붉은 덩어리가 타고 난 연탄재처럼 식어 있는 것을 느꼈다. 어쨌든 살아갈 것이라고 그날 아침 모텔을 나서면서 수경은 중얼거렸던 것이다.

진수가 말했다.

"사람들은 누구나 잊어. 잊고 살지. 일부러 잊으려고 노력하지 않아도 사람들은 잊어버리지. 시간이 흐르고 난 뒤에 그들은 말하지. 이렇게 빨리 잊힐 줄 생각하지 못했어, 라고 말야."

잊는 건 문제가 아니라고 진수는 생각했다. 진수는 자신에게 끊임없이 말해왔다. 가감하고 윤색해서라도 아내가 아닌 자신을 위해서 말했던 것이다. 살기 위해서는 그렇게 해야만 했다. 많은 사람들이 기억을 조작했다. 그러기 때문에 그들은 잘못된 일을 하고도 당당할 수 있는 것이다. 그래서 그런 걸 할 수 없는 이 여자가 불쌍한 것이라고 진수는 생각했다.

"저 전, 정말 나쁜 여자였을 수도 있어요."

"잊을 수 있기 때문에 우리는 살아가는 거야. 기억을 찾는다는 건 숨겨진 고통을 다시 갖는다는 거야. 기억을 잃는 건 그런 의미에서 나쁜 것도 아니지. 하지만 말야……"

진수는 그윽한 눈으로 수경을 보았다. 가슴 깊은 곳에서 따뜻한 온기 같은 것이 조용히 차올랐다.

"어떤 기억은 절대 잊히지 않아. 잊어야 사는데…… 그게 참 안 돼. 이수경 씨와의 기억이 나에겐 그래. 그래서 돌려주려는 거야. 그 기억, 가져가."

"싫어요. 전 제 몫만도 너무 힘들어요. 제 모든 기억들은 온통 뒤죽박죽이에요. 정리가 안 돼요. 그런데 이사님의 기억까지 받을 수 없어요."

"……왜 그런지 알아? 어떤 기억은 정리가 안 되는 이유를?"

진수는 잠시 침묵하고는 회상하듯 조용히 말을 이었다.

"나도 그 영화를 봤어. 무척 인상 깊게 봤지. 두 남자의 무서운 고독 말야. 긴 겨울. 험준한 산속, 끊임없이 몰아치는 눈보라. 추위보다 더 혹독한 고독, 그 겨울 산속에, 오직 두 사람만 있었다고. 그런 환경에서는 남자 여자를 떠나 누구라도 안고 싶었을 거야. 그런 두 사람이 그 기억을 안고 도시에 돌아왔다고 생각해봐, 그 겨울 산속에서 맛봤던 고독이 순순히 사라지겠어? 그래서 끌어안았던 기억을 쉽게 털어 낼 수 있겠어? 이수경 씨 남편과 이수경 씨 남편이 사랑한 그 남자도 서로 그런 고독을 나눴다고 생각해. 어떤 사람들에게는 이 도시도 그 차갑고 거칠고 무서운, 그리고 고독한 겨울 산속과 같을지 모르지. 거기서 사랑했던 기억을 어떻게 털어내겠어?"

"……"

"……나는 이수경 씨와 나 사이에 있었던 일도 그런 거라고 생각해. 잊히지 않는 고독 속에서 만난…… 그래서 나는 그게 너무나도…… 정리가 안 돼."

진수의 목소리가 입속에 음식물이 가득 든 것처럼 잦아들었다.

"얼마 전 지방의 병원 응급실에 이불도 덮지 않고 돌아누워 있던 아내의 야윈 등을 봤지. 아내는 우울증과 불면증에 시달렸는데 어느 날 사흘분의 우울증 약을 술과 함께 한꺼번에 털어 넣었거든. 불면을 모르는 사람은 밤이 주는 형벌을 알 수 없지. 시간이 군화처럼 무거운 신발을 질질 끌며 심장을 꾹꾹 눌러대는 그 고통을 말이야. 마른침을 삼키며 암흑과 마주해야 하는 황폐한 그 고독감…… 이수경 씨를 다시 만나며 나는 그런 생각을 했어. 아내와 나 사이에는 그런 겨울을 함께 나눈 경험이 없을 뿐이라는 걸…… 내가 주지 못하는 정리 안 되는 기억을 아내는 다른 사람에게서 느꼈는지도 모른다고 말야. 난 그저 그녀를 경쟁 상대로만 생각하고 미워했으니까…… 즉석밥도 맛있을 수 있는데 말이야."

그 말을 끝으로 진수는 침묵했다. 침묵은 마치 잘 익은 반죽처럼 두 사람 사이를 무르게 감쌌다. 한참 후 진수는 수경의 볼을 두 손으로 감싸며 속삭이듯 말했다.

"당신은 좋은 여자야."

수경은 고개를 떨어뜨렸다. 수경의 머릿속으로 황량하고 차가운 「브로크백 마운틴」의 바람이 불어들었다. 놀란 그의 눈을 정면으로 바라보며 더러운 호모새끼, 라고 말한 것이 정말 자신이었을까. 그 말은 택시 기사가 뱉은 말이 아니었나. 수경은 머리를 뒤흔들며 두 손으로 눈을 가렸다. 망각의 이름을 빌려 아슬아슬하게 가려놓았던 것들이 눈앞의 영산홍처럼 선명하게 다가왔다. 이것은 기억의 음모가 아니었다. 이것은 단 한순간도 잊은 적 없는, 또렷이 저장된 블랙박스 영상 같은 것이었다.

"수경아, 걱정 마, 온 힘을 다해서 너한테 마지막으로 이혼이란 선물을 줄게."

마치 선심 쓰듯 선물이라는 말을 내뱉은 그가 가증스러웠다. 수경은 미친 듯이 가방을 뒤졌다. 넣어두고 다니면 언제든지 치욕스러운 인생을 날려버릴 수 있을 것 같아서 엄마 서랍에서 몰래 꺼내어 들고 다닌 지 한 달이 넘은 면도날이었다. 그리고 그것을 그의 손바닥에 탁 하고 내려놓았던 것이다.

목구멍 안에서 뜨거운 액체 같은 것이 꾸루룩 소리를 내며 흘러넘치는 듯했다. 수경은 천천히 심호흡을 한 후 안개비 같은 망각의 커튼을 안간힘을 다해 끄집어 내렸다. 그리고 금방 떠오른 생각을 꾹꾹 눌러 담아 깊이를 알 수 없는 검은 우물

속으로 쓸어 넣어버렸다. 콧속까지 뜨겁던 숨이 점점 잦아들고 열이 오르던 얼굴이 차츰 제자리를 찾아갔다. 차창 너머 바람을 잔뜩 머금은 영산홍이 진저리라도 치는 듯 한바탕 흔들렸다.

"아, 답답해요. 나가요."

차문을 열고 이미 발을 땅에 디딘 그녀가 기지개를 켜듯 말했다.

"저 아래에 내려가면 등산객들을 상대로 아침에도 문을 여는 우동집이 있어요."

수경은 뒤도 돌아보지 않고 학교 뒷담을 따라 보폭을 크게 하고 걸었다. 저벅저벅 뒤따라 걷는 자신의 발소리가 그녀와의 기억만큼 소중하게 느껴져 진수는 행복감을 느꼈다. 어디선가 달콤한 왜간장으로 간을 한 우동 냄새가 진수의 코끝으로 스며들었다. 저만큼 앞에서 수경이 우동집의 문을 열고 진수가 오기를 기다리고 있었다.

죽은 자들의 도시

1

여자는 오후 3시에 온다고 했다. 인우는 핸드폰을 열어 시계를 보았다. 2시 30분이었다. 창문을 닫고 커피를 내렸다. 거실에 커피 향기가 가득했다. 커피 향은 어느 먼 도시의 향료처럼 낯설게 다가와 인우의 코를 자극했다.

커피를 발견한 것은 우연이었다. 오래된 커피는 마시지 않는 것이 좋다고 한 아내의 말을 떠올렸지만 냉동실에 밀봉한 채로 넣어두어서 그런지 냄새를 맡아보니 향기는 그대로인 것 같았다. 어차피 맛도 모르는데, 이러면 어떻고 저러면 어떠랴 싶은 생각이 들었다. 이렇게 직접 커피를 내리는 것도 오늘로 마지막이 될 것이다.

교통사고로 아내가 죽은 후 절망과 슬픔의 나락에서 헤어나오지 못했던 인우가 정신을 차린 것은 석 달 만에 처음으로 냉장고를 열어봤을 때였다. 주말에도 회사에 나가 있었고, 아침은 아예 먹지 않았으며, 점심과 저녁은 밖에서 먹는 둥 마는 둥이었다. 집에 있을 수가 없었다. 집 안 곳곳에 여전히 아내가 있었다. 아내의 몸이 통째로 구겨진 채 어딘가에 숨겨져 있을 것만 같았다.

아내의 잔상들은 꿈속에서까지 인우를 괴롭혔다. 꿈속에서 아내는 언제나 소파 위에 오도카니 앉아 인우를 보고 있었다. 꾹 다문 입술은 마치 인우를 원망하는 듯했다. 매번 아내의 이름을 소리쳐 불렀지만 입만 벙긋거릴 뿐 소리는 나오지 않았다. 답답함에 목을 쥐어뜯으며 눈을 뜨면 찬바람을 쐬며 하루 종일 돌아다닌 사람처럼 목구멍이 따끔거렸다.

인우는 가능한 한 집에 있는 시간을 줄였다. 집에서 하는 일이라곤 밤늦게 들어와 침대에 들어가고, 술을 마시고 난 다음 날 정수기에서 물 한잔 뽑아 마시는 게 다였다. 아침에 사우나로 바로 출근하는 버릇까지 생겨서 집에서는 씻는 일도 거의 없었다. 그렇게 석 달을 지냈다. 어느 날 밤늦게 술을 마시고 집으로 돌아왔는데 목이 탈 것처럼 말랐다. 정수기 점검 표시등에 붉은 불이 들어와 있었다. 정수기가 텅 비어 있는 모양인지 물은 나오지 않았다. 인우는 무심결에 냉장고 문을 열었다. 그것이 석 달 만에 처음으로 연 것이라는 걸 인우는 몰랐다. 문을 열자 눈바람 같은 한기가 인우의 얼굴로 와락 쏟아졌다. 냉장고 안은 고요했지만, 그 차고 고요한 세상에 잔인한 악취가 잔뜩 압축되어 있었다. 마치 오래된 시체에서 나는 것 같은 역겨운 냄새가 앞을 다투어 인우의 몸뚱이를 통과해 거실로 쏟아졌다. 먹다 남은 반찬통들은 뚜껑을 열어보지 않아도 곰팡이가 하얗게 올라와 있는 것이 한눈에 보였다. 호박과 오이는 뭉그러져 있고, 양배추는 시커멓게 변색되어 있었다. 아내가 좋아했던 파프리카와 토마토는 곪아서 손을 대자 움푹 들어갔고, 어묵은 쉰내를 풍기며 썩어가고 있었다. 냉장고 속의 음식물처럼 저렇게 썩어가고 있다는 걸, 아내가 좋아했던 토마토처럼 저렇게 곪아가고 있다는 걸, 자신이 조금씩 부패되어 간다는 걸 인우는 그제야 처음으로 알았다. 인우는 얼른 문을 다시 닫았다. 술이 확 깼다. 인우는 냉장고 앞에 꿇어앉아 주먹으로 가슴을 쿵쿵 쳤다. 학 학, 숨을 내뿜을 때마다 입에서 썩은 단내가 났다. 목청껏 소리치며 울고 싶은데 뜨거운 불덩어리만 가슴에 그득 찰 뿐 눈물은 나오지 않았다. 인우는 바싹 마른 손으로 얼굴을 닦아냈다. 피부와 닿은 손바닥이 거친 더덕 껍질처럼 얼굴에 쓸렸다.

냉장고를 청소한 청소업체 아주머니는 인우의 눈을 똑바로 쳐다보지 못한 채 인우가 내미는 돈을 받았다. 인사를 하고 나가려다 말고 아주머니가 저기요, 하고 말을 붙여왔다.

"이건 제가 가지고 가도 될까요?"

아주머니가 냉동식품 몇 개를 들어 보이며 물었다. 냉장고에 있는 것은 모두 버려달라고 이야기를 했으니 버리든 가지고 가든 마음대로 하면 될 텐데 마치 남의 물건을 허락 없이 가지고 가지는 않겠다는 듯이 아주머니가 물어온 것이다. 고개를 끄덕이다 말고 인우는 아주머니가 쓰레기봉투와 함께 바닥에 내려놓은 물건들 중에 눈에 익은 은색 봉지를 집어 들었다. 불현듯 아내가 죽기 며칠 전 원두커피를 새로 사 왔다며 좋아했던 기억이 났다.

"죄송합니다. 이건 두고 가세요."

"그게 뭔지 몰라서, 음식 쓰레기 버리는 데 가서 봉지를 뜯어보려고 했는데……"

인우는 텅 빈 냉장고에 커피 봉지를 집어넣었다. 현관에 내려서서 신발을 신던 아주머니가 웅얼거리며 다시 한마디를 보탰다.

"뭘 드셔야지……"

모르는 사람이 자신을 걱정해주고 있었다. 인우는 아주머니가 나가고 난 뒤에야 고개를 끄덕였다. 아내는 뭘 잘 챙기지 못하는 인우를 어린아이 보듯 불안해했다. 초등학교 5학년 때 엄마가 돌아가신 후 1년 만에 들어온 새엄마는 인우에게 무관심했다. 인우는 새엄마의 무신경한 눈빛 속에서도 무언가를 갈망했고, 채워지지 않은 갈망은 인우를 주눅 들고 소심한 아이로 자라게 했다. 대학생이 되어 시작한 연애는 늘 실패했고, 시간이 지날수록 여자에게 가까이 다가가는 것이 두려웠다. 아내는 여자에 대한 두려움이 절정에 치솟아 있을 때 만난 사람이었다. 그녀는 자기 혼자만 받들어주기 바라는 새침한 다른 여자들과 달리 다정다감하고 친절했다. 재잘거리며 웃기 좋아하는 아내는 인우에게 바싹 말라 있는 항아리에 물을 가득 채운 것 같은 포만감을 느끼게 해주었다. 그런데 그 항아리가 깨져버린 것이다. 아내의 염려대로 지금 인우는 아무것도 할 수 없는 갓난아기나 치매 노인이 되어버렸다. 이 세상에 혼자 버려진 느낌에 사로잡혔던 열두 살의 그때처럼.

아내와는 만난 지 백일 만에 결혼을 했다. 연애 기간이 짧았기 때문인지 결혼 후 사랑은 여름날 소나기 맞은 나무처럼 쑥쑥 자라났다. 자고 일어나면 크리스마스 날 아침처럼 뭔가 색다른 선물을 받은 느낌이었다. 3년이 다 되도록 아이가 생기지 않아서 아내의 신경을 예민하게 만드는 것 말고는 아무 문제도 없었다. 피임을 하는 것도 아니었고, 언젠가는 가질 수 있을 거라고 생각했다.

인우는 생각했다. 지금…… 아내를 닮은 아이 하나 내 곁에 있으면 세상이 무너질 것 같은 이 참담함이 조금은 가시었을까. 넘어진 땅에 그대로 엎어져 다시는 일어나고 싶지 않은 마음이 조금은 달라졌을까.

텅 빈 냉장고를 하루에 한 번씩 열어보았다. 여기에 무엇을 채워야 할까. 어떻게 하면 몸속의 모든 장기들이 썰물처럼 빠져나간 것 같은 이 공허함을 채울 수 있을까. 인우는 냉장고 안에 들어 있는 유일한 물건인 커피 봉지를 꺼냈다. 커피는 아직 개봉도 하지 않은 채였다. 커피광인 아내가 개봉도 하지 않은 커피를 냉동실에 넣어두었다는 건 이해하기 힘든 일이었다. 오랫동안 먹지 않겠다는 뜻인가, 아니면 다른 사람에게 줄 생각이었나…… 인우는 아내의 커피 기구들을 늘어놓으며 아내가 어떻게 커피를 내렸는지 기억을 더듬었다. 인우는 커피를 좋아하지 않았다. 커피를 마시면 속이 더부룩하고 소화가 잘되지 않았다. 하지만 아내는 커피를 입에 달고 살았다. 커피를 마시면 몸에 있는 세포가 하나씩 깨어나는 느낌이라고 했다. 아내가 살아 있다면 분명 산패된 커피는 담배 냄새가 나서 먹지 못하니 버리라고 옆에서 조잘조잘 잔소리를 해댔을 것이다. 부패된 것인지 산패된 것인지 향기만으로 커피의 신선도를 인우는 구분할 수 없었다. 인우에게는 죽은 아내가 여전히 아내이듯 커피는 오래되어도 그냥 커피였다.

인우는 커피를 가슴에 품었다. 아내를 보내자고 몇 번이나 마음을 먹었지만 그런 마음을 먹을수록 더 커지는 것은 아내에 대한 그리움이었다. 일을 하지 않는 시간들이 너무나도 무서웠다. 잠깐 비어 있는 시간도 인우에게는 깊은 허방이었다.

냉장고를 비웠듯이 집 안도 비우고 자신도 비우고 싶었다.

마침 회사에서 근교 도시 근무 희망자를 모집한 것은 인우에게 그나마 살아갈 수 있는 기회를 준 것이라고 생각했다.

"다른 신청자가 없어서 자네가 가게 되겠어. 한 달 후야. 지금부터 인수인계하고, 사무실도 정리하도록 해…… 근데 자네 괜찮겠어?"

부장은 혼자된 인우가 혹 다른 마음을 먹지나 않을까 걱정하는 눈치였다. 그것은 부장이나 옆 동료들뿐 아니라 모든 지인들의 걱정이기도 했다. 장례를 마친 후 인우는 그 누구의 방문이나 연락을 거부했고, 친구나 지인들과의 모임도 일절 가지 않았다. 갑작스러운 아내의 죽음만큼이나 그들의 동정 어린 시선은 받아내기 힘들었다. 이동하게 될 곳은 기숙사가 있다고 했다. 인우는 모든 것을 정리하고 싶었다. 새로운 출발이 아니었다. 그렇게라도 해서 몸에 진드기처럼 붙어 있는 외로움과 가슴이 빠개질 것 같은 아픔과 시도 때도 없이 자신을 엄습해오는 우울함을 털어내고 싶었다.

떠나겠다는 생각을 했을 때에야 인우는 마치 진흙 속에 숨겨진 작은 구슬이 쏟아진 빗물에 비로소 모습을 드러내듯 어떤 기억 하나가 번뜩 떠오르는 것을 느꼈다. 기억은 마치 자신을 희롱하는 듯했다. 그것은 잊어서는 절대로 안 되는 기억이었다. 그런데 왜 고통스러운 지난 시간 동안 단 한 번도 머릿속에 떠오르지 않았던 것일까.

"그걸 찾아야 해."

인우는 나지막이 중얼거렸다. 방 안 어디선가 아내가 듣고 있을 것만 같아 인우는 한 번 더 똑같은 말을 반복했다. 그걸 찾아야 한다고.

아내가 사고 나기 하루 전이었다. 회식 때문에 술을 마시고 늦게 들어온 인우에게 한껏 들뜬 얼굴을 한 아내가 생글생글 웃으며 말했다.

"선물이 있어."

"뭔데?"

"그냥 줄 순 없고, 물론 자기가 찾아야 해."

숨겨둔 물건을 찾아내야만 선물이 될 수 있다는 게임을 먼저 제안한 사람은 인우였다. 결혼 후 첫 생일 때 아내는 인우가 건넨 케이크를 온통 뒤져서 귀고리 한 쌍을 찾아냈다. 베개 밑에 숨겨둔 팬티와 겨울 잠바 주머니 속에 들어 있는 비키니 수영복을 찾아내면서 아내는 환호를 질렀다. 선물의 기쁨은 두 배로 늘어났고, 찾지 못해 힌트가 하나씩 추가되면 만 원의 벌금을 내어야 했다. 아내에게 십만 원 벌금을 내고 받은 전기면도기도 있었다. 인우는 숨겨진 곳을 알면서도 잘 못 찾겠다고 엄살을 부렸고, 아내는 어린아이처럼 낄낄거리며 벌금을 요구했다. 이제 아내의 마지막 선물을 찾아야 했다. 더 이상 힌트는 없었다. 그러므로 찾으려면 집 안을 뒤집어서라도 구석구석 터는 수밖에 없었다. 어차피 가구는 인우 곁을 떠나야 했다. 아내 손때가 묻은 가구들의 흠집이나 흔적 하나까지 인우를 괴롭혔다. 인우는 가구를 모두 내놓기로 했다. 택배를 보내기 전에 가구를 샅샅이 뒤져 아내가 남긴 마지막 선물을 찾아야겠다고 생각했다. 아내가 들떠서 말한 그 날 숨겨진 선물을 찾지 못하고 술에 취해 바로 잠에 곯아떨어졌던 일이 지금 와서 아프게 후회되었다.

다음 날 인우는 아내의 화장대를 인터넷 중고 시장에 내놓았다. 아내의 화장대를 사겠다는 사람이 나타나고 물건을 택배로 보낸 날 인우는 3년 전에 끊은 담배를 피워 물었다. 그리고 마치 그것이 아내의 선물인 양 커피를 진하게 내려서 마셨다. 마치 독배의 첫번째 잔을 마시는 기분이었다.

3년도 안 된 물건이어서 그런지 가구는 비교적 인기가 좋은 편이었다. 문의 전화가 연이어 왔고, 전화를 한 사람들은 대부분 가격 흥정을 하고 바로 물건을 보내달라고 했다. 아내가 결혼할 때 가지고 온 식탁과 서랍장이 집을 떠났다. 그때마다 아내의 커피도 조금씩 줄어들었다.

이제 소파만 남았다. 소파를 가지고 가겠다고 한 사람은 여자였다. 여자는 얼마 전 장식장이 나갈 때 집 앞에서 마주친 사람이었다. 장식장이 예쁘네요, 가구를 파세요? 라고 물었고, 아직 팔리지 않은 물건으로 소파가 남았다고 하자 직접 상태를 확인하겠다며 지금은 바쁘니 다음에 들르겠다는 말을 남기고 전화번호를 받아간 것이다.

　여자는 30대 중반 정도로 보였다. 얼굴은 야위어서 광대뼈가 두드러져 보였고, 두 뺨은 언제 붉게 물들었던 적이 있었을까 싶게 창백했다. 여자는 이곳이 처음이 아닌 사람처럼 여기저기 둘러보는 법도 없이 곧장 소파 옆에 오더니 손으로 천천히 가죽을 쓰다듬었다. 마치 그 속에 숨어 있는 아내와 인우의 이야기 결을 조금씩 만지작거리는 듯한 손길이었다.

　"소파가 흰색인데도 아직 깨끗하네요."

　"몇 번 관심을 가진 사람이 나타나긴 했는데 색깔이 너무 밝다고 주저하더라고요. 맘에 드시면 가격은 잘해드릴게요. 그것만 남아서……"

　"……커피 한잔 줄 수 있나요?"

　웅얼거리듯 말을 한 여자가 마치 유령처럼 소리도 내지 않고 스르르 소파에 앉았다. 인우는 잠시 소파에 떨어진 커피 자국을 보았다. 어느 날 커피를 마시는 아내의 가슴에 무심결에 손을 넣었는데 놀란 아내가 피하는 바람에 소파에 커피를 쏟았던 것이다. 그날 두 사람은 소파에서 사랑을 나누었다. 쏟은 즉시 닦아내었더라면 소파에 얼룩이 지지 않았을 거라고 인우가 아쉬워하자 아내는 비죽이 웃으며 말했다.

　"시간 지나면 점점 옅어질 거야. 그리고 아주 나중에는 그 속으로 완전히 숨어들 거고, 그때까지 오래오래 사랑하면서 살면 돼."

커피 얼룩은 그 후로 얼룩이 아니라 사랑의 증표로 생각되었다. 가끔 아내가 소파에 앉아 그 얼룩을 쓰다듬는 것을 본 적도 있었다. 그런 아내를 보면 인우는 사랑을 처음 시작한 청년처럼 설레고 가슴이 뛰었다. 그런데 얼룩이 다 숨어들지도 않았는데, 이제 소파는 집을 떠난다.

"아, 이 이건…… 먹을 수 없는 커핍니다."

"왜죠?"

"유통기한이 지났어요. 커피를 좋아하신다면 못 드실 거예요."

"근데 그쪽은 왜 버리지 않으시고 드시는 건가요?"

아내의 물건을 하나씩 보내면 아내를 잊을 수 있을 거라고 생각했다고 차마 말할 수 없었다. 지금에 와서 처음의 그 결심이 얼마나 바보 같은 일이었는지 알게 되었기 때문이다. 집은 조금씩 비워져 갔다. 서랍장이 없어진 자리는 마치 유성이 떨어진 것처럼 뻥 뚫려 있었다. 그 공간만큼 마음은 장대비에 쓸려가는 잡풀처럼 정처 없었다. 텅 비어버린 공간에 청승스럽게 앉아 있었던 적이 도대체 몇 번이었나. 이렇게 하나씩 없어지는 꼴을 보는 게 아니었다. 잔인하고 고통스러운 시간이었다.

"오늘 이 커피를 마시고 나면……"

인우가 말을 잇지 못하고 있는데, 여자가 정확하게 소파의 커피 얼룩을 손바닥으로 덮었다. 마치 그날의 일을 알고 있는 사람처럼.

"시간이란 게, 참 거침이 없죠. 누가 슬프든 말든, 누가 힘들든 말든 멈추지 않고 시간은 제멋대로 가버리죠. 지워지지 않는 얼룩도 시간이 지나면 옅어지겠죠. 옅어진다는 건 사라지는 게 아니라 숨어드는 거예요. 결국 영원히 남는 거죠. 우리는 그 숨겨진 것들과 함께 살아가야 해요."

인우는 여자를 보았다. 얼룩은 지워지지 않지만 얼룩이 옅어지는 시간은 있어, 없어지는 게 아냐. 그건 그 속에 숨어드는 거야. 그 말은 아내가 인우에게 한 말이 아닌가. 인우는 주춤주춤 여자에게 다가갔다. 언뜻 여자의 눈이 젖어 있다고 느낀 것은 인우의 착각이었을까.

"산패된 커피에선 탄 담배 냄새가 나요. 앞으로 이런 커핀 드시지 마세요."

인우는 현관을 나서는 여자의 뒷모습을 멍하니 보고 있었다. 희수야, 인우는 여자의 뒷모습을 보며 아내의 이름을 불렀다. 여자가 휙 뒤를 돌아보더니 그 자리에 가만히 서서 인우를 보았다.

"집이 근처니까 택배를 보내실 필요는 없어요. 내일이 토요일이니까 오후에 인부를 보낼게요."

여자가 조금 높은 소리로 말했다. 미신이나 유령을 믿지 않지만 인우는 그 순간 혹시 희수가 환생한 것은 아닐까 하는 생각이 들었다. 아니, 그런 착각이라도 하고 싶었다. 저기요, 댁이 어디신데요? 라고 말하려는 사이 여자는 갑자기 눈앞에서 사라졌다. 인우는 두 손으로 눈을 비비고 여자가 서 있었던 신호등 앞을 다시 보았다. 여자가 길을 건너던 순간을 놓친 것일까. 아니면, 정말 여자가 희수였던 것일까.

다음 날 오후 4시, 인부 두 사람이 와서 소파를 가지고 갔다. 인우는 소파가 나간 자리에 쪼그리고 앉아 커피를 마셨다. 마지막 커피였다. 이것으로 빈 봉지만 남았다. 인우의 마음은 커피 봉지처럼 텅 비어버렸다. 이미 향기도 뭣도 없는 빈 봉지였다. 인우의 메마른 입가에 처절하게 상처 입은 미소가 희미하게 떠올랐다.

2

새벽 2시였다. 지윤을 깨운 것은 아니나 다를까 핸드폰 벨소리였다. 화면에 중국 여자라는 글자가 떴다. 전화를 받고 여보세요, 라고 말을 붙이자마자 폭포수처럼 쏟아지는 높은 톤의 중국말이 들렸다. 지윤은 간간이 그녀의 문장이 끝났다고 생각되는 지점에서 네, 네 하고 대답을 했다. 잠시 후 여자가 전화를 끊었다. 새벽 1시가 넘어서 겨우 잠이 든 것 같았는데, 또 여자가 잠을 깨웠다. 여자의 전화가 부담스러웠다면 자기 전에 핸드폰을 꺼놓으면 될 일이었지만 지윤은 그렇게 하지 않았다. 알아들을 수 없는 여자의 언어 속에는 뭔가 지윤이 하지 못했던 말들이 가득 들어 있었다. 그래서 그녀의 말에 귀를 기울이고 있으면 연기가 가득 들어찬 것 같은 답답한 속이 그나마 좀 뚫리는 듯한 기분이 들었다. 이름이 무엇인지 모르지만 그녀는 아는 사람이 분명했다. 올 여름 터키에서 만난 여자였다.

처음 터키 여행을 생각한 건 이혼 직후였다. 남편이 마치 선물이라도 하듯 아파트를 지윤의 명의로 바꾸어주고 이혼을 요구했을 때, 그 지리멸렬한 싸움을 끝내야 한다는 것을 알았다. 처음엔 남편의 여자로 시작되었지만 남편이 그 여자를 포기할 의사가 전혀 없다는 사실을 알게 되자 싸움은 재산 분할로 자연스럽게 넘어갔다. 양육비와 아파트를 양보한 남편은 오히려 당당하고 빛나 보이기까지 했다. 이혼을 하고 난 후에야 여자가 임신 중이라는 것을 알았고, 뱃속의 아이가 아들이라는 사실까지 알게 되었다. 남편은 여자를 포기하지 않기 위해 최선을 다한다는 모습을 지윤에게 보이기 위해 애썼다. 딸아이와 헤어질 때에도 남편은 담담해 보였다. 여섯 살 다연이는 아빠가 먼 여행을 떠나는 것이라 알고 아주 힘차게 빠이빠이를 했고, 그날이 다연이가 아빠를 본 마지막 날이 되었다. 남편은 새 여자의 눈치를 보는 것인지 아이에게 전화 한 통하지 않았다. 다연이가 잠들고 나면 고요가 찾아왔고, 아파트에 전염균처럼 퍼진 침묵이 목구멍으로 꾸역꾸역 넘어와 배가 불렀다. 배는 풍선처럼 부풀어 터질 것만 같았다. 지윤은 그 고요를 견디지 못해 자주 텔레비전을 틀어놓았다. 지윤이 주로 틀어놓는 채널은 홈쇼핑이었다. 쇼 호스트의 튀어오를 듯이 살아 있는 목소리를 듣다 보면 가끔 현실을 깜박 잊기도 했다.

화면에서는 터키 여행 상품을 광고하고 있었다. 새벽에 누가 본다고 저런 상품을 광고하는 것일까 하고 생각하다가 지윤은 자리에서 벌떡 일어나 앉았다. 대학생 때 혼자서 베트남을 여행한 적이 있었다. 여행하는 것을 좋아했지만 남편을 만난 이후에는 혼자 하는 여행에 대해서는 생각해본 적이 없던 터였다. 하지만 터키 여행 상품을 구매한 것은 아니었다. 단체여행이라니 상상할 수 없었다. 새로운 지인을 만들고 그들과 함께하는 여행이라니…… 모르는 사람과 말을 섞고 이혼을 당한 후 혼자 하는 여행에 대해 설명해야 한다는 건 정말 끔찍한 일이었다. 지윤은 그날 홈쇼핑 프로그램이 끝날 때까지 텔레비전을 보았지만 결국 전화기를 들지 못했다. 그런데 운명처럼 터키라는 나라가 다시 지윤의 레이더망에 걸려든 것은 그로부터 몇 달 지나지 않아서였다.

어린이집 버스는 열다섯 명의 아이들을 태우고 다녔고, 딸아이는 그중 제일 먼저 타고 마지막에 내렸다. 어린이집 교사한 명과 마지막 아이를 태우고 아이의 집으로 향하던 버스는 중앙선을 넘어 마주 오는 트럭을 피하지 못하고 그대로 부딪혔다. 사고의 원인은 트럭 기사의 졸음운전이었다. 60대의 늙은 트럭 기사는 중태에 빠졌으나 어린이집 버스에 타고 있던 세 명은 모두 그 자리에서 즉사했다.

시간이 지날수록 지윤의 기억은 너무 또렷해서 유리잔처럼 투명해졌으나 사람들은 이제 그 일을 잊고 싶어 했다. 지윤을 보고 싶어 하지 않아 했고, 노골적으로 부담스러워했다. 아이의 장례식장에 얼굴을 내민 후 남편은 더 이상 지윤에게 연락하지 않았고, 어린이집 원장은 이제 지윤의 전화를 받지 않았으며 담당 형사는 가끔 신경질적인 반응을 보이기도 했다. 시간이 흘러도 변하지 않은 것은 지윤뿐이었다.

아이의 장례를 치른 지 두 달이 지났을 때, 지윤의 옆에서 밥을 하고 청소를 하고 빨래를 해대던 엄마와 언니들은 하나씩 차례대로 집으로 돌아갔다. 돌아간 후에도 그들은 수시로 전화를 했지만 지윤은 전화를 받지 않았다. 위로와 걱정과 당부의 말들은 이제 넌더리가 났다. 아이의 숨결로 가득 차 있던 집에는 이명 같은 소음이 먼지처럼 떠다녔다. 아이의 옷과 소지품에 얼굴을 묻고 있다 보면 아이와 죽는 시늉을 하며 장난했던 어느 오후처럼 그대로 숨을 놓고 싶었다. 마치 쥐고 있던 중요한 물건을 놓친 것 같은 느낌에 자주 손바닥을 들여다보았는데 그때마다 손바닥이 간지러워 바닥에 대고 문지르거나 손톱으로 긁어댔다.

　매일 밤, 잠은 저 먼발치에 앉아 조롱하듯 지윤을 바라보고 있었다. 억지로 침대에 누워 잠을 청하면 무거운 정적이 온몸을 짓눌렀다. 짐으로 가득 찬 창고에 갇힌 것처럼 숨통이 막히고 갑갑해 밖으로 나가 거실 맨바닥에 몸을 웅크리고 누우면 설탕처럼 달콤한 아이의 목소리가 지윤의 귀를 울렸다.

　아이는 침대보다 엄마의 다리를 베고 잠드는 것을 좋아했다. 머리를 만져주면 금방 잠이 들었고, 잠이 들어서도 엄마의 손을 만지작거렸다. 처음 이사할 때 거실이 좁아서 소파를 들이지 않았는데, 아이는 늘 소파 이야기를 했다. 나중에 엄마, 우리 소파 사면 하얀색으로 사자. 하얀색은 곤란해 빨리 더러워진단 말야. 그래도 꼭 하얀색으로 사. 내가 저번에 하얀색 소파에 앉아본 적이 있는데 정말 좋았어. 어디서 앉아봤는데? 히히 그건 비밀이야. 아이의 몸을 간질이자 아이가 두 손을 내저으며 아 엄마 그만해, 하고 숨넘어가는 소리로 웃었…… 환청 같은 아이의 웃음소리를 들으며 지윤은 거실 바닥에 웅크리고 누워 시간이 몸을 짓밟고 지나가는 것을 느꼈다. 아이도 없는데 어떻게 시간이 지나갈 수 있나, 세상은 어떻게 돌아갈 수 있나, 사람들은 어떻게 웃을 수 있나, 이런 생각을 하다가 깜빡 잠이 들었다 깨면 얼굴은 눈물 콧물로 젖어 번들거리고, 몸싸움이라도 한바탕 한 것처럼 삭신이 쑤셨다.

홀쩍홀쩍 우는 소리가 귓전에 가깝게 들려서 눈을 떴다. 아이를 위해서라도 그만 울어야겠다고 생각하는데도 짧은 잠 속에서 지윤은 늘 긴 울음을 울었다. 눈을 문지르듯이 닦고 일어나 앉았다. 하지만 깨어 있는 동안에는 눈물이 나지 않았다. 처음에는 믿지 않았기 때문에 울 수 없었다. 아침에 아이는 빨간 방울을 단 머리를 팔랑거리면서 어린이집 버스를 탔다. 지윤이 뛰어갔을 때 제일 먼저 본 것은 찌그러진 버스에서 꺼내고 있는 피가 묻은 아이의 머리에 그때까지 달랑거리고 있는 빨간 방울이었다. 지윤은 고개를 흔들었다. 거짓말이었다. 그럴 리가 없었다. 세상이, 이렇게까지 잔인할 수는 없었다. 한 걸음 앞으로 내딛을 때마다 땅바닥이 아래로 푹푹 꺼지고 눈앞은 하얗게 바래졌다. 빨간 방울을 손에 잡으려는 순간 지윤은 그 자리에 쓰러지고 말았다.

아이의 죽음을 인정할 수 없는데, 아이의 몸뚱이는 이 세상에서 순식간에 없어지고 말았다. 불면의 밤은 두 달이 넘게 이어졌다. 설핏 잠이 든 잠깐 동안의 꿈속에서 아이는 빨간 방울을 그대로 단 채 하얀색 소파에 누워 잠들어 있었다. 그 평화로운 모습이 믿기지 않아 지윤은 입술을 깨물며 숨을 죽이고 떨리는 손을 아이에게 가져다 댔다. 하지만 언제나 그 순간이 끝이었다. 썰렁한 거실 바닥에서 눈을 뜨면 겨우 한 시간 남짓 자고 난 아침이었다. 단 한 번만이라도 하얀색 소파에 아이를 눕히고 그 가늘고 부드러운 머리카락을 만져주며 잠을 재울 수 있다면, 그럴 수만 있다면……

꿈은 반복되었다. 지윤이 터키와 네크로폴리스라는 단어를
다시 만난 건 바로 그즈음이었다.

그날 지윤은 직장 후배인 권과 함께 단골 식당에서 여느 때
처럼 점심식사를 했다. 아이가 죽은 후 다시 출근을 했을 때
부터 권은 점심만은 꼭 먹어야 한다며 지윤을 질질 끌다시피
하여 식당으로 데리고 갔다. 식당에는 손님이 많지 않았고 두
여자는 묵묵히 수저질을 했다. 바로 곁에 켜둔 텔레비전에서
는 나라를 뒤흔든 선박 사고의 사망자 유가족에 대한 얘기가
흘러나왔다. 뉴스가 지나가자 권이 머뭇거리며 말했다.

"언니 혹시 네크로폴리스 알아?"

"그게 뭔데?"

"남편과 작년 여름휴가 때 터키에서 가본 곳인데, 죽은 자
들의 도시 같은 거야."

"죽은 자들의 도시?"

"거기 갔을 때 굉장히 인상적이었는데…… 죽음을 마주한
다는 게 두렵기도 하고, 또 모든 생명 속에 들어 있는 죽음의
실체 같은 게 느껴지기도 하고 그랬어."

지윤은 텔레비전을 멀뚱히 쳐다보며 권의 말을 따라 중얼
거렸다. 죽음의 실체가 정말 있을까…… 아직도 믿어지지 않
는 아이의 죽음, 그 죽음의 실체가 있다면 꼭 한 번 만져보고

싶었다. 아니, 아이의 죽음을 받아들이라 강요하는 이 땅을 잠깐만이라도 떠나 있고 싶었다. 그날 지윤은 자신이 가야 할 곳을 알았다.

다행히 여름휴가 기간이 막 시작된 때였다. 지윤은 가장 빨리 떠날 수 있는 비행기표를 예매한 후 직장에 휴가를 냈다. 이스탄불을 거쳐 야간 버스를 타고 파묵칼레에 도착했을 때 몸은 탈수된 빨래처럼 지쳐 있었다. 마침 파묵칼레의 호텔에서 저렴한 가격에 하루 일정 현지 가이드를 제안했다. 마을버스 격인 돌무쉬를 갈아타고 다니는 것도 자신이 없는데다 석회온천으로 유명한 파묵칼레의 관광 코스 안에 네크로폴리스가 있다는 것을 확인한 지윤은 호텔의 제안을 받아들였다.

찌는 듯한 더운 날씨 탓인지 일행은 가이드와 40대 중반으로 보이는 중국인 여자와 그리고 지윤 세 사람뿐이었다. 가이드는 눈과 입술이 크고 피부가 가무잡잡한 히잡을 쓴 여인이었고, 중국인 여자는 선글라스를 껴서 눈매는 알 수 없지만 낮은 콧날에 키만 멋없이 큰 여자였다. 봉고에 탄 세 사람은 어색한 웃음을 흘리며 눈인사를 나누었다. 가이드가 핸드폰을 내밀어 서로의 전화번호를 교환하자고 말했다. 파묵칼레의 석회온천에서는 한 시간 정도 자유 관광을 하게 되니 서로의 연락처를 알고 있는 것이 안전하다는 것이었다. 가이드의 설명이 끝나자마자 중국 여자가 가이드와 지윤의 핸드폰을 뺏어들더니 제 전화번호를 입력하고 통화 버튼을 누른 후씩 웃으며 다시 돌려주었다. 가이드는 서투른 영어를 했지만 지윤과 실력이 비슷해 보여 오히려 알아듣기가 쉬웠다. 중국 여자는 중국말만 했다. 중국말만 하는데도 영어를 알아듣는 것인지 가이드와 지윤과의 의사소통에는 별 문제가 없어 보였다.

네크로폴리스는 히에라폴리스라는 고대 도시의 초입에 있었다. 파묵칼레 석회온천이 병을 치유하는 것으로 유명해지면서 전국에서 환자들이 모여들었으나 그들 중 많은 사람들이 완치되지 못하고 죽어 이곳에 묻히게 되었다고 했다.

"무덤의 숫자만 해도 1200개 이상이 된다고 합니다."

여러 종류의 석관과 비석이 양옆으로 아무렇게나 늘어서 있는 길은 황량하고 을씨년스러웠다. 가로수도 없이 풀포기만 듬성듬성하게 난 길을 중국 여자는 알 수 없는 말을 떠들어대며 아이처럼 뛰어다녔다. 말만 하는 것이 아니었다. 여자는 큰소리로 노래 부르고 두 팔을 벌려 빙글빙글 돌았다. 하지만 문득 조용해져 돌아보면 잠깐의 침묵 동안 그녀는 눈을 어디에 두어야 할지 몰라 불안하게 두리번거렸다. 그 모습이 선글라스 안에서도 또렷하게 보였다.

죽은 자들의 길은 끝없이 이어졌다. 가이드는 덥지도 않은지 히잡을 썼음에도 얼굴에 땀방울 하나 흘리지 않고 설명을 계속했다. 가이드를 따라 걸으면서 지윤은 문득 왜 자신이 이곳에 왔는지를 떠올려보았다. 이 수많은 죽음의 집단 앞에 서면 어린 딸의 죽음은 새털처럼 가벼워지리라 생각했을까. 아니면 생의 모든 허망 뒤에 서 있는 죽음의 실체를 정말 만날 수 있다고 생각했을까? 그렇다면 그건 착각이었다. 이곳에는 죽음을 둘러싼 수없이 많은 무덤만 존재할 뿐이었다. 그 무덤들은 지윤에게 단호하게 말하고 있었다. 죽음은 절대적인 것이며 죽음의 실체는 그 어디에도 없다고.

어느 순간 가이드와 지윤 주변에서 열심히 떠들어대던 중국 여자가 보이지 않았다. 저 멀리 출입구에 한 무리의 단체 관광객이 웅성대고 있었으나 이곳엔 지윤 일행뿐이었다. 텅 빈 벌판에 석관들만 공사장의 파헤쳐진 돌처럼 이리저리 흩어져 있는 곳에서 여자가 사라진 것이었다. 낮게 휘파람을 불며 여자를 찾아 무덤 사이를 돌아다니던 가이드가 저만치서 지윤의 이름을 부르며 손을 흔들었다. 지윤은 얼른 가이드 쪽으로 달려갔다. 뚜껑에 메두사가 새겨진 석관 속에 여자가 큰 키를 구겨 넣고 죽은 듯이 누워 있었다. 가이드가 뭐라고 하며 다가갔으나 중국 여자는 꼼짝도 하지 않았다. 가까이 갔을 때에야 지윤은 여자가 울고 있다는 것을 알았다. 안경 너머 여자의 눈물이 수천 년 전 돌무덤의 푸른 이끼에 뚝뚝 떨어져 스며들고 있었다. 가이드가 손을 잡아 일으켜 세우자 중국 여자의 울음소리는 더욱 커졌다. 울음은 성대를 긁어대는 듯했고, 가슴을 쥐어뜯는 손에는 퍼런 핏줄이 징그럽게 돋아나 있었다. 여자는 그 넓은 중국 땅 어디에서도 통곡할 장소를 찾지 못한 것 같았다.

　중국 여자는 가이드의 손을 잡고 밖으로 나와 누군가의 돌무덤 위에 걸터앉았다. 그때부터 그 여자는 울음 속에 뭔가를 절절히 늘어놓기 시작했다. 울음 섞인 여자의 중국말은 높이 매단 깃발처럼 무덤들 사이에서 오랫동안 펄럭였다. 그녀는 어쩌면 그녀 나라의 언어가 타인이 알아채지 못하는 자기만의 암호라고 생각할지 몰랐다. 하지만 그것들은 지윤뿐 아니라 히잡을 쓴 이슬람교도까지도 알아들을 수 있는 쉬운 언어였다. 가끔 인간의 언어를 모르는 새들조차 검은 그림자를 드리우고 날아다니며 여자의 울음을 흉내 내었다.

　가이드가 누군가와 통화를 하느라 자리를 뜬 사이 지윤은 거대한 자석에 이끌리듯 중국 여자가 들어갔다가 나온 석관 속에 들어가 누웠다. 머리 위로 투명한 하늘과 이글거리는 햇살이 쏟아져 내렸다. 지윤의 드러난 팔이 벌겋게 익어갔다. 햇살은 뜨거운데 등에 닿는 바닥은 차가웠다. 차고 딱딱하고 거친 이 느낌이 죽음의 체온이라는 것일까. 죽음의 체온과 땅의 생명, 아득한 어딘가로 하염없이 빠져들어가는 기분을 느끼며 지윤은 천천히 눈을 감았다. 그때 누군가가 그녀의 팔을 거칠게 끌어올렸다. 중국 여자였다. 차마 여자의 얼굴을 보지 못하고 지윤은 일어나 앉았다. 여자가 지윤의 손을 꼭 잡아쥐었다. 여자의 손에서 전율 같은 떨림이 길게 지나갔다. 두 사람은 그렇게 한참을 앉아 있었다. 지윤이 그날 그곳에서 만난 것은 위로가 아니라 더 큰 고통의 채찍이었다. 네크로폴리스는 차라리 뜨거운 서러움의 장소였다.

전화 속의 그녀는 울지 않았다. 이제 지윤이 울 차례였다. 지윤은 숨이 막힐 것 같아 입고 있던 티셔츠를 있는 힘껏 잡아당겼다. 울음은 몸속 깊은 곳에서 숙변처럼 웅크리고 붙어 지윤을 끈질기게 괴롭혔다. 지윤은 빠르고 높은 중국 여자의 목소리가 아직 선명하게 남아 있는 핸드폰을 집어 들었다. 지윤의 가슴에 적재된 무거운 짐 같은 비명들을 그녀는 분명 대신 쏟아내줄 수 있을 것이었다.

잠들 수 없는 밤은 길고 지루했다. 심장이 터질 것 같아 종종 베란다에 쪼그리고 앉아 아침을 맞기도 했다. 벌써 새벽 3시가 넘어가고 있었다. 폰에 찍힌 중국 여자의 이름에 버튼을 누르려다 말고 지윤은 베란다 창에 바짝 붙어 섰다. 5층인데다 가로등이 밝아서 베란다에서 보면 밤이라도 밖에 지나다니는 사람이 훤히 다 보였다. 맞은편 샛별빌라 앞에 흰옷을 입은 남자 하나가 담배를 물고 있었다. 아, 샛별빌라! 왜 내가 진작 그 생각을 못한 거지? 지윤은 화들짝 놀라 떨어뜨릴 뻔한 핸드폰을 꽉 움켜잡았다. 멀리서 실루엣으로만 보이지만 저 남자는 분명 본 적이 있는 사람이 틀림없었다.

언젠가 아이와 어린이집 버스를 기다리는데 아이가 말했다.
"엄마, 저기 저 빌라 있잖아."

아이가 손으로 가리킨 곳은 아파트에서 마주 보이는 조그마한 빌라였다.

"샛별빌라?"

"응, 우리 옆반 해바라기반 선생님이 저기 사는데 저번에 선생님이 나 내려주면서 나보고 그랬어. 다연아, 너네 집하고 선생님 집하고 엄청 가까워. 선생님 집 샛별빌라 102호야. 심심할 때 놀러 와."

"그래? 우리 집 근처에 선생님이 사시는구나."

"해바라기반 선생님 집에 한번 놀러 가면 안 돼?"

"글쎄, 말씀은 그렇게 하셨지만 놀러 가는 건 좀 생각해봐야 해. 실례가 될 거야."

지윤은 아이와의 대화를 떠올렸다. 그러고 보니 그 후에 아이가 해바라기 선생님 집에 놀러 갔다는 이야기를 한 적이 있었다는 기억이 났다. 아이는 기분이 좋아 지윤 옆에서 종알거렸지만 남편과의 문제로 신경이 곤두서 있었던 때라 그 말에 귀를 기울이지 않았던 것이다. 샛별빌라라면 지금 지윤이 마주 보고 있는 집이었다. 맞아, 아이는 종종 해바라기반 선생님 이야기를 하곤 했어. 해바라기반 선생님…… 지윤은 마치 꽁꽁 숨겨진 비밀의 실마리를 막 찾은 사람처럼 가슴이 뛰었다.

3

인우는 수화기를 든 채 멍하니 서 있었다. 소파에서 뭔가를 발견했어요. 돌려주고 싶은데 언제 집에 계시죠? 라고 여자는 말했다. 그렇게 말한 것이 틀림없었다. 여자가 가고 난 후 여자의 얼굴이 잔영처럼 남아 비어 있는 집을 떠돌았다. 이번주까지 비워주어야 했으나 인우는 차마 집을 비울 수가 없어서 벌써 일주일째 새벽에 일어나 통근을 하고 있었다. 빈집에서 이불도 베개도 없이 웅크린 채로 자고 일어나 출근을 했다. 아내가 살아 돌아온 것만 같았다. 다 먹은 커피 봉지를 버리지 못하고 밤이면 커피 봉지에 코를 박고 잠을 청했다. 죽은 아내가 그리워서 남아 있을 수 없었던 집이었고, 그래서 근교 도시 근무를 자처해서 떠나게 되었는데, 소파를 사겠다는 여자가 가고 난 후 살아 있는 아내의 냄새가 자꾸만 인우를 괴롭혔다. 아내가 늘 마시던 커피향 같은 냄새였다. 봄날 올라오는 새잎을 톡 땄을 때 나는 냄새 같기도 했고, 밥물이 올라올 때의 냄새 같기도 했다. 그것은 어떤 것이라고 딱 단정 지을 수 없지만 아내의 냄새가 틀림없었다. 이렇게 선명한 냄새를 두고 떠날 수가 없었다.

"네, 좋아요. 어디서 뵐까요?"

"갖다드릴게요. 물건만 드리면 되니까. 제가 갖다드리죠. 아직 이사하지 않으셨다면요."

조퇴를 하고 이른 시각에 회사를 나왔다. 인근 도시였지만 퇴근 시간에 몰리면 세 시간은 넘게 걸리는 곳이었다. 여자가 오기로 한 시각은 6시였다. 인우가 집에 도착했을 때에는 5시 40분이었다. 치우거나 정리할 것도 없었으므로 인우는 가쁜 숨을 몰아쉬며 방 한가운데에 가만히 앉아 있었다. 그제야 여자가 한 말이 생각이 났다. 여자는 소파에서 뭔가를 발견했다고 했다. 지금까지 인우는 정말 아내인지 그것을 확인해보고 싶은 마음뿐이었다. 말도 안 되지만, 정말 아내일 수도 있었다. 환생이라는 말도, 윤회라는 말도 있지 않은가. 아니 아내였으면 싶었다. 그녀와 함께하는 삶을 여기서 마감한다는 것을 인우는 정말 견딜 수가 없었다.

'무엇을 발견했을까.'

아내의 선물은 소파에 있었던 것이다. 가구를 보낼 때마다 혹시나 싶어 바닥까지 살펴보았지만 아내의 선물은 발견하지 못했다. 소파도 마찬가지였다. 하지만 여자를 보고 아내를 떠올리느라 소파의 아랫부분까지 찾아보지 못했을지도 모른다는 데 생각이 미쳤다. 텅 빈 방에 십여 분 동안 앉아 있자 그제야 가슴이 쿵쿵거리고 뛰기 시작했다. 아내가 남긴 마지막 선물은 무엇이었을까. 환생이니 뭐니 하는 이런 말도 안 되는 생각이나 하고 있었다니, 드디어 미쳐버렸구나 하는 생각에 인우는 몸을 부르르 떨었다. 희수는 죽었다. 다시 돌아올 수 없다.

여자는 처음 봤을 때와 비슷한 옷차림으로 나타났다. 어쩌면 같은 옷일 수도 있었다. 인우는 금방 여자를 알아보았다.

"잠깐 들어오실 수 있겠어요? 아니면 제가 나가도 되고요."

텔레비전과 장식장, 소파와 결혼식 액자가 가득했던 거실은 누가 훑어가버린 듯 깨끗했다. 인우는 빈 거실을 새삼스럽게 돌아보며 혹시 빈집에 둘만 있게 되는 것을 경계할까 봐 급하게 신발을 꿰신으며 현관으로 내려섰다.

"괜찮아요. 제가 들어가죠."

여자가 잡고 있던 현관문의 손잡이를 놓았다. 철컥, 삐리릭. 여자 뒤로 문이 닫혔다.

"다 팔린 건가요?"

"아뇨, 큰 것만 팔았고, 작은 것들은 남 주기도 하고, 기숙사로 옮기기도 하고요."

"기숙사로 가시나 봐요."

인우는 여자를 보았다. 여자는 어깨를 움찔하더니 괜한 질문을 했다는 듯 겸연쩍게 웃었다. 인우는 잠깐 고개를 갸웃했다. 여자는 안면이 있었다. 희수를 닮은 게 아니었다!

"저, 혹시…… 아는 사람인가요?"

여자가 고개를 끄덕였다. 여자의 얼굴이 우산도 없이 하루 종일 비를 맞은 사람처럼 후줄근해졌다.

"저는…… 다연이 엄마예요…… 해바라기반 선생님과 함

께 사고를 당했던……"

인우의 입에서 아, 하는 소리가 터져 나왔다. 그 아이를 알고 있었다. 딱 한 번 집에 놀러 온 적이 있었다. 그날 무슨 일이었는지 희수가 아이들 하교지도를 하면서 바로 퇴근했던 날이었다. '애 외할머니한테 잠시 집에서 놀다가 데려다주겠다고 말하고 데리고 온 거야.' '길게 있지도 않았어. 한 시간쯤 놀다가 갔는걸.' 그날 왜 희수는 그런 이야기를 주절주절 늘어놓았나, 그래 맞아. 인우는 그날 소파 아래쪽에 '해바라기선생님 ♡ 다연'이라고 볼펜으로 한 낙서를 발견했고, 이게 뭐냐고 물었고, 생각 없이 낙서를 해댄 아이에 대해 짜증을 내다가 희수의 변명 아닌 변명을 들었던 것이다. 애가 얼마나 이쁜지 몰라, 재잘거리는 것도 귀엽고…… 엄마, 아빠, 자기 이름만 쓸 줄 알았는데 해바라기 선생님이라는 글자를 새로 배웠다지 뭐야. 나도 꼭 그런 애 낳고 싶어. 미안한 마음에 그런 건지 인우의 눈치를 보며 종알거렸던 희수의 목소리가 귀에 선했다. 소파의 아래쪽이기도 하고 약품으로 지우다간 오히려 가죽이 망가질 것 같아 낙서를 그대로 두었던 기억도 함께 떠올랐다.

여자는 인우를 마주 보며 잠깐 서 있더니 가방을 열어 하얀 봉투를 꺼냈다.

"소파를 닦다가…… 이게 소파 매트리스 아래에 있었어

요…… 생각 많이 했어요. 드리지 않는 게 더 옳다고 생각했죠. 그런데…… 도저히 버릴 수가 없었어요."

봉투를 받은 인우의 손가락이 하얗게 변했다. 꼭 살점들이 날아가고 뼈만 남아 있는 손가락 같았다. 그 하얀 손가락이 봉투 안에서 꺼낸 것은 흑백으로 온통 얼룩덜룩한 부채꼴 모양의 그림이었다. 그것이 그림이 아니라 사진이며 더군다나 태아 사진이라는 것을 인우는 금방 알아차릴 수 있었다.

"이게 왜……"

사진에는 날짜가 찍혀 있었다. 희수가 죽기 하루 전의 날짜였다.

"이건……"

"당신이…… 두 사람을 함께 보내야 한다고 생각했어요. 그렇게 해야…… 선생님도, 아기도 편안하게 갈 수 있다고 생각했어요."

인우를 보는 여자의 눈동자가 서서히 젖어들었다. 여자는 그 한 장의 사진으로 모든 것을 간파한 사람처럼 보였다. 하지만 인우는 그 사진의 주인이 누구이고, 사진이 왜 소파 매트리스 밑에 들어가 있는지 알 수 없었다. 사진을 싼 커버에 병원 이름과 마치 불로 새긴 듯 선명한 오희수라는 글자가 적혀 있었지만, 그 이름은 마치 다른 사람의 주민등록증에 찍힌 글자처럼 낯설었다.

털썩, 인우는 휘청거리는 제 몸을 이기지 못하고 바닥에 주저앉았다. 이것은 찾지 말았어야 할 선물인가. 그래서 그녀는 힌트도 없이 간 것인가. 아니, 이것 때문이었나, 텅 빈 눈 가득 눈물을 채워 넣고 자신을 원망스럽게 보던 꿈속의 희수는, 집 안 구석구석 자신의 흔적을 남겨둔 채 여전히 어딘가에 숨어 있을 것만 갔던 희수의 그림자는…… 이것 때문이었나. 아, 희수야. 아……

지윤은 가늘게 떨고 있는 남자의 굽은 등을 향해 손을 내밀었다. 지윤의 손이 겨울에 홀로 남은 나무의 어린 가지처럼 다르르 흔들렸다. 받아온 소파의 아래쪽에 '해바라기선생님 ♡ 다연'이라고 선명하게 남아 있던 다연이의 필체를 발견한 순간처럼 지윤은 목이 메었다.

허이허이, 뻑뻑한 기계가 돌아가는 듯한 숨소리가 목구멍에서 간신히 올라왔으나 그의 눈에서는 눈물이 나지 않았다. 허물 같은 껍데기만 남은 몸이 바싹바싹 말라가는 느낌이었다. 지윤은 속이 텅 빈 나무 등걸 같은 그의 몸을 안아들었다. 숨소리가 거칠어진 그의 목 안에서 으흑으흑 몸속 깊은 곳에서 퍼 올리는 듯한 울음이 터진 것은 바로 그때였다. 울음은 멈추지 않았다. 울음은 쌓기 놀이를 하는 것처럼 텅 빈 방 안을 차곡차곡 채워나갔다.

한참 후 울음과 한 몸이 된 그가 바닥에 길게 몸을 누이는 것을 보며 지윤은 현관문을 나섰다. 샛별빌라를 완전히 나왔을 때에야 지윤은 자신의 얼굴이 온통 눈물로 젖어 있다는 것을 알았다. 그녀는 횡단보도 앞에서 맞은편 신호등을 바라보며 한참 동안 멍하니 서 있었다. 2차선의 그 좁은 차도를 건널 자신이 없었다. 그녀는 문득 여기가 또 다른 네크로폴리스일지도 모른다는 생각이 들었다. 지윤은 주머니 안에 손을 넣어 아까부터 온몸으로 떨고 있는 핸드폰을 꺼내들었다.

체인징 파트너

날씨는 지나치게 맑았다. 대기실 유리창으로 쏟아져 들어오는 햇살에 눈이 부셔 은주는 자주 눈을 감았다. 사람들은 끊임없이 들어왔고, 웃었고, 사진을 찍었다. 예쁘다는 말과 축하한다는 말은 드러낸 어깨에 꽃잎처럼 쌓였다. 꽃잎은 차고 축축했다. 시간이 갈수록 감기 걸린 사람처럼 은주는 몸을 떨었다. 오른쪽에는 창이, 왼쪽에는 거울이 있었다. 은주는 고개를 왼쪽으로 돌렸다. 가슴만 가린 채 어깨를 다 드러낸 드레스를 입은 은주는 생소했다. 비늘이 벗겨진 생선처럼 드러난 살은 아프고 쓰라렸다. 하지만 문을 닫을 수는 없었다. 대기실 앞은 은주를 보려는 사람들로 북적였다. 아는 얼굴과 모르는 얼굴들이 은주를 보고 웃고 수군거렸다. 은주는 드레

스 자락을 손으로 움켜쥐었다. 장갑을 껴서 그런지 옷감의 재
질을 느낄 수 없었다.

신부 입장이 시작되었다. 신부 대기실을 나서는데 사람들
틈으로 황 부장의 얼굴이 보였다. 황 부장은 바지 주머니에
손을 집어넣고 힐끔힐끔 은주를 보고 있었다. 황 부장 뒤로
신지영도 보였다. 그녀가 왜 이 결혼식에 나타났는지 이해할
수 없었다. 신지영의 눈은 급조된 슬픔으로 가득 차 있었다.
슬픔과 원망 사이를 시소처럼 오갈 그녀를 생각하니 참았던
숨이 툭 터져 나왔다.

신랑 김철수. 핸드폰을 넣은 예복 안주머니에 손을 한 번
갖다 댄 그는 활짝 웃고 있었다. 아버지와 은주가 발걸음을
떼기 시작하자 철수는 다시 한 번 가슴에 손을 대었다. 두 사
람이 걸어오고 있는 모습을 핸드폰에 담고 그걸 페이스북에
올리고 싶어서 그런다는 걸 은주는 단박에 알아챌 수 있었다.
아침부터 신은 볼이 좁은 구두 때문에 퉁퉁 부은 발을 힘겹게
옮기며 은주는 낮게 중얼거렸다.

"결혼……"

결혼은 어쩌면 사소하고도 장난스러운 치기로부터 시작되
었다.

"난 은주 씨 보면 가끔 미칠 듯하게 심장이 꿈틀거려."

"난 철수 씨 보면 키스가 하고 싶어져."

말장난으로 시작했지만 말의 수위가 점점 올라가고 있다는 것을 둘은 알고 있었다. 하지만 두 사람은 그걸 그만두려고 하지 않았고 그럴 마음도 없었다. 은주는 술에 적당히 취해 있었다. 많이 취한 것은 아니었다. 화장실에 다녀오면서 은주는 조금씩 비틀거리며 벽을 짚음으로써 자신이 취했다는 것을 철수에게 은연중에 알렸다. 이건 아무것도 아니라고 생각했다. 조금 심심했을 뿐이었다.

　부서 회식이 끝나고 사람들이 하나씩 택시를 타고 떠나고 철수와 은주가 남았다. 집 방향이 같았기 때문에 두 사람이 남는 것은 전혀 이상한 일이 아니었다.

　"아, 심심해."

　"왜요?"

　"남자 친구가 일주일간 출장이야."

　"이런, 큰일인데? 그럼 그동안 내가 대리해드려요?"

　'대리'라는 말은 묘한 감정을 불러일으켰다. 평소에는 자동차에 흠집 하나라도 날까 봐 안절부절 전전긍긍하는 사람도 술에 취하면 자동차 키를 모르는 누군가에게 선뜻 맡기는 것이다. 그날 하루만큼은 아무 일도 일어나지 않을 것이라고 굳게 믿으면서 말이다. 은주는 철수를 바라보는 회사 여직원들의 눈빛을 생각했다. 대체로 미끈하게 잘생긴 얼굴과 눈부신 기럭지 때문이겠지만 여직원들에게 철수의 인기는 웬만한 배우 못지않았다.

"철수 씬 애인 없어?"

"애인이 별건가? 은주 씨 옆에 있으면 오늘 내 애인은 은주 씨인 거지."

"철수 씨, 바람둥이구나. 그건 좀 심각한데?"

은주는 바람둥이라는 말 앞에 '소문처럼'이라는 말을 뺐다.

"바람둥이? 그렇게 해석하면 곤란한데?"

"나야 철수 씨랑 결혼할 사이도 아니고, 별 상관없지만, 미래의 신부는 어떡해? 애 낳고 살면서도 바람피우면."

"이보세요, 순진하신 이은주 씨, 결혼을 상대방에 대한 평생 족쇄권이라고 생각하는 게 가장 큰 문제라구요."

"그렇다면 결혼할 필요가 없지."

"그렇지 않죠. 결혼도 편하게 생각하면 된다구요. 필요하면 하는 거고, 필요 없으면 헤어지는 거고. 보험도 평생 하려고 시작하지만 살다 보면 중도 해지할 때가 얼마나 많아요?"

"보험?"

"그럼요, 결혼은 보험 같은 거죠."

"그럼, 굳이 많은 사람들 모아놓고 결혼식 할 필요가 없잖아. 결혼식이라는 것 자체가 철수 씨 말대로 보험 같은 거라면, 중도 해지하지 않기 위해 약관을 좀더 확실하게 해두려는 건데."

"맞아요, 약관. 근데 보험 약관은 잘 읽어보지 않으면 수렁에 빠지기 쉽거든요. 그게 바로 결혼이라구요. 그럴 땐 조금

손해 보더라도 지체 없이 해약해야죠. 이혼하고 재혼하는 거 뭐 그리 심각해요?"

"그럼 그게 쉬워?"

"보험 보세요. 요즈음은 전화 한 통이면 바로 해약이 가능한 곳도 있다구요. 신규 가입은 또 얼마나 편한데요. 보험 설계사가 언제든지 새로운 보험 상품을 가지고 직접 나를 방문하죠. 뿐만 아니에요, 인터넷 보험은 클릭 몇 번이면 끝난다구요."

"철수 씨 정말……"

은주는 '소문처럼'이라는 말이 다시 머릿속에 떠올랐다. 소문처럼 정말 결혼한 경력이 있는 거야? 라고 물을 뻔했던 것이다. 문득 은주는 여행지에서 새로운 음식에 대한 식욕이 맹렬하게 솟구치듯 철수를 샅샅이 파헤쳐보고 싶은 욕구를 느꼈다.

"외국 영화 보세요. 결혼하고 이혼하고 다시 친구 하고. 얼마나 편하고 자유롭고 좋아? 자유로우니 이렇게 일일 애인도 해주고. 자 대리하러 가볼까?"

철수의 얼굴이 툭 떨어지듯 은주에게 가까이 내려왔다. 사랑하는 사람들마다 처음 상대를 느꼈던 어느 특별한 순간이 있다면 바로 이 순간일지도 모른다는 생각을 했다. 가슴이 불에 덴 듯 뜨끈해졌고, 열기를 뿜어내는 그의 입술이 싫지 않았다. 철수가 은주를 와락 끌어안고는 오른팔을 쭉 뻗어 자석처럼 달라붙은 은주와 자신의 모습을 찰칵 카메라에 담았다.

"페북에 올릴 거야. 내 애인이라고 해야지."

"회사 사람들 보면 어쩌려구? 소문나면 철수 씨가 책임질 거야?"

"걱정 마세요, 얼굴은 안 나오게 찍었으니까."

"내 뒷모습만 봐도 알 걸. 우리 남친 질투심 많아."

출장 가기 전에 사소한 일로 애인인 민재와 다투었다. 3년 동안 사귀면서 정말 많이 다투었는데, 그런 과정들이 지겨워지기 시작했다고 느낀 것은 제법 오래전부터였다. 서로에 대해 슬슬 무관심해져가고 있는 것일까. 문득, 민재는 질투심이 있기는 한 걸까 하는 생각이 들었다. 그의 질투심을 한번 시험해보고 싶은 기분이었다. 은주는 마치 민재가 어디서 보고 있기라도 한 듯 철수의 팔짱을 꼭 끼었다. 그 바람에 은주의 젖가슴이 철수의 팔에 뭉클하게 와 닿았다.

"내가 누나 애인을 언제 본다고? 페친도 아니고."

두 살 연하인 철수의 입에서 누나라는 단어가 나왔다. 철수가 은주의 볼을 콕 눌렀다. 철수의 얼굴엔 사랑스러워 죽겠다는 표정이 떠올랐다.

"한잔 더 할까요?"

철수의 품에서 캐러멜을 끓이는 것 같은 냄새가 났다. 은주는 그게 제 입에서 나는 술 냄새라는 것을 몰랐다.

철수가 말했다.

"난……"

운을 떼기만 할 뿐 철수는 말을 잇지 않았다. 어디까지나 장난이었지만 키스하고 싶다는 좀 센 발언을 했는데, 철수의 반응은 생각보다 좀 더뎠다.

"철수 씬 뭐?"

"난…… 은주 씨 보면 자고 싶어져."

철수가 은주의 귀에다 대고 속삭였다. 은주가 철수의 어깨를 주먹으로 툭 때리자 철수는 은주의 주먹을 잡더니 제 손아귀에 넣었다.

"손이 작은데?"

어쭈 누나한테 반말이야? 라는 말을 하려고 했으나 은주는 헉 입을 다물어야 했다. 손등에 그가 입을 맞추었기 때문이다. 천천히 철수의 입술이 은주의 손등을 쓸고 지나갔다. 축축한 철수의 혀가 손가락 마디를 둥글게 애무했다. 두텁고 탄력이 느껴지는 혀였다. 저도 모르게 허벅지가 단단해지고 아랫배가 긴장되었다.

"짠데. 손 안 씻었구나?"

"철수 씨 입이 짠 거 아냐?"

두 사람은 서로 니 입이 짜다, 니 손이 짜다고 말하며 투닥거렸다. 그 투닥거림이 손가락을 애무하던 순간의 당혹스러움을 조금은 희석해주었다. 하지만 철수는 이미 작정을 했고,

은주 또한 그랬다. 둘은 술을 나누어 마시며 취했다는 것을 서로에게 인식시켜주었다. 이후에 어떠한 일이 벌어지더라도 그것은 전적으로 알코올 탓이라고 믿게 하기 위해서였다. 술집을 나와 철수의 원룸으로 가는 택시 안에서 두 사람은 서로의 머리에 머리를 기대고 눈을 감았다.

원룸에 들어서자마자 두 사람은 칡넝쿨처럼 서로 엉겨 붙었다. 마치 몇 년을 기다리다 이제 막 만난 연인처럼 갈증 난 신음 소리가 하루 종일 갇혀 있던 무거운 공기 속으로 퍼져나갔다. 불도 켜지 않은 방 안은 바깥 가로등 조명 때문인지 어둡지 않았다. 어렴풋이 세탁기와 냉장고, 화장실 문이 보였다. 철수가 밀치는 바람에 은주의 등이 세탁기에 쿵 하고 닿았다. 세탁기의 버튼이 눌렸는지 띠리링 소리가 나며 불이 들어왔다. 철수가 뜨거운 입김을 귀에 쏟아부으며 말했다.

"표준 모드로 갈까? 실크 모드로 갈까? 아니면 강력 모드? 어느 거 좋아해?"

문득 은주는 철수가 이 말을 처음 한 건 아닐지도 모른다는 생각을 했다. 세탁기 버튼에 불이 들어옴과 동시에 그런 말을 뱉다니. 순발력은 놀라운 게 사실이었다. 아무튼, 그날 밤은 표준 모드는 아니었다.

눈을 떴을 때 원룸은 난장판이었다. 이불은 종이처럼 구겨져 냉장고 밑에 처박혀 있고, 하나뿐인 베개는 세탁기 문 앞에 집 지키는 도사견처럼 엎드려 있었다. 벌거벗은 철수는 수세미 같은 털이 뒤엉켜 있는 다리를 쩍 벌린 채 잠들어 있었다. 침대를 제외한 방바닥에 서로의 옷들이 태풍 맞은 과수원의 사과처럼 떨어져 있고 그 위로 가방이 마치 도둑에게 털리고 버려진 것처럼 내팽개쳐져 있었다. 은주는 철수에게 등을 돌린 채 침대 끄트머리에 붙어 있었는데, 다리 하나가 바닥으로 툭 떨어지는 바람에 눈을 뜬 것이었다.

몸을 일으키자마자 은주는 젖가슴을 팔로 감쌌다. 실오라기 하나 걸치지 않은 맨몸이었다. 은주는 폭발물의 잔해처럼 흩어진 옷들 속에서 팬티와 브래지어를 찾아내 입었다. 핸드폰과 화장품 파우치와 주유 영수증과 자동차 키를 핸드백에 쓸어 담았다. 스타킹을 신고 치마와 윗옷을 철수의 바지 밑에서 찾아냈다. 방을 대충 정리하고 신발을 신으면서 현관 거울을 보았다. 그 난리를 쳤는데도 머리핀이 얌전하게 옆머리에 꽂혀 있는 것을 보고 은주는 피식 웃음을 웃었다.

토요일과 일요일을 지나면서 철수에게서는 아무 연락도 없었다. 전화나 문자가 오면 무시하려고 생각했는데, 아예 연락이 없자 서운해지기 시작했다. 일요일 밤에는 서운함이 도를 넘어 분노의 지경에 이르려고 하는 걸 겨우 다독여야 했다. 아무리 취중에 일어난 하룻밤이라고 하지만 그래도 간밤의 영상이 살아 있는 듯 선한데 아무 연락이 없을 수 있나. 자존심을 덜 구기는 방법의 하나로 일요일 밤에는 핸드폰의 전

원을 아예 꺼버렸다. 덕분에 자존심은 살아났는지 모르겠으나 아침에 알람이 울리지 않아 지각은 면치 못했는데, 결과적으로 자존심은 형편없이 구겨지고 말았다.

지구 반대편에서 화재가 일어나면 그 화재 영상이 지구 이편까지 날아오는 데 불과 1초도 걸리지 않는 시대에 우리는 살고 있다. 불씨는 살아 있는 원형 그대로 태평양을 건너고 오존층을 지나 지구 밖에 떠 있는 인공위성과 맞닿아 점을 찍은 뒤 반대편으로 그대로 날아온다. 얼마나 빠른 속도로 오는지 전혀 줄어든 것도 없는 불씨는 활활 타오르는 상태 그대로인 것이다. 그러니 주말이라는 이틀, 48시간은 얼마나 어머어마한가. 어떤 일이 일어날지 아무도 예측할 수 없는 것이다.

사무실 문을 열고 들어가자 사람들의 시선이 일제히 은주에게로 몰렸다가 재빨리 흩어졌다. 그게 단순히 지각으로 인한 것이라고 순진한 은주만 믿고 있었다.

"죄송합니다. 부장님."

죄송하다는 인사말을 건네는데도 황 부장은 평소처럼 인상을 찌푸리거나 화를 내지 않았다. 황 부장은 고개를 외로 꼰 채 컴퓨터 모니터만 바라보았다. 무심을 가장한 듯했지만 황 부장의 표정은 누가 봐도 은주의 시선을 일부러 피하는 것으로 보였다. 은주가 고개를 숙이고 물러날 때 황 부장은 은주의 옆머리에서 빛나는 루비 보석이 박힌 나비 머리핀을 보았고, 그 핀을 보는 순간 아랫도리가 풍선처럼 부풀어 오르는 것을 느꼈다. 발기가 되지 않아 부부 생활을 못한 지 석 달 만의 일이었다. 황 부장은 아무도 없는 빈방에서 야동을 다운받아 보는 듯한 황홀한 시선으로 은주의 뒤태를 오래오래 훑었다.

카톡으로 퍼지기 시작한 은주의 알몸 사진을 제일 먼저 은주에게 말해준 사람은 마흔 살 싱글인 희영이었다. 은주와 제법 친한 희영은 찡그린 얼굴로 오전 내내 은주에게 말 한마디 걸지 않았다. 은주는 무언의 줄긋기로만 이어진 사무실 안의 은밀한 릴레이를 전혀 눈치채지 못했다. 은주가 곁에만 가면 얼굴이 굳어지던 희영도, 은주가 일어서서 화장실에라도 갈라치면 따라붙던 남자들의 끈질긴 시선도 은주는 알아차릴 겨를이 없었다. 은주는 오로지 자신에게 전혀 관심이 없는 철수에게만 신경이 가 있었다.

철수는 다른 남자들과는 달리 아예 은주 쪽은 쳐다보지도 않았다. 아침 출근길에 김상욱 대리로부터 받은 카톡을 신호 대기 중에 확인했을 때 철수는 하마터면 악 하고 비명을 지를 뻔했던 것이다. 그것은 틀림없이 자신이 찍은 사진이었다. 회사 주차장에 차를 주차시킨 후 철수는 마치 처음 본 것처럼 카톡으로 온 사진을 꼼꼼하게 관찰했다. 알몸의 여자가 침대 위에 누워 있는 사진이었다. 갈색의 머리카락이 얼굴을 사선으로 가리고 있었지만 언뜻언뜻 이마와 눈과 코의 윤곽이 보였다. 머리카락 사이로 어렴풋이 보이는 입술은 무언가 말을 할 것처럼 반쯤 벌어져 있었다. 그리고 젖가슴과 음모는 보란

듯이 그대로 드러나 있었다. 사진사가 찍으려 한 것이 바로 그것이기 때문이었다. 한 가지 다행스러운 점은 그래도 철수가 이 사진을 찍을 때 가능한 얼굴이 잘 보이지 않는 각도에서 찍으려고 노력했다는 점이었다.

은주와의 하룻밤은 전혀 기대하지 않은 것이었지만 나쁘지 않았다. 아침에 일어났을 때 옷들이 한쪽으로 치워져 있고 싱크대에 깨끗하게 씻어서 엎어놓은 컵에 아직 물기가 묻어 있는 것을 보고 철수는 잠깐 행복한 기분을 느끼기도 했다. 당장 전화를 걸고 싶었지만 지저분하게 굴고 싶지 않았다. 은주는 남자 친구가 있고, 하룻밤 일탈은 박카스 같은 것이다. 건강식품이나 영양제는 아니지만 마시면 기분이 좋아진다. 다시 마실 수는 있지만 장복을 하기에는 꺼림칙한 음료인 것이다. 핸드폰을 들여다보면서 토요일을 보내는 데에는 약간의 인내심이 필요했지만 부족한 수면을 보충하고, 눈을 뜨면 게임에 빠져 있느라 대부분의 시간은 무료하지 않게 보낼 수 있었다. 일요일 오후에 회사에 나가서 월요일 마감할 서류를 정리했다. 나가지 않을 수도 있었지만 월요일 날 한꺼번에 하기에는 조금 버거웠고, 무엇보다 일요일 저녁 시간에 회사 근처에서 동창회가 있었다. 오랜만에 만난 동창들과 밤늦게까지 술을 마셨다. 월요일 아침엔 술을 마신 다음이라 더욱 일어나기 힘들었다. 이불 속에서 몇 번이나 몸을 구르다보니 은주 생각이 났고, 발기한 녀석을 달래느라 지각까지 하고 말았다.

커피를 마시러 휴게실에 갔을 때 남자들은 모두 사진 이야기에 빠져 있었다. 북한의 김정은이 핵미사일을 쏜다는 뉴스도 알몸 사진 소식을 능가하지는 못했다.

"봤지? 그 사진. 흐흐 머리핀 봤어?"

머리핀? 철수의 머릿속에서 아, 하는 탄성이 흘러나왔다.

"주인이 누군지는 단박에 알겠지? 근데 몸매 죽이더라. 그 정도였나?"

김상욱 대리가 쿡 옆구리를 찌르는 바람에 커피가 출렁이면서 엄지손가락을 적셨다. 뜨겁지만 좀더 뜨거워도 괜찮겠다는 생각이 들 정도로 암담한 기분이었다. 머리핀이라니. 은주의 머리에 꽂혀 있는 나비 머리핀은 미처 생각하지 못했다. 솔직히 말하자면 아랫도리의 검은 숲에 초점을 맞추느라 윗부분의 검은 숲은 눈에도 들어오지 않았다고 하는 게 맞았다.

은주는 요 근래 늘 그 나비 머리핀만 하고 다녔다. 평소 귀걸이나 브로치 같은 액세서리를 좋아하는 은주가 며칠째 같은 머리핀만 하고 다니자 누군가가 그게 이은주라는 물건에 붙은 상표냐고 우스갯소리를 했고, 그 말에 은주는 키득거리며 자랑하듯 말했던 것이다.

"이거, 애인이 사준 건데요. 맨날 검사하거든요. 안 하면 큰일 나요."

수공예품이라 같은 것도 없을 거라는 말까지 덧붙임으로써 머리핀의 존재감을 확실하게 굳혔던 것이다. 당시 그 자리에 있지 않은 사람들까지도 이제는 그 머리핀이 은주 것이라는 걸 모르는 사람이 없었다.

철수는 어젯밤 동창회에서 술에 취해 사진을 이 친구 저 친구한테 보여주었던 것을 떠올리며 입술을 깨물었다. 친구들이 어디서 난 거냐고 물었을 때 철수는 카톡으로 온 것이라고 거짓말했다. 친구들은 오! 하고 탄성을 지르며 알몸 사진을 마치 실제인 것처럼 손으로 만져가며 돌려보았다. 하지만 자신들에게도 보내달라고 한 친구들의 부탁은 단호하게 거절했다. 그들 중 누군가가 철수 몰래 핸드폰을 들고 가서 다운받은 것일까. 철수는 김상욱 대리를 흘끔 쳐다보며 무심한 척 물었다.

"누구에게 받은 건데?"

"총무과 우리 동기 있잖아. 변형수."

머릿속이 멍해지며 변형수가 누구인지 떠오르지도 않았다.

"다른 사람 아냐? 몸매가 아니던데."

아무 대답도 하지 않는 것도 이상한 것 같아 철수는 툭 한 마디 던져놓고는 얼른 종이컵으로 얼굴을 가렸다. 혹시 드러날지도 모르는 표정을 가렸다는 표현이 더 옳았다.

"그렇지? 맞아. 그 정도는 아니었어. 결론부터 말하자면 사진을 찍은 사람이 잘 찍은 거야. 구겨져 있는 침대 시트랑 허리와 엉덩이 곡선의 실루엣이랑 생생하게 잘 찍었어. 사진인데도 말야 금방 치열하게 치르고 난 뒤의 땀 냄새가 풍기더구만. 어디 출품해도 되겠더라고."

철수는 순간 어깨를 으쓱했다. 마치 자신을 칭찬해주는 것처럼 들렸기 때문이다. 철수는 약간 뜨거운 커피를 후룩 마셨다. 입천장이 화끈거려 혀로 훑으면서 철수는 김상욱 대리의 가슴을 푹 쳤다. 마치 칭찬을 해주어 쑥스럽다는 듯이 말이다.

희영에게서 카톡이 온 것은 점심시간을 10분 정도 남겨둔 시각이었다.

—니가 모르는 것 같아 사진 보낸다. 아무래도 머리핀 때문인 것 같아. 회사 사람들한테 다 퍼진 것 같다……

그제야 은주는 오늘 아무하고도 이야기를 나누지 않았음을 깨달았다. 오전 내내 사무실 책상에 고개만 박고 있는 철수에게 신경 쓰느라 다른 사람들과 이야기할 생각도 하지 못했지만, 다른 사람 역시 자신에게 말을 걸지 않았던 것이다. 가슴이 빠르게 뛰고 얼굴이 서서히 굳어졌다. 은주는 사진을 클릭했다.

아무도 알아보지 못할 거라고 생각했다. 머리카락이 얼굴을 가리고 있고, 알몸만으로는 그것이 은주라는 사실을 알 사람은 아마도 은주 자신뿐일 거라고 생각했다. 그렇게 믿고 싶었다. 그래, 머리핀만 아니라면 말이다. 수공예품이라고 자랑하듯 말했던 그 순간을, 그때 들었을 사람들의 기억을 손톱으로 싹싹 긁어서라도 지워버리고 싶었다. 은주는 사진의 머리 부분을 확대했다가 눈을 질끈 감으며 얼른 핸드폰을 닫았다.

점심시간이 되었지만 아무도 은주에게 밥 먹으러 가자는 소리를 하지 않았다. 사무실이 텅 비었다는 것을 알게 되었을 때 은주는 자리에서 일어나 철수의 책상으로 갔다. 철수의 자리는 깨끗하게 정리되어 있었다. 잘 정돈된 철수의 책상은 마치 원룸의 사진은 자신이 한 것이 아니라는 강력한 항변처럼 보였다.

"개새끼."

은주는 머리핀을 확 잡아 뺐다. 뽑힌 머리카락 두 올이 길게 남아 있는 머리핀을 그대로 철수의 책상에 던졌다. 그리고는 눈을 꾹 눌렀다. 눈물까지 보인다면 끝이라고 생각했다. 당장이라도 회사에서 나가고 싶었지만 은주는 자기 자리로 돌아갔다. 자리에 앉자마자 은주는 핸드폰을 켰다. 핏기가 빠져서 마치 석고상 같은 은주의 손가락이 덜덜 떨리고 있었다.

—어떻게 된 거야. 어떻게 나를 궁지에 몰아넣어 이렇게 참담하게 만들 수가 있냐고! 사진을 왜 찍은 것이며, 찍은 사진이 왜 돌아다니는지 그걸 설명해봐.

카톡을 확인하기는 했으나 철수는 답이 없었다. 밀폐된 사무실 유리라도 깨고 뛰어내리고 싶은 심정을 꾹꾹 눌러 참고 있는데 철수의 답장이 도착했다.

—미안해요. 몰랐어요.

―몰랐다는 게 말이 돼?

―나도 몰랐다구요.

철수 말을 조합하자면 그랬다. 일요일 저녁 때 동창회가 있었다. 철수가 화장실을 가거나 자리를 비운 사이에 누군가가 핸드폰을 보고 사진을 내려받은 것 같다…… 동창 중에 변형수와 아는 놈이 분명 있었을 거라고 철수는 생각했다.

―내가 책임질게요.

―책임? 책임을 진다고? 어떻게 책임을 질 건데? 나하고 결혼이라도 할 거야?

―미쳤어요?

은주의 눈시울이 바람이 이는 듯 빠르게 흔들렸다. 실핏줄이 터진 것처럼 충혈된 눈은 금방이라도 벌건 눈물을 흘릴 것만 같았다. 오후의 근무 시간은 고통과 치욕 그 자체였다. 사람들의 시선이 닿을 때마다 살이 조금씩 저며지듯 깎여나갈 것 같았지만 은주는 퇴근 전까지 자리에서 일어나지 않았다.

'머리핀이 이 세상에 이거 하나뿐인가? 알몸 사진에 내 얼굴이 나온 것도 아니잖아. 그게 나라는 증거는 어디에도 없어.'

집에 돌아간 은주는 다시 마음을 다잡았다. 그러자 용기가 솟아났다. 온 세상에 섹스 비디오가 공개된 연예인도 재기하는 마당에 그깟 사진 한 장이 뭐 그리 대수인가. 설사 그게 내 사진이라고 인정한다고 하더라도 혼자 누워 있는 사진일 뿐이지 않는가. 단지 알몸이라는 게 문제이긴 하지만 잠잘 때 알몸으로 자는 사람은 의외로 많을 수도 있다. 그 사진을 꼭 남자가 찍으라는 법이 어디 있나. 친구가 찍을 수도 있고, 가족이 찍을 수도 있다. 거기까지 생각한 은주는 벌떡 일어나 냉장고 문을 열고 김치를 꺼냈다. 매운 라면을 끓여서 땀이 뻘뻘 나서 속옷까지 흠뻑 젖도록 후룩거리며 먹었다.

다음 날이었다. 절대로 흔들리지 말자 결심했지만 생각보다 얼굴은 두껍지 않아서 하루를 견디기는 힘들었다. 알몸으로 앉아 있는 은주를 상상하는 눈들이 두꺼운 파티션을 뚫고 잠시도 쉬지 않고 레이저 빔처럼 쏘아댔다. 오늘은 철수의 책상으로 눈길 한 번 주지 않았다. 어떤 결론이든 시작한 사람이 내야 한다고 은주는 생각하고 있었다. 피해자가 수습까지 할 수는 없었다. 책임진다고 했으니 그것이 어떤 종류이든 기다려보기로 한 것이다. 퇴근 시간 직전에 화장실에서 막 나오는데 황 부장이 불렀다.

"은주 씨, 저녁 때 좀 볼까?"

그렇게만 말을 남긴 황 부장은 얼른 남자 화장실로 들어가버렸다. 몇시에 어디서 보자는 것인지 퇴근을 하지 말고 기다려야 하는지 막막했으나 은주는 아무것도 묻지 않기로 했다.

퇴근 시간이 되자 사람들은 서둘러 퇴근했다. 철수는 오늘도 은주 쪽은 쳐다보지도 않더니 남자 사원들과 왁자지껄 떠들며 사무실을 나갔다. 퇴근 시간이 10분도 채 지나지 않아 사무실에는 황 부장과 은주만이 남았다. 황 부장은 마치 복사실로 가는 사람처럼 자연스럽게 은주의 책상 옆을 지나며 흘리듯 말을 했다.

"주차장으로 내려와."

황 부장의 낡은 소나타는 은주가 타자마자 출발했다. 황 부장은 인적이 드문 도시의 외곽지대로 들어설 때까지 말이 없었다. 미리 생각해둔 곳이 있는 듯 차는 작은 가게가 모여 있는 항구의 횟집으로 들어갔다.

"먹지."

황 부장은 소주 한 병을 시키고 은주에게도 따라주었으나 은주는 마시지 않았다. 황 부장 역시 소주 두 잔을 마셨을 뿐이었다. 쩝쩝거리는 소리만 들릴 뿐 황 부장에게서는 어떤 이야기도 나오지 않았다. 사진 이야기를 꺼내면 어떡하지, 사표를 쓰라고 하면 그게 사표의 이유가 되느냐고 따져야지 당당하게, 라고 했던 처음의 마음들은 흩어져버리고 없었다. 차라리 속 시원하게 욕설이라도 퍼부었으면 싶었다.

회를 반 이상 남기고 술을 딱 두 잔만 마신 황 부장은 물로 입을 꿀렁꿀렁 헹구더니 쩝쩝 입맛을 다시며 자리에서 일어났다. 은주는 다시 소나타를 탔다. 이번에 소나타는 얼마 가지 않아 불법 유턴을 하더니 맞은편에 있는 모텔 주차장의 가림막 커튼을 머리 위로 빗질하듯 쓸어 넘기고 안으로 쑥 들어갔다. 유턴하자마자 들어가는 바람에 뭐라고 말할 틈도 없었다. 은주는 흡 놀라 한 손으로 입을 막으며 황 부장을 보았다.

황 부장의 얼굴은 두 잔의 소주 때문인지 아니면 다른 이유 때문인지 목덜미까지 벌겋게 달아올라 있었다.

"부장님, 도대체 무슨 짓이에요!"

주차장은 놀라울 만큼 차로 가득 차 있었다. 빈자리를 찾기가 쉽지 않을 정도였다. 은주는 핸들을 쥔 황 부장의 팔을 꽉 움켜잡았다.

"이게 무슨 짓이냐구요? 빨리 차 돌려요!"

은주의 반격에 소나타가 잠시 비틀거렸지만 늘 오는 자신의 아파트 주차장이라도 되는 양 황 부장은 빈자리를 찾아 능숙하게 주차했다.

"왜 이래, 은주 씨."

"도대체 절 뭘로 보고 이러시는 거예요? 이거 성희롱이에요. 고발하겠어요."

"성희롱?"

황 부장의 눈은 웃고 있었다. 웃느라 처진 눈밑이 마치 조갯살처럼 도톰하게 부풀어 올랐다. 그것은 바지 속의 성기처럼 점점 더 커지고 있었다. 황 부장은 은주의 손을 덥석 잡았다.

"은주 씨가 이걸 내 책상 위에 올려놨잖아."

황 부장의 노란 손바닥 위에 놓인 것은 은주의 나비 머리핀이었다. 은주의 얼굴이 하얗게 질렸다.

"그게 왜……"

"오늘 아침에 은주 씨가 이걸 내 책상 위에 올려둔 거 아니었어? 아침에 이 핀을 보는데, 하루 종일 아무 일도 못했다구. 미치겠어. 지금도."

철수의 책상 구석에 내팽개쳐져 있던 머리핀을 맨 먼저 본 사람은 점심시간이 끝난 후 사무실로 들어오면서 항상 철수의 책상을 훑어보는 것이 버릇이 된 신입사원 신지영이었다. 회사 내 남자인지 아닌지, 사진 찍은 사람에 대한 소문이 분분하게 돌고 있었지만 신지영은 그 남자가 누구인지 알았다. 올해 초 신입사원 환영회 회식 때, 철수는 이가 아파서 술을 마시지 않았다면서 자신의 차로 신지영을 데려다주었다. 아니, 신지영을 데려다주는 길에 자신의 원룸에 가서 따뜻한 커피 한잔을 마시고 가자고 했다. 뻔한 수작처럼 보였지만 신지영은 철수를 따라 그의 원룸으로 갔다. 처음으로 마음에 들어온 남자였고, 여직원들의 선망의 대상이며, 무엇보다 매력적인 그를 거절하는 것은 바보짓이라는 생각이 들었기 때문이다. 철수는 그날 직접 핸드드립한 예가체프를 탁자 위에 놓으며 신지영에게 깊게 키스했다. 철수와의 섹스는 잊기 힘들 정도로 열정적이어서 신지영에게 오래도록 남았다. 하지만 그밤이 가슴에 더욱 사무치게 남은 이유는 그날 이후 철수의 태도 때문이었다. 쿨하게 지내자는 말과 함께 철수는 신지영에게 더 이상 다가오지 않았던 것이다. 신지영은 늘 철수를 봤다. 신지영의 가슴속 온도가 비등점을 넘어선 지는 이미 오래였다.

신지영은 철수의 책상 위에 놓여 있는 머리핀을 집어들고 은주의 책상 쪽으로 눈을 돌렸다. 사진 속의 침대는 철수의 침대가 틀림없었다. 회색과 검은색이 뒤섞인 비대칭 무늬의 이불 위에 나무늘보처럼 늘어져 자고 있는 여자를 보다가 신지영은 핸드폰을 집어던질 뻔했다. 도대체 사진 속 몸매의 어디가 섹시하고 아름답고 눈이 부신단 말인가. 아랫배는 봉긋 나왔고, 치모까지 드러나게 쩍 벌린 다리는 상스럽고 젖가슴은 푹 퍼져서 아이 둘쯤은 낳은 아줌마 같았다. 여자의 벗은 몸만 보면 열광하는 남자들의 저속함에 신지영은 경악할 지경이었다. 철수에 대한 서운함과 동시에 은주에 대한 분노가 치솟아 올랐다.

"걸레!"

밤새도록 손톱을 질겅질겅 씹으며 고민하던 신지영은 다음 날 아침 일찍 출근했다. 마치 머리핀이 창녀라도 된 것처럼 손에 든 핀을 앞세워 남자 사원들의 책상을 쿡쿡 찍으며 사무실을 한 바퀴 돌았다. 그리고 같은 입사 동기인 안인규의 책상에 나비핀을 놓았다. 안인규는 신입사원 오리엔테이션 때부터 지금까지 끈질기게 신지영에게 집적대고 있었다. 문자나 카톡은 물론이고 술을 마시면 한밤중에 전화까지 해대는 통에 아주 지긋지긋하던 참이었다. 철수가 아끼는 학교 후배만 아니었다면 아마 경찰에 신고를 하고도 남았을 것이라고 생각했다.

출근한 안인규는 핀을 보자 얼른 점퍼 주머니에 집어넣었다. 가슴이 쾅쾅 방망이질해댔다. 누가 봤으면 어쩌지? 이은주는 왜 핀을 내 책상 위에 놓아둔 거지? 혹시 신지영이 보지는 않았겠지? 안인규는 주머니에서 핀을 빼서 손안에 넣었다. 결재판 아래에 핀을 숨기고 부장 자리로 갔다. 황 부장은 잠시 자리를 비우고 없었다. 황 부장은 늘 안인규에게 일을 대범하게 처리하지 못한다고 핀잔을 주었다. 안인규의 혈액형이 A형이라는 것을 알고 난 뒤에는 안인규가 A형의 대표 인간이라도 되는 양 A형 혈액형의 모든 부정적인 특징을 안인규에게 뒤집어씌우며 소심하고 쫀쫀하고 결단력도 없는 인간이 바로 너라고 사무실에서 서슴지 않고 이야기하곤 했다. 문득 안인규는 늘 황 부장이 야유하던 A형의 본때를 보여주고 싶다는 생각이 들었다.

황 부장은 책상 위에 놓인 핀을 보자마자 바지 주머니에 넣었다. 또다시 성기가 부풀어 올랐다. 어제만 해도 은주의 머리 위에서 날 가지란 듯이 나풀거리던 나비였다. 그것이 내 책상 위에 있다는 것은 무엇을 뜻하는 것이겠는가. 노래방 도우미와 1년 정도 관계를 가지다가 그만둔 것이 석 달 전이었다. 관계가 지속될수록 나가는 돈도 만만찮았고 여자도 끈끈하게 달라붙는 바람에 기겁을 하고 딱 끊었는데 그 후론 도통 발기가 되지 않았다. 뻐근한 아랫도리에 감탄을 하며 황 부장은 하루 종일 가슴이 설레었다.

황 부장이 갑자기 은주의 가슴을 움켜잡았다. 은주가 놀라서 팔을 올리는 바람에 무릎 위에 있던 핸드백이 바닥으로 떨어졌다. 악 하는 비명이 주차장에 퍼졌다. 주차장 구석에 웅크리고 있던 고양이가 고개를 들고 낡은 소나타를 노려보았다. 사냥용 탐조등처럼 빛나는 고양이의 눈 속으로 자동차의 문을 열어젖히며 튀어나오는 여자가 들어왔다. 얼굴이 벌겋게 달아오른 여자는 핸드백도 들지 않고 뛰기 시작했다. 다행히 핸드폰은 손에 쥐고 있었다. 핸드폰 케이스 안에 꽂혀 있는 신용카드를 확인한 은주는 고양이 눈 같은 헤드라이트를 달고 맹렬하게 달려오는 택시를 향해 펄쩍펄쩍 뛰며 손을 흔들었다. 막 모텔 주차장에서 나온 황 부장의 차가 택시를 스치며 지나갔다. 황 부장의 눈과 은주의 눈이 딱 마주친 순간이었다.

은주는 아침에 출근을 할 것인가 말 것인가에 대해 고민했다. 황 부장이 핸드백을 가지고 있는 점이 마음에 걸렸다. 설마 핸드백을 전해주면서 치근덕거리지는 않겠지 등등의 생각을 했으나 그 모든 생각들은 다른 한 가지 생각 때문에 한참 뒤로 밀려나 있었다. 은주의 생각은 오로지 핀의 행방에만 집중되어 있었다. 도대체 철수는 왜 그 핀을 황 부장의 책상에 옮겨놓았는가. 핀을 황 부장에게 줌으로써 철수가 얻는 것은 무엇일까. 꼭 그렇게 해야만 했을까. 그 핀을 그냥 버려도 될 것을…… 사진을 찍은 이가 자신이라는 사실이 드러나더라도 쏟아지는 소나기는 피하자는 속셈인가. 철수에 대한 원망으로 은주는 피가 말라가는 심정이었다.

철수가 알몸 사진의 찍사라는 소문은 그 사진이 유포된 지 사흘 만에 사무실 안에 퍼지기 시작했다. 사진은 동창회에서 퍼진 것이 아니라 일요일 날 사무실에 출근했던 몇 명 안 되는 직원 중 한 명이 유포한 것이었다. 철수가 일요일 날 나올 것 같다는 생각에 그리 바쁜 일이 없었음에도 출근한 신지영은 비어 있는 철수의 책상에 놓인 핸드폰을 보았다. 철수는 일요일까지 출근을 해서 그렇지 않아도 열이 난 황 부장에게 한참 깨지고 있는 중이었다. 신지영은 슬그머니 자리에 앉아 핸드폰 화면을 터치했다. 비밀 패턴은 이미 알고 있었다. 섹스가 끝난 후 핸드폰을 집어든 철수가 페이스북에 접속하기 위해 비밀 패턴 푸는 것을 슬쩍 훔쳐보았기 때문이다. 비밀 패턴을 풀자마자 여자의 알몸 사진이 나타났다. 사랑에 빠진 여자의 직감으로 신지영은 익숙한 침대 위에 누운 사진의 주인공이 은주라는 사실을 한 번에 알 수 있었다. 신지영은 철수의 카톡으로 안인규에게 '나도 받은 거야, 도대체 누굴까?'라는 메시지와 함께 사진을 전송했다. 신지영이 끔찍하게 싫어하는 안인규가 사진으로라도 은주를 실컷 농락하기 바라서였다. 잠시 후 안인규에게서 답장이 왔다. '우와, 난 딱 보니까 알겠네요. 머리핀!' 신지영은 철수와 안인규의 대화방에서 나가기를 누른 후 핸드폰을 원래의 자리에 두고 사무실을 나왔다. 신지영이 은주의 알몸 사진을 자신의 핸드폰으로 받은 것은 그로부터 불과 10분이 지나서였다. 사무실 여직원들의 단체 카톡이었고, 그 안에 은주만이 빠져 있었다. 대화는 온통 이 일을 어쩌면 좋겠냐는 항의성 분노와 대책에 대한 걱정들로 가득 찼지만 그 속에 은밀하게 내재된 경멸과 저속한 호기심은 어쩔 수 없이 드러나 있었다.

역추적을 통한 김상욱 대리의 활약으로 최초 사진 유포자는 철수임이 밝혀졌다. 김상욱 대리가 최초 유포자뿐 아니라 그 사진을 찍은 사람까지 밝혀낸 것은 정말 대단한 일이었다. 사진이 유포된 지 불과 사흘 만의 일이었다. 추리소설광인 김상욱 대리는 조그마한 일도 추리 기법을 들이대 해결하는 것을 좋아했다. 사진을 확대해서 방 안의 모든 물건과 기물들을 조사하고 연구했다는 김상욱 대리는 그 속에서 눈에 익은 지갑을 발견했고, 그 지갑의 주인을 찾기 위해 사흘 동안 회사 내 남자들의 지갑을 알게 모르게 추적해왔다는 것이다. 사진이 그랬듯이 소문이 퍼지는 것은 순식간이었다. 철수의 옆구리를 쿡 치며 지나가는 사람들은 은근한 눈빛으로 말했다.

"너라며?"

그렇게 말하는 사람들은 남자들이었다. 여자들은 조금 달랐다. 지금까지 의식적이든 무의식적이든 은주를 외면하던 여자들의 태도가 바뀐 것이다. 사진을 찍은 사람의 관리 부주의 내지는 영웅 심리로 인해 동료의 인생이 박살날 수도 있음을 철수에게 설파하고 싶어진 희영을 비롯한 여자들 몇몇이 철수를 옥상으로 불러냈다. 그 자리에 여자들과 다른 이유로 흥분한 신지영이 따라갔음은 물론이었다.

"철수 씨, 세상에 이럴 수 있어? 어떻게 그 사진을 유포해?"

희영의 앙칼진 목소리가 마치 매운 손바닥처럼 철수의 얼굴을 후려쳤다. 철수는 맞지도 않은 뺨이 얼얼하다고 느꼈다.

"유포라뇨?"

"지금 회사에 소문 다 났어. 그 사진 철수 씨가 찍었다며? 찍은 건 그렇다고 쳐. 그걸 어떻게 온 동네방네 알릴 수가 있냐 말야?"

여자들로 둘러싸인 철수의 얼굴이 벌겋게 달아올랐다. 신지영은 그런 철수의 얼굴을 안타까운 마음으로 바라보았다.

"두 사람 사이에 일어난 지극히 비밀스러운 일이잖아. 그걸로 어떻게 뒤통수를 칠 수 있느냐 이 말이야!"

다른 목소리가 덧붙여 말했다.

"철수 씨, 이렇게 쓰레기인 줄 몰랐어. 우린 가만있지 않을 거야. 그동안 함께 일한 동료로서 마지막 예의를 차려서 알려주는 거야. 바로 경찰에 신고할 거니까 그리 알아."

여자들은 자신들이 내뱉은 말들 때문에 더 흥분하기 시작했고, 급기야 키가 작은 유민 씨는 어떻게 그럴 수가 있느냐며 울음을 터뜨렸다. 지난 사흘 동안 은주의 파티션 쪽으로는 어떤 눈길도 주지 않던 사람들이었다. 당황한 철수가 막 입을 떼려는 순간 신지영이 여자들을 비집고 철수 옆에 섰다. 신지영은 철수의 팔짱을 와락 끼며 여자들을 똑바로 쳐다보았다.

"그 사진 철수 씨가 찍은 거 아니에요. 철수 씨 제 애인이에요. 우리 사내 커플이에요."

여자들이 입을 쩍 벌리고 신지영을 보았다. 신지영의 얼굴은 당당함으로 반짝반짝 빛이 났다. 하지만 신지영의 바람과는 달리 소문은 사그라지기는커녕 더 부풀려졌다. 신지영을 사귀면서 은주와 그런 일이 있었던 것도 모자라 사진까지 찍고, 그 사진을 유포한 철수는 개쓰레기가 될 판이었다. 철수는 어떤 결단력이 필요한 때라고 생각했다. 쿨하고 매력 있는 남자로 사는 것은 철수의 인생 목표였다. 남에게 보이는 이미지는 중요했다. 보험 약관을 수정하는 일은 뭐 그리 중요한 일은 아니었던 것이다.

며칠 뒤 회사 홈페이지 게시판에 '사진을 찍은 사람은 접니다'라는 제목의 글이 올라왔다. 유포한 것은 정말 자신이 아니며 핸드폰을 잘 관리하지 못한 것이 실수였다고 말했다. 하지만 절대로 고의가 아니며 사랑하는 여자의 아름다운 모습을 카메라에 담고 싶었을 뿐이며, 죄라면 그녀를 사랑한 것이 더 큰 죄라고 했다. 이제야 밝히는 것은 그녀를 지켜주는 길이 이것뿐이란 결론을 내렸기 때문이라고 했다. 다른 여자를 사귄다는 소문이 있는데 그것이야말로 유언비어라는 말을 덧붙임으로써 신지영을 순식간에 짝사랑에 빠진 멍청이로 만들었다. 글쓴이는 김철수였다.

철수는 은주의 파티션 앞에 섰다. 사무실 사람들이 마치 견우와 직녀가 만난 것처럼 박수를 쳐주었다. 사람들의 박수 소리가 커지자 철수가 은주를 안았다.

하지만 은주는 그의 고백에도 불구하고 기분이 점점 나빠지기만 했다. 은주는 줄곧 핀에 대해 생각하고 있었다. 철수는 자신에게 돌아올 비난을 피하는 방법으로 나를 걸레로 만든 것인가. 그래서 핀을 황 부장의 책상에 가져다놓았는가.

"그 머리핀, 황 부장이 들고 있었어. 그 핀이 어떻게 황 부장 손에 들어간 거지?"

"그게 무슨 말이에요?"

"내가 니 책상에 놓아뒀던 그 핀 말야."

"난 본 적 없어요. 언제 됐는데요?"

철수의 말을 듣는데 고독감이 아득하게 밀려왔다. 은주는 생각했다. 삶이 왜 이리 피곤한가. 삶이 왜 이리 재미가 없나. 문득 삶에 죽음이란 게 없다면 정말 시시할 것 같다는 생각이 들었다. 그래도 죽는다는 게 있어서 삶은 시시하지 않은 것이다. 때로 긴장이 되고, 때로 진지해지며, 때로 무섭기도 한 것이다. 그래서 이 사건이 터졌을 때 애써 외면하려고 했던 죽음에 대해 진지하게 고민해보고 싶은 생각이 들었다. 죽음보다 깊은 고독이 은주의 목구멍으로 꿀꺽 넘어가는 그 순간, 짝짝 박수를 친 철수가 큰소리로 말했다.

"자자, 이제 그 얘긴 그만하고 우리 근사한 밥이나 먹으러 갑시다."

회사에 차를 그대로 두고 근처 프랑스 식당에서 스테이크를 먹고 와인을 마신 후 택시를 탔다. 택시 안은 음악을 지나치게 크게 틀어놓아 심장이 쿵쿵 울리는 기분이었다. 소리를 줄여달라는 말을 하려는 철수를 제지하며 은주는 눈을 감았다. 스피커를 통해서 택시 안에 창창하게 울려 퍼진 음악은 패티 페이지의 「체인징 파트너」였다. 아버지의 애창곡이어서 어린 시절에 많이 들었던지라 가사와 멜로디를 모두 외우고 있는 노래였다. 바람 많은 날 바다의 파도처럼 눈물이 몰아치려고 했지만 은주는 울음이 끝까지 올라오는 것을 막았다.

철수의 원룸으로 갔다. 은주는 아무런 감흥 없이 철수와 섹스를 했다. 섹스가 끝난 후 철수는 마치 새로운 보험 설계사를 만난 것처럼 말했다.

"우리 결혼하죠."

황 부장은 가방을 돌려주지 않았다. 머리핀은 여전히 황 부장에게 있었다. 황 부장에게서 전화가 오기 시작한 것은 사무실에서 철수의 견우직녀 퍼포먼스가 있은 다음 날 밤 10시부터였다. 황 부장은 말했다.

　―하룻밤만 자면 모든 게 해결돼. 한 번만.

　황 부장은 도저히 은주를 포기할 수 없었다. 욕망은 꺼질 줄 몰랐고, 욕정은 터질 것만 같았다. 자동차 트렁크 공구박스 안에 넣어둔 가방 속 은주의 지갑과 화장품 파우치와 생리대에 하루에도 몇 번씩 코를 박고 냄새를 맡았다. 바지 주머니에 있는 은주의 머리핀을 만지작거리며 마누라가 심부름 시킨 음식 쓰레기를 들고 컴컴한 아파트 화단에 서서 매일 은주에게 전화를 했다.

　―니가 숫처녀도 아니잖아. 그렇다고 니가 유부녀도 아니잖아. 한 번만이야. 한 번만 나랑 자면 된다니까.

　사무실에서는 마음씨 좋고 인자하고 포용력 깊은 어른처럼 구는 것이 더욱 역겨웠다. 사무실은 숨 막혔고, 은주에게 친절한 사람들은 모두 황 부장의 가면을 쓴 것 같았다. 느물거리는 황 부장을 볼 때마다 은주는 자살과 살의의 욕구를 동시에 느꼈다. 죽여버리고 난 뒤에 깨끗하게 죽고 싶었다.

　철수는 이번 퍼포먼스의 완성은 결혼이라고 했다. 대학교 때 이미 한 번의 결혼과 이혼 경험이 있었다는 것을 철수는 자랑스럽게 고백했지만 은주는 그리 놀라지 않았다. 치열하게 한바탕 싸우고 난 후 사랑한다는 증거를 대보라는 여자 친구의 말에 그길로 동사무소에 달려가서 혼인신고를 했다는 것이다. 은주는 자꾸만 비열하고 뚱뚱해져가는 황 부장의 욕정에 지쳐 창자까지 다 토할 지경이어서 철수의 보험 약관이 어떻든 아무 상관도 하고 싶지 않았다. 세상이 너무나 지긋지긋하게 느껴졌다. 운전자가 어디로 가든, 설사 자신을 태운 자동차가 가드레일을 들이박고 절벽 아래로 처박힌다고 하더라도 상관없을 것 같았다. 다만, 황 부장의 트렁크 속에 갇혀 죽어가는 자신의 가방을 찾을 수 없음에 마음이 아플 뿐이었다. 그 가방 역시 민재가 작년 생일 때 사준 것이었다.

일주일간의 출장에서 돌아온 민재는 은주로부터 이별 통보를 받았다. 출장 중에 친구에게서 받은 카톡 사진은 의심스러웠으나 머리핀으로 보아 은주가 틀림없다고 생각했다. 출장지에서의 일은 엉망이었고, 멍하니 걷다가 교통사고도 두 번이나 당할 뻔했다. 비행기에서 내리자마자 은주를 만났으나, 다른 남자와 결혼하겠다는 이야기를 먼저 들어야 했다. 어떻게 일을 해결할 생각은 하지 않고 결혼할 결심을 할 수 있느냐고 민재는 고함을 질렀지만 은주는 아무 말도 하지 않았다. 원망스러운 눈으로 은주를 노려보던 민재는 탁자를 주먹으로 꽝 내리쳤다. 어찌할 바 없는 질투심이 용암처럼 끓어올랐으나 카톡의 망망대해를 엄청난 댓글과 함께 떠돌고 있는 은주의 사진에 민재는 더한 모멸감을 느꼈다. 머리를 쥐어뜯으며 오열하던 민재의 어깨가 가늘게 흔들렸다. 민재야…… 은주는 민재의 어깨에 손을 올리고 말하고 싶었다. 민재야…… 감당할 수 없이 일이 돌아가버렸어…… 한 번만…… 한 번만 이 손을 잡아줘…… 죽음이든 결혼이든 의미 없어. 어느 것이든 나에겐 똑같아. 니가 이 손을 잡아만 준다면…… 제발…… 은주가 심장이 파이는 듯한 심정으로 그렇게 속말을 하고 있을 때, 민재는 인사도 없이 몸을 일으켜 밖으로 나갔다.

결혼은 인터넷 쇼핑몰에서 쇼핑을 하듯 단계적이며 빠르게 진행되었다. 마치 음식 쓰레기를 처리하듯 뭔가를 한꺼번에 쓸어 담는 듯했고, 그럴 때마다 쿰쿰한 냄새가 났다. 매일매일이 피곤했다. 어서 빨리 결혼식을 마치고 쉬고 싶었다. 은주는 민재와 결혼하는 꿈을 꾸며 행복에 젖기도 했던 불과 몇 달 전의 자신을 떠올렸다. 민재와 결혼했다면 행복했을까, 문득 그런 생각이 들었다. 파트너가 바뀌었지만 실상은 아마 똑같았을 것이라고, 결국 음식 쓰레기도 아름다운 접시에 담긴 향기로운 음식에서부터 시작되는 것이라고 생각하며 은주는 애써 담담하게 웃었다. 과제물의 내용이 어떻든 표면적으로 과제를 성공적으로 마치게 된 철수는 유쾌했다. 두 사람의 웃는 모습을 본 주례는 흐뭇하게 주례사를 이어갔다. 사랑의 결실이 영원하도록, 검은 머리가 파뿌리 되도록 살라는 주례사는 상투적이지만 불멸의 명문이라고 생각했다.

"신랑 신부 행진!" 사회자의 말과 함께 결혼행진곡이 울려퍼졌다. 폭죽이 터지고 박수 소리가 났다. 막 발걸음을 떼려던 은주는 누군가 뒤에서 잡아채기라도 한 듯 그 자리에 우뚝

섰다. 결혼식장 뒤편의 많은 사람들 속에 숨은 듯 서 있는 민재를 보았기 때문이다. 결혼식장의 온갖 소음이 일시에 날아가고 민재의 모습만 유독 강하게 은주의 눈으로 들어왔다. 날카로운 칼로 그은 듯 가슴에 알 수 없는 전율이 지나갔다.

결혼식장이라 그런지 확실히 조명이 밝고 화려했다. '이슈를 사랑으로 극복하다'라는 메시지와 함께 올린 페이스북의 결혼식 동영상은 '좋아요'를 클릭하는 속도가 빠르고 댓글 반응도 폭발적이었다. 철수의 부탁이긴 했지만 뭔가 대단한 일을 한 것 같은 뿌듯한 느낌 때문에 신입사원 안인규는 신지영과의 미래를 꿈꾸며 두 사람을 향해 연방 셔터를 눌러댔다.

타임캡슐

타임캡슐을 개봉하라는 연락이 왔다. 전화를 걸어온 아빠는 그게 뭔지도 모르겠다는 투로 말했다. 너거가 중학교 졸업하면서 학교 꽃밭에 묻은 거라고 하더라. 올해가 20년이 되는 해인데, 개봉할 생각이 있으면 운동장은 개방해주겠단다. 당시 회장단한테만 전화한다고……

너도나도 타임캡슐을 땅에 묻는 시절이 있었다. 20년 뒤에 열어보자, 30년 뒤에 열어보자, 그때 혹시 내가 나태해져 있거나 갈팡질팡하고 있다면 20년 전 나는 어떤 꿈을 꾸었는지 확인하고 삶에 대한 투지를 불태우자, 뭐 이런 취지로 시작했을 것이다. 우리는 선생님이 나누어주는 종이에 '20년 뒤의 나에게'라는 주제로 편지를 썼다. 완벽하게 비밀이 유지된 채로 편지는 20년 뒤의 자기 자신만이 볼 수 있다는 말을 덧붙이는 선생님의 얼굴에도 열기가 피어올라 있었다.

아이들의 편지를 넣은 각 반 봉투는 작은 타임캡슐 단지에 들어간 후 밀봉되어 화단에 파묻혔다. 마치 죽은 사람을 묻듯이 교장, 교감, 3학년 선생님들이 차례차례 흙을 한 삽씩 퍼 넣었다. 큰 삽이 모자랐던 것인지, 학생이라 대수롭지 않게 생각한 것인지 도하와 나에게는 모종삽이 주어졌다. 나머지 흙은 학교에서 허드렛일을 하는 주사 아저씨의 몫이었다. 아저씨가 흙을 모두 채우자 교장 선생님이 '꿈의 단지'라는 이름이 새겨진 작은 돌비석을 그 위에 올렸다. 그렇게 타임캡슐 '미래를 위한 우리의 발걸음 행사'는 끝이 났다. 나흘 뒤가 졸업식이었다. 우리는 그 나흘 동안 타임캡슐이 묻힌 화단 주위를 맴돌며 20년이라는 엄청난 시간이 과연 오기는 하는지 회의감에 사로잡혔다. 그때가 되면 뭔가 하나는 이루었을 거라고 떠들어댔지만 20년은 역시나 상상하기 버거운 숫자였다. 우리는 당장 한 달 뒤가 궁금하고 가슴 설레는 겨우 열여섯 살이었다.

그 20년은 눈 깜짝할 사이에 지나갔다. 아빠로부터 타임캡슐이라는 말을 들은 순간 20년이라는 시간이 어딘가에 갇혀 있다가 덩어리째 코앞에 털썩 떨어진 것만 같은 기분이 들었다. 나는 여전히 이리저리 치어 주눅 든 '늙은 젊은이'에 불과했다. 이직과 알바를 전전하며 5년이나 같은 남자랑 동거하고 있는 지질한 삼십대 중반이었다. 얼마 전 회사를 그만두고 나는 다시 알바사이트를 기웃거리고 있었다. 몇 년 전 편의점 알바 때가 생각나 편의점에 엑스자를 치고 나는 깊은 한숨을 쉬었다. 편의점 사장은 나에게 손끝 하나 대지 않았으나 개구리의 혀 같은 끈적한 눈길을 내 온몸에 묻히는 데는 주저함이 없었다. 웃는 개구리 머리통 같은 대가리에 어떤 상상이 펼쳐질지 생각하면 살의마저 솟아날 지경이었다.

처음엔 누구나 그렇듯이 나도 대기업에 입사원서를 냈다. 대기업이 아니면 절대로 입사하지 않겠다는 듯이 삼성 엘지 현대를 거쳐 무엇을 하는지 정확하게 알 수 없는 중소기업에 원서를 내기까지 그리 오랜 시간이 걸리지 않았다. 면접관 앞에 서면 긴장이 폭풍처럼 몰려와 내 입을 틀어막았다. 침묵 속에서 나는 내게 주어진 짧은 시간을 횡설수설 속절없이 보내버리곤 했다. 그런 불안한 면접에도 불구하고 졸업한 지 2년 만에 제법 이름 있는 의류회사에 입사했다. 하지만 합격의 기쁨이 채 가시기도 전에 나는 회사를 그만두었다. 한 달 월급을 겨우 받았을 때였다. 두번째 회사는 1년을 버티었다. 이번에 그만둔 곳은 내 전공이나 스펙과는 무관하게 입사한 회사였다. 학교 선배 지인이 창업한 게임회사였는데 내가 놀고 있다는 것을 우연히 알게 된 선배의 부탁으로 들어가게 된 것이었다. 월급도 적었고 직원 복지라 할 것도 없었지만 편의점 알바로 계속 먹고살 생각이 아니라면 선택의 여지가 없던 상황이었다. 서른 이후의 시간은 상상할 수 없을 정도로 빠르게 추락했다. 나이와 자신감이 반비례한다는 것을 깨닫는 데는 그리 오랜 시간이 걸리지 않았다. 뭔가를 깨닫는 데 필요한 시간이 단축될수록 삶에 대한 자신감은 옅어졌다. 서른이 넘으면서 나는 살아오면서 어느 순간에도 느끼지 못한 왜소함을 느꼈다.

여자아이들은 생리를 시작하고 난 뒤에 성장이 멈춘다는 일반적인 상식을 깨고 나는 고등학생이 되면서부터 키가 자라기 시작했다. 초등학교와 중학교 때 나는 키가 작고 몸집이 왜소했지만 아이들은 늘 주변에 몰려 있었다. 나는 주변의 흐름을 주도했고, 아이들은 충실하게 그 흐름에 따랐다. 하지만 나는 누구나 좋아하지 않았다. 나는 단 한 사람을 좋아했다. 그 한 사람 도하. 그때는 신이 내 기도를 잘 들어주던 때였다고 생각한다. 나는 도하와 같은 중학교에 입학하게 되었고, 중학교 3학년에 올라가서 도하와 나란히 전교 회장단에 당선되었다. 솔직히 말하면 도하가 전교 회장에 나간다는 이야기를 듣고 나도 따라 입후보한 것이었다. 내 자존심이 구겨지지 않는 범위 안에서 나는 최선을 다해서 도하 곁에 머물려고 노력했다. 어디서나 당당했던 나는 도하 앞에서는 벌레처럼 작고 볼품없어졌다. 도하는 끝까지 내 마음을 알지 못했다. 처음엔 그가 어리숙할 정도로 이성에 눈뜨지 못했다고 생각했다. 하지만 중학생이 되면서 자존심 강한 내가 더 적극적으로 다가가지 않은 탓이라고 자책하기 시작했다. 그 정도로 나는 그를 좋아했던 것 같다.

도하를 생각하면 나는 지금도 새를 떠올린다. 도하는 새가 되어 우리 곁에서 훨훨 떠나갔다. 시간이 지나면서 그 상상은 진실이 되었고, 진실이라 생각한 후론 도하를 떠올려도 힘들지 않았다. 그리고 간혹 그를 잊고 지냈다.

*

가방에 화장품 파우치를 집어넣는 것을 본 기현이 벽에 기대고 있던 등을 바로 세우고 이쪽을 보며 말했다.

"그건 여행용이잖아."

잠깐 기현의 숨소리가 들리지 않는 것 같은 착각이 일었다. 그 침묵 속에서 나는 내가 내뱉었던 거짓말 같은 변명이 마침내 거짓말이었다는 것을 그가 깨달아주기를 바랐다. 누군가가 내리누른 듯 그의 어깨가 툭 아래로 떨어졌다. 발끝에 유리창을 건너온 햇살이 간당간당하게 붙었다.

"아빠가 오라고 해서."

"왜?"

"그냥."

열흘 전, 그는 내 등을 안아주며 힘내라고 말했다. 머리에 오백 원짜리 동전만 한 원형탈모가 생기고, 온몸에서 허연 살

비듬이 떨어져 바닥을 정전기 포로 닦아낼 때도 나는 내가 왜 그러는지 알지 못했다. 옷을 세탁할 때마다 창문 밖으로 옷을 떨면 비듬이 먼지처럼 햇살 속에 날렸다. 열흘 전 회사에 사표를 내고 나왔을 때에야 나는 내 몸에 생긴 이상 현상들을 이해했다. 생각 없이 들어간 회사에서 3년을 근무했다. 그동안 회사는 직원이 네 배로 늘었을 정도로 성장했고, 동종 업계에서의 위치도 견고해졌다. 하지만 나는 더 이상 회사를 다닐 수가 없었다.

"너도 알잖아. 부장이 나한테 어떻게 하는지…… 실수 따위가 어떻게 있을 수 있냐고, 완벽하지 않을 거면 당장 나가라고, 갑자기 다른 파트로 지원 보내는 일도 허다하고…… 내가 이 직장을 왜 다니는지도 모르겠고, 일요일 저녁만 되면 '직장을 계속 다녀야 할까?' 하는 생각이 머릿속에 가득 들어차. 인생에서…… 직장이 중요한 것은 알아. 하지만 직장에서 내가 어떤 것을 찾을 수 있는지 모르겠어. 스트레스로 머리카락이 빠지고 몸에 이상한 것들이 생기고, 나 정말, 죽을 것 같아서 나왔어. 이렇게 불행하게 살고 싶지 않아."

나는 그의 눈을 쳐다볼 수가 없었다. 부장이 자꾸 내 몸을 만지려 한다고, 남자랑 한 달에 몇 번 하냐고 웃으며 묻는 그를 볼 때마다 토할 것 같아서 더 이상 근무할 수 없다고 말할 수가 없었다. 지난번 회사에서 비슷한 일로 그만두었을 때 그 문제를 정식으로 제기했다가 혐의없음으로 처리된 적이 있었다. 그냥 묻어두겠다는 나를 만류하고 설득해서 경찰서를 들락거리던 기현은 시간이 지날수록 말이 없어졌다. 사건은 오로지 니 머릿속에서만 발생한 게 아니냐고, 결국 니가 과민반응해서 이런 결과를 만든 게 아니냐고 원망하는 듯한 눈빛으로 나를 보던 기현을 지금도 잊을 수가 없다.

방 안에 긴 침묵이 흘렀다. 흘깃 본 그의 눈동자가 끝이 보이지 않는 터널 속에 있는 것처럼 지쳐 보였다. 미안해, 라고 들릴 듯 말 듯 말을 하자 기현이 내 등을 안았다.

"곧 괜찮아질 거야. 걱정 마. 힘내."

기현을 만난 것은 첫 회사를 한 달 만에 그만두고 취업 스터디를 들락거릴 때였다. 내가 그만둔 회사에 기현이 면접을 앞두고 있었고, 그곳에서 퇴사한 내 이력을 알게 되면서 우리는 만나기 시작했다. 그가 합격 발표를 받던 날 우리는 처음으로 잤다. 들뜬 마음으로 잠든 그의 옆에 누운 나는 자꾸만 눈물이 났다. 그가 취업이 되어서 좋은 것은 확실했다. 하지만 속상했다. 한 달을 넘기지 못하고 나와버렸다는 사실이 너무나 자존심이 상했다. 그때 회식 자리에서 내 팔을 만지고 등을 쓰다듬던 상사가 아무런 사심이 없었던 것이라고 지금이라면 이해할 수 있을까. 기현보다 성적도 좋고 토플 점수도 높은데…… 나는 왜 그 순간을 참지 못하고 회사를 나와버렸을까. 그를 사랑하게 되었지만 그것은 별개의 문제였다. 자존감이 말할 수 없이 바닥을 쳤다.

함께 있는 시간이 늘어나면서 자연스럽게 살림이 합쳐졌고 동거를 시작했다. 동거 조건은 '결혼은 하지 않는다'였다. 가끔 기현은 내가 내건 동거 조건에도 불구하고 결혼에 대한 말을 불쑥 꺼내곤 했다. 그럴 때마다 나는 단호하게, 그러나 그가 상처받지 않게 웃으면서 말했다.

"미안한데, 아직까지 그런 제도에 편승하고 싶지 않아."

타인에게 기대어 새로운 제도 속으로 편입하고, 그 타인을 감싸 안으며 사는 건 자신 없다는 말을 하려고 했으나 나는 입을 다물었다. 그 말을 하게 되면 나로 인해 어떤 제도가 무너질 것 같은 원천적인 두려움이 있다는 고백을 해버릴 것 같아서였다.

"그냥 아빠가 잠시 오래."

"무슨 일인지 말해주면 안 돼? 회사 때문이야?"

"아니, 아니야. 사표하고는 아무 상관없어. 지금은 아무 말도 하고 싶지 않아."

"도대체…… 나는 너한테 어떤 사람이니? 사표 낸 것도 그래, 나하고 한 번쯤 의논할 수 있었잖아. 언제나 너는…… 니가 이런 식으로 나올 때마다 정말 힘들다."

기현은 상황을 외면하기 위해 내가 침묵을 선택한다고 비난해왔다. 하지만 지금 이 상황을 기현에게 명확하게 설명하고 싶지 않았다. 사랑하는 사람이지만 그도 남자였다. 동료로서 단순한 친근감의 표현일 뿐이라고 그가 대신 변명할까 봐 겁이 났다. 그렇게 한다면 나는 나를 변호하기 위해 기현에게 돌이킬 수 없는 상처를 입힐지도 몰랐다. 그런 강박은 늘 나를 지배해왔다.

"주말 지나고 올 거야."

빠르게 말을 하고 몸을 일으켰다. 다리를 덮고 있던 이불이 두두둑 기현의 허벅지로 쏟아졌다. 기현은 내가 일부러 이불을 집어 던지기라도 한 것 같은 굳은 얼굴로 고개를 돌린 채 꼼짝도 하지 않았다. 커튼 틈으로 새어나온 햇살이 그의 얼굴을 가르며 우스꽝스러운 표정을 연출했다.

아빠와 통화를 끝내고 내가 제일 먼저 한 일은 핸드폰을 열어 타임캡슐의 뜻을 검색창에 쳐보는 것이었다. '타임캡슐(Time Capsule)은 미래의 어느 시점에서 다시 개봉하는 것을 전제로 그 시대의 대표적인 물건 등을 모아 묻는 용기(用器)이다. 또는 그러한 용기를 땅에 묻는 것을 말한다'라고 나와 있었다. 특히 1998년과 1999년 밀레니엄을 앞두고 타임캡슐 묻는 봉인식이 학교를 중심으로 유행처럼 번져갔다고 했다. 그 일은 5, 6년 정도 계속되다가 시들해져서 곧 잊혀갔다고 친절하게 설명해놓은 블로그도 있었다. 20년 전 타임캡슐에 적은 자신의 메모를 기억해 그대로 옮겨놓은 블로그도 있었다. 그 메모를 보자 그날 아이들끼리 들떠서 나눈 말들이 마치 어제의 일처럼 떠올랐다.

글쓰기는 늘 아이들의 지루함을 극대화시켰다. 더군다나 미래의 나에게 하고 싶은 말이라니 너무 막막했다. 하지만 이것은 20년 뒤에 자신이 볼 편지였다. 20년이라는 숫자는 그렇게 지루하고 무료한 글쓰기로 채우면 안 된다는 막연한 부채감 같은 것을 주었다. 그때 아이들이 말했다. '비밀'을 쓰자고. 진짜 비밀을 쓰자고 말이다. 여기서 말하는 진짜 비밀은 남자아이들과 여자아이들 사이에 일어나는 일을 말한다고 생각했다. 마침 아침에 초콜릿이 한바탕 교실을 휩쓸고 지나간 후였다. 공교롭게도 발렌타인데이에 봉인식을 한다는 사실이 우리에게는 무슨 운명처럼 느껴졌다.

"비밀."

낮게 중얼거리던 나는 이어 아, 하는 탄성을 내질렀다. 사건이 일어난 것은 타임캡슐 행사 후였지만, 사건과 그 속에 들어간 비밀을 연결 지어 의심하는 것은 충분히 가능한 일이었다.

'그 일'은 영수로부터 시작되었다. 영수는 우리가 막 6학년이 되었을 때 우리 동네로 이사 온 반찬가게 아줌마의 아들이었다. 도하네와 먼 친척뻘이어서 알음알음으로 우리 동네로 오게 되었다는 말을 엄마에게 들은 적이 있었다. 그래서였는지 그는 도하를 엄청 따랐다. 약간 지능이 모자라 보였던 그는 중학생 정도의 몸집이었지만 나이는 스무 살이 넘었다고 했다. 어떨 땐 멀쩡해 보였지만 말이 어눌하고 정확하지 못했고, 먹는 일이나 승부에 지나친 집착을 보일 때는 그가 가진 결점이 고스란히 드러났다. 특히 말을 할 때에는 다른 사람 핑계를 댔다. '내가 먹고 싶다'가 아니라 '○○이 먹고 싶다'라는 식이었다. 그럴 때마다 도하는 영수가 자신에게 쏟아질 매나 벌을 피하기 위해 그렇게 말하는 것이 습관이 된 거라고 그를 감싸주었다. 처음엔 몇 번 속아 넘어가던 아이들이 재미삼아 그의 화법을 따라 하기 시작했고, 한동안 학교 전체에 유행이 되기도 했다.

영수는 아이들과 함께 운동장에서 축구를 하거나 피시방에서 게임을 하는 것으로 낮 시간을 보냈다. 특히 도하는 학원에 가기 전까지 남은 시간을 절친인 진욱, 민석, 제호, 그리고 영수와 함께 놀았다. 모두 그를 영수라고 불렀는데 도하만 그를 영수 형이라고 불렀다. 먼 친척이라는 말을 들었는데도 형이라 부르는 그 특별한 행위가 도하를 한결 좋은 사람으로 보이게 했다.

중학교에 올라가자 영수를 자주 볼 수 없었다. 가끔 버스 정류장에서 서성이는 그의 모습을 보기도 했는데, 아마 같이 어울려 다니던 아이들을 기다리는 모양이라고 생각했다. 영수를 보면 나는 손을 흔들어주었다. 간혹 영수를 따라가면 오늘 학교에서 잠깐 얼굴을 스치기만 했던 도하를 볼 수 있을지도 모른다는 생각을 하곤 했다.

영수가 나를 부른 것은 타임캡슐을 묻은 다음 날이었다.

"니 됴하 조아하제?"

엄마 심부름으로 반찬가게에서 젓갈을 사서 나오던 나는 목덜미를 잡아채는 영수의 말에 걸음을 멈추었다.

"누가 그라던데?"

"히히히."

도하가 다른 사람을 보고 있다는 것을 눈치챈 것은 3학년 겨울방학을 막 지나면서였다. 그 누구도 눈치채지 못했지만 나는 알아보았다. 도하와 같은 반인 송은이라는 여자아이였다. 송은은 키가 크고 얼굴이 하얗고 은행잎처럼 웃는 눈을 가지고 있었다. 복도 창을 통해 도하가 바라보고 있는 곳이 어디인지 안 순간 나는 누군가에게 뒤통수를 세게 얻어맞은 듯했다. 충격에 몸이 굳어버렸는지 그 자리에서 꼼짝할 수도 없을 지경이었다. 나는 그동안 도하가 내 마음을 알고도 모르는 척하고 있다고 착각하고 있었다. 자존심을 앞세우며 이렇게 소극적으로 나가다간 도하의 눈길을 영원히 되돌릴 수 없을지도 몰랐다.

발렌타인데이 아침 등굣길에 도하네 집 앞을 서성이다 우연히 마주친 것처럼 함께 버스에 올랐다. 나란히 버스 손잡이를 잡으며 그와 함께 버스의 흔들림에 몸을 맡긴다는 사실이 너무 좋았다. 울컥 뜨거운 눈물 같은 것이 솟아나려고 해서 이게 뭔가 싶을 정도였다. 그의 팔이 내 팔에 슬쩍슬쩍 닿을 때마다 숨이 멎을 것 같아 크게 심호흡을 하며 저 아래 내려앉은 숨을 수시로 끌어올렸다. 내려야 할 마지막 정류장을 남겨놓고 나는 초콜릿을 그의 가방에 슬쩍 넣었다. 그런데 그날, 수업을 모두 마친 청소 시간에 송은이 복도에서 친구들과 그 초콜릿을 먹고 있는 것을 보았다. 물론 상표가 같을 수도 있었다. 하지만 나는 셀로판 테이프에 매달린 포장지의 붉은 조각 하나가 초콜릿 끄트머리에 붙어 있는 것을 보고 말았다.

그 붉은 조각이 어제와 오늘 종일 나를 괴롭혔다. 쿵쿵거리는 심장을 눈치라도 챌까 봐 시선을 내리깔고 나는 영수의 다음 말을 기다렸다. 이윽고 영수는 마치 이 이야기를 하기 위해서 뜸을 들였다는 듯이 바보답지 않게 저음의 톤으로 말했다.

"됴하가 니 기다리다."

나는 천천히 심호흡을 했다. 영수의 핑계 화법을 전혀 떠올리지 못할 정도로 내 신경은 송은과 도하에게 집중되어 있었다. 이제 곧 졸업이었다. 송은에게 성큼 다가간 그를 속수무책으로 내버려둬서는 안 되었다. 오늘이야말로 내가 고백할 마지막 기회였다. 손에 든 젓갈 봉지가 마음에 걸렸지만 이 시간을 놓치면 영원히 후회할 거라고 생각했다.

영수가 발을 멈춘 곳은 공장이 시작되는 골목 초입에 세워진 도하 아버지의 창고였다. 2년 전 정수기 사업을 하던 도하

아버지가 사업에 실패했을 때 남아 있던 정수기를 쌓아둔 곳이었다. 창고는 그 후로 도하의 놀이터가 되었다. 초등학교 때 도하와 친구들은 도하 어머니의 허락을 받아 이곳을 비밀 회합 장소로 쓰고 있다고 자랑하듯 말하곤 했다.

영수는 창고 뒤편으로 돌아가 버려진 빈 화분을 들춰 열쇠를 끄집어냈다. 창고 안은 생각보다 어둡지 않았다. 영수의 표정이 돌변한 것은 창고 문이 닫히고 난 뒤였다. 돌아선 영수의 눈동자가 소리라도 낼 것처럼 불안하게 움직였다. 입술이 한쪽으로 비틀리는가 싶더니 갑자기 영수가 바지를 확 벗어 내렸다.

"니 미쳤나?"

그의 붉은 성기가 눈앞에 불거졌다. 그것은 불에 달궈진 쇳덩어리처럼 뜨거워 보였고 그래서 곧 터질 것 같았다. 비명을 지르며 창고문을 향해 돌진했으나 믿을 수 없을 만큼 빠른 동작으로 영수가 나를 바닥에 넘어뜨렸다. 무릎으로 허벅지를 누른 영수가 제 아랫도리를 내 몸에 밀착시켰다. 오래된 쉰내와 계란 썩는 냄새가 영수의 온몸에서 풍겼다. 됴하가, 됴하가…… 영수는 거칠게 헐떡이면서도 도하가 시켜서 그런다는 듯 '됴하가'를 외쳐댔다. 나는 비명을 지르며 되는 대로 주먹을 휘두르고 있는 힘을 다해 발버둥을 쳤다. 발끝에 단단한 물체가 닿는가 싶더니 쌓아둔 정수기가 와르르 무너져 내렸다. 마지막에 떨어진 정수기가 영수의 등을 찧고 바닥으로 떨어졌다.

"윽."

마치 그 둔탁한 소리에 반응이라도 하듯 영수의 눈이 하얗게 뒤집혔다. 짐승 같은 신음 소리가 창고의 빈 공간을 가득 메웠다. 영수의 몸을 밀치고 일어나 나는 달리고 또 달렸다. 죽여버리고 싶었다. 도하가 시킨 짓이 분명했다. 어리숙한 척 순진한 얼굴로 내 순정을 비웃고 결국 잔인하게 짓밟은 것이었다. 타임캡슐에 들어갈 글을 쓰면서 자기네들끼리 눈을 맞추고 킥킥거렸다는 말을 그 반 아이들에게서 들었다. 그들의 비밀, 그들의 공모가 바로 이것이었다. 내가 준 초콜릿을 송은에게 준 것도 아이들에게 모두 떠벌렸을 것이다. 초콜릿을 입에 물고 복도에 태연하게 서서 그 은행잎 같은 눈으로 나를 보고 실실 웃던 송은도 이미 알고 있는 것이다. 그동안 나를 휘어잡던 강렬한 질투심이 터질 것 같은 분노로 뒤바뀌었다. 수치와 모욕이 피부를 찢어발기는 것 같았다. 나는 내리막길을 있는 힘껏 뛰기 시작했다. 높이가 일정하지 않은 돌계단을 내려갈 때마다 입김이 한 움큼씩 쏟아져 나왔지만 춥지 않았다. 나는 하루에 몇 번씩 끈이 달린 듯 나를 잡아끌던 도하의 대문 앞에 섰다. 그리고 주먹을 쥐고 문을 두드리기 시작했다. 잠시 후 도하 엄마가 놀란 얼굴로 문을 열었다.

"와 그라노? 윤주야? 니 옷이 와 이렇노? 얼굴은 또……"

온몸에서 역겨운 비린내가 올라왔다. 거친 숨을 몰아쉴 때마다 그 냄새에 비위가 뒤틀려 구역질이 쏟아졌다. 나는 도하 엄마 앞에 몸속의 것을 모두 게워내고 말았다. 게워낼수록 냄새는 더 지독해졌다. 나는 목울음을 참으며 도하를 지옥에 빠뜨릴 가장 격렬한 단어를 골라냈다. 그리고 가슴에 부글거리는 그 단어를 토하듯이 내뱉었다.

"성폭행…… 그 개새끼가……"

도하 엄마가 슬리퍼를 한쪽 발에만 급하게 꿰어 신고 내 옆에 섰다. 그제야 내 꼴이 보였다. 졸업 기념으로 엄마가 사준 오리털 점퍼가 흙과 먼지와 오징어 젓갈로 엉망이 되어 있었고, 터진 입술에서 난 피가 입안으로 흘러들었다. 손등과 팔목에 붉은 멍이 들어 있는 것을 보자 여태껏 분노로 차 있던 가슴이 서러움으로 바뀌면서 눈물이 쏟아지기 시작했다.

"서, 설마……"

도하 엄마를 흘겨보는 내 눈에서 눈물이 주르륵 흘러내렸다. 나는 우는 아이가 아니었다. 싸울 때는 그 누구보다 전투적이었다. 그런데 나는 지금 울고 있었다. 나를 향해 내미는 도하 엄마의 손을 탁 쳐내고 몸을 돌려 집으로 돌아왔다. 집에 돌아와서 제일 먼저 한 일은 옷을 모두 벗어서 쓰레기통에 처넣는 일이었다.

그 뒤로 경찰의 조사가 이어졌다. 도하와 도하 엄마, 그리고 도하와 붙어다니던 패거리 아이들까지 모두 경찰에 불려가서 조사를 받았다. 도하를 비롯한 아이들은 그 시간에 모두 학원에 있었으며, 영수와 그런 이야기를 나눈 적도 없다고 진술했다. 영수 엄마는 영수를 병원에 격리 조치하겠다고 했으나 흥분한 동네 사람들은 그들을 가만두지 않았다. 다음 날부터 영수는 보이지 않았고, 곧 반찬가게도 동네에서 사라졌다. 하지만 먼 친척이라는 이유로 끝까지 도하에 대한 의심을 풀지 않는 사람들도 있었다. 허술한 창고 관리에 대한 비난도 빠뜨리지 않았다. 온 동네를 시끄럽게 만들었던 성폭행 미수 사건은 그렇게 마무리되는 듯했다. 하지만 도하는 졸업식 하루 전날 진욱이네 아파트 15층 복도 창틀에 올라가 스스로 목숨을 끊었다. 도하가 시킨 게 아니라면 그 바보가 어떻게 그런 짓을 하냐고 도하네 집에 가서 패악을 부리던 엄마는 죄인처럼 입을 다물었다. 나는 피해자인데도 불구하고 가해자인 듯한 기분으로 졸업식에 참석해 회장을 대신해서 송사를 읽었다.

어쩌면 한 달을 채우지 못하고 첫 회사를 나온 이유가 회식 자리에서 상사가 등을 만졌기 때문이 아니라 상 위에 놓인 오징어 젓갈 때문일지도 모른다는 생각을 오랫동안 했다. 하지만 그 이야기는 기현에게 할 수 없었다. 타인의 상처를 완벽하게 받아들인다는 것은 애초에 불가능한 일이었다. 아니, 그 젓갈을 의식의 수면 위에 떠올리는 것조차 나는 끔찍하게 싫었다.

기차가 대구역에 도착했을 때 기현으로부터 카톡이 왔다.

'정말 아빠 때문에 가는 거야?'

카톡을 확인하지 않는 편이 더 좋았을 것이라는 생각이 들었다. 나는 핸드폰을 가방에 넣어버렸다. 두껍고 무거운 철문이 덜컹 내 앞을 막아 입을 닫아버린 기분이었다. 가방을 감싸고 있는 손에서 다시 드르르 진동이 느껴졌다. 순간 손에서 느껴지는 진동과는 다른, 오래된 전화벨 소리가 귀에 가득 들어찼다. 귀를 울리는 환청을 지워버리려 머리를 흔들었지만 소리는 머리를 쿡쿡 찔러대며 계속되었다.

……그때는, 오후 5시였다. 나는 모든 상황을 용의주도하게 생각했다. 직장을 다니는 도하 엄마와 고등학생인 누나 신영이 아직 집에 오지 않을 시각이었다. 도하가 전화를 받을 수밖에 없었다. 내가 세번째 걸었을 때야 뚜우— 소리가 끊겼다. 여보세요. 도하의 목소리였다. 나는 분노에 찬 목소리로 입안 가득 들어찬 가시 같은 말들을 숨도 쉬지 않고 쏟아냈다.

"나는 영수 형한테 니 이야기한 적 없다."

"그걸 어떻게 믿노?"

"……니가 내를 안 믿으면 우짜노."

니가 내를 안 믿으면…… 갑자기 그 말이 목구멍에 턱 걸렸다. 그 말은 마치 너를 좋아한다고, 너밖에 없다고 말하는 것 같았다. 도하의 그 한마디에 전쟁같이 나를 몰아세우던 샛

노란 질투심이 햇살 아래 놓인 얼음처럼 녹아내렸다. 왜 도하에게 직접 확인하지 않고 내 분노를 쏟아내기에만 바빴는지 후회가 밀려들었다. 송은이 먹던 초콜릿에 붙은 빨간 포장지 조각은 질투에 눈이 뒤집힌 내가 착각한 것일 수도 있었다. 사랑을 고백하는 날답게 그날 아이들이 가지고 온 초콜릿의 포장지는 거의 핏빛처럼 붉은색이었다. 나는 그렇게 믿고 싶었다. 통화는 짧게 끝이 났다. 하지만 마치 오랫동안 힘주어 잡고 있었던 것처럼 손이 얼얼하게 아팠다.

*

모종삽을 주문한 것은 진욱의 문자를 받고 난 후였다. 진욱은 도하와 친하게 지냈다. 오래전부터 바로 옆집에서 살아서 집안 모두가 한 가족처럼 지낸다고 했다. 진욱은 두 번에 걸쳐 문자를 보내왔다.

'연락 받았지? 타임캡슐…… 졸업 후에 학교에서 도하 연락처를 그대로 둔 것 같아. 도하네 집으로 연락이 왔대. 도하 누나가 나한테 전화를 했었어. 학교에선 다음 달 안으로 연락이 없으면 그냥 처리하겠다고 했나 봐. 강당 공사가 예정 중인데 타임캡슐이 묻힌 화단까지 공사에 들어간다고…… 연락이 가능한 사람만 주말에 모여서 빨리 해치우자.'

강당 공사가 예정 중이어서 타임캡슐을 처리해야 한다는

것은 아빠로부터 전해 듣지 못한 말이었다. 진욱으로부터 공사라는 말을 듣자 이유도 없이 마음이 바빠졌다. 뭔가 찝찝한 기분을 떨쳐버리지 못하고 있는 사이 진욱의 두번째 문자가 왔다.

'SNS로 여기저기 연락되는 아이들한테 소식은 전했어. 가능한 사람들만 모여서 하는 거지 뭐. 이번주 일요일 오전 10시. 학교에도 연락했어.'

내가 할 일이 무엇인지 선명하게 떠오른 것은 진욱의 두번째 문자를 받았을 때였다. 아빠에게서 타임캡슐이라는 말을 들을 때부터 나는 계속 무언가가 불편했다. 부풀어 오른 편도처럼 침을 삼킬 때마다 가슴 한쪽이 따끔거린 이유가 바로 이거였다. 내가 도하를 위해서 할 수 있는 일…… 우리는 그때 모두 타임캡슐에 들어갈 좀더 기발한 비밀을 찾기 위해 혈안이 되어 있었다. 그들도 마찬가지였을 것이다. 그들의 비밀은 바로 자신들이 창고 안에서 벌였던 일을 말하는 것이었다. 어린 도하를 죽음으로 내몬 그 비밀을 지금에 와서 세상에 까발릴 수는 없었다. 그것을 먼저 찾아서 불태워버리는 것이 어린 시절 내 전부였던 도하를 위해서 내가 할 수 있는 일이었다.

새로 산 모종삽의 가장자리는 뭉텅했지만 잘못하면 베일 정도로 끄트머리는 날카로웠다. 나는 모종삽의 손잡이를 잡아보았다. 한 손에 딱 들어오는 크기였다. 모종삽을 손에 쥐자 놀랍게도 그날의 기억이 떠올랐다.

타임캡슐 행사가 끝난 후 선생님들이 교무실로 가고 도하와 나만 화단에 남았다. 모종삽은 흙 몇 번 퍼 담고 금방 놓아버리기엔 아쉬운 물건이었다. 아니, 나무에 가려진 화단에 도하와 나만 남은 이 순간은 송은이 결코 가질 수 없는 시간이었다. 송은에 대한 질투심이 끓어올라 어떤 수를 써서라도 도하를 붙잡고 싶은 마음이었다. 나는 모종삽으로 장난 좀 치고 들어가자며 도하를 잡아끌었다. 도하와 나는 화단에 쪼그리고 앉아 여기저기 흙을 파내고 주변의 자질구레한 것들, 돌이나 쓰레기, 콩벌레 같은 것들을 파묻기 시작했다. 머리카락이 닿을 듯 가까운 거리에서 그의 체취가 느껴지자 가슴이 쿵덕거리고 뛰었다. 쪼그리고 앉은 내 교복치마가 살짝 벌어졌고, 아주 잠깐 도하가 내 쪽을 보는 게 느껴졌다. 무엇을 하는지도 모를 정도로 몸 전체가 알 수 없는 열기에 휩싸였다. 그럴수록 땅을 파는 내 손놀림은 더욱 빨라졌다. 마치 경쟁을 하듯 그러고 있는데 종이 울렸다. 우리는 동시에 중앙 현관 앞에 걸린 시계를 보았다. 이 유희를 지속하고 싶다는 간절한 염원을 담아 시계를 본 순간 나는 깜짝 놀라고 말았다. 시계는 9시 45분에 멈춰 있었다. 2교시 수업 시작종이 쳤으니 지금 시각은 9시 55분이어야 맞았다. 그러나 시계가 맞고 시종벨이 고장 난 것일 수도 있었다! 무엇에라도 홀린 듯 우리는 우리 생각이 맞다고 확신했다. 결국 10분을 더 있다가 교실에 들어갔는데 교실에서 보이는 운동장 시계는 어떻게 된 일인지 수업 시작 시간이 훌쩍 지나 있었다. 나는 선생님께 혼이 났지만 누구도 믿지 못할 그 놀라운 사실을 도하도 함께 느끼고 있을 것이라는 생각에 가슴이 벅차올랐다.

하지만 나는 그 기억마저 잊고 있었다. 도하의 죽음은 모든 것을 덮어버렸다. 졸업식 후 나는 원인을 알 수 없는 열병을 앓으며 병원에 입원했다. 나를 내리누른 것은 죽을지도 모른다는 공포였다. 열은 쉽게 가라앉지 않았다. 얼굴을 태워버릴 것 같은 고열과 함께 온몸에 두드러기가 돋았다. 정신이 까무룩하게 저 아래로 떨어지는 경험을 하루에도 몇 번씩 해야 했다. 눈을 뜨면 거칠고 초췌한 얼굴의 엄마가 두드러기 연고를 내 몸에 발라주고 있었다. 링거만으로 숨을 유지했다. 물 한 모금도 목구멍으로 들어가지 못했다. 입안에 이물질이 들어오면 내장이 뒤틀리며 구역질이 일고, 갈비뼈가 으스러지도록 고통스러운 기침이 시작되었다.

엄마는 그 2월을 회상하면 끔찍하다는 듯 몸서리를 치며 말했다.

"나는 니가 죽는 줄 알았다."

나는 다시 살아났다. 마치 무병을 앓고 난 것처럼 새로운 사람이 된 것 같은 기분이어서 발이 땅 위에 살짝 떠 있다는 느낌을 받을 때도 있었다. 나는 그 느낌이 나를 살렸다는 것을 직감했다. 새로운 사람으로 살기 위해 내가 선택한 것은 침묵과 회피였다.

부산에 내리자 날은 이미 어두워져 있었다. 나는 부산역에서 학교로 가는 버스를 탔다. 흰색이던 학교 건물은 옅은 주황색 페인트를 칠해서 훨씬 밝아 보였다. 운동장 트랙은 우레탄을 깔아서 전문 육상경기장 같았다. 어둠이 내리기 시작한 운동장에는 아주머니 두 사람이 팔을 흔들며 열심히 트랙을 따라 걷고 있었다. 나는 교문 앞에 서서 학교를 천천히 둘러보았다. 네모난 시계가 학교 중앙 현관 위에 그대로 걸려 있었다. 시계는 늘 그 자리에 있었는데, 저 시곗바늘이 몇 바퀴를 돌아서 지금 여기에 서 있는 것일까. 울컥 뜨거운 덩어리가 목구멍을 타고 올라왔다. 운동장을 가로질러 동쪽 화단으로 걸어갔다. 내일이면 개봉할 타임캡슐 돌비석이 달빛에 반짝이고 있었다. 손으로 밀어보았으나 20년 세월을 우습게 보지 말라는 듯 작은 돌덩이는 꿈쩍도 하지 않았다. 순간 드드득 핸드폰이 울렸다. 기현의 톡이었다. 나는 화단에 퍼질러 앉아 무릎을 세우고 핸드폰을 열었다. '니가 그날 아침에 해준 밥, 나 정말……'이라고 첫 문장이 떴다. 나는 톡을 열지 않고 가방에 핸드폰을 집어넣었다. 그리고 혹여 다른 감상에 젖는 것을 방어하기라도 할 것처럼 얼른 모종삽을 꺼냈다. 그때였다.

"어? 윤주?"

나는 화들짝 놀라 몸을 벌떡 일으키다가 옆에 서 있는 나무에 얼굴을 부딪쳤다. 나뭇잎에 긁혔는지 오른쪽 볼이 쓰라렸다. 나는 손으로 볼을 감싸며 그 자리에 얼어붙은 듯 섰다.

"너…… 진욱이? 맞지?"

성큼 화단으로 발을 들인 사람은 진욱이었다. 나보다 키가 이십 센티는 더 커 보이고 살도 찐 것 같았지만 예전 얼굴이 그대로 남아 있었다.

"서울에 있다고 하지 않았어? 아, 같은 기차를 타고 왔을 수도 있겠네. 나도 막 도착했거든…… 행사는 내일인데 윤주 넌 오늘 웬일이야?"

모종삽을 든 채로 얼굴이 벌겋게 달아올랐지만 짐짓 아무렇지도 않은 척 나는 진욱을 보며 무심하게 물었다.

"그러는 너는 웬일인데?"

"그냥 답사 차원에서 한번 와본 거야. 애들도 스무 명쯤 온 다고 하더라고."

진욱이 타임캡슐 비석 위에 걸터앉으며 내 손에서 모종삽을 빼어 들었다. 당황하며 내가 손을 내밀었으나 진욱은 그것을 굳이 내 가방에 찔러 넣었다. 웃음이 사라진 진욱의 얼굴이 천천히 굳어졌다.

"뭘 미리 파내고 싶은 거야? 이 모종삽은 너한테 필요 없을 것 같은데, 나가자."

내가 뭘 할지 니가 어떻게 알아? 왜 니 맘대로 판단해? 머릿속에 떠오르는 질문들을 내리누르며 나는 진욱을 따라 화단을 벗어났다. 진욱이 있는 한 어차피 돌비석을 파내는 건 불가능하다. 운동장 모래에 무엇이 섞였는지 작은 모래흙들이 달빛에 보석처럼 빛이 났다. 그 빛나는 보석 위에 두 사람의 그림자만 길게 운동장에 드리워졌다. 진욱 옆에 서서 걷고 있는 내 그림자는 마치 다른 사람 같았다. 앞으로 걷고 있는 내 그림자가 갑자기 팔다리를 마구 움직일 것만 같은 두려움에 나는 어깨를 흠칫 떨었다.

"너처럼 타임캡슐을 파려고 한 사람이 또 있었어. 오래전이긴 하지만."

"……"

"도하가 그렇게 되고 난 후 도하 부모님이 학교에 와서 타임캡슐을 열고 싶다고 했어. 도하가 어떤 글을 썼는지 알고 싶다고."

"그런데?"

"학교에서 그건 곤란하다고, 타임캡슐은 3학년 학생과의 약속인데, 개인의 사정이 생길 때마다 단지를 개봉할 수는 없지 않냐고……"

"……"

"그때 도하 어머니가 나를 불렀어. 몰래 파서 도하 글만 줄 수 없냐고. 죽음에 대한 실마리라도 찾고 싶으셨던 거지. 사실 돌비석이 그리 큰 것도 아니고 조금만 파면 단지도 나올 것 같아서 그렇게 하겠다고 했지."

"그래서 파냈단 말야?"

"아니, 파서 드릴 수가 없었어. 그 속에 어떤 내용이 있는지 나는 아니까…… 무엇보다 죽음에 대한 실마리하고는 전혀 상관이 없고, 오히려 두 분을 더 힘들게 만들 게 뻔하니까. 그래서 파다가 야간 경비아저씨한테 들켜서 혼이 났다고 거짓말했어. 그 이후론 어머니도 더 이상 나에게 그런 부탁은 안 했고. 그리고 20년이 지난 거야. 올해가 20년이 되는 해라는 걸 도하 어머니가 먼저 알고 계시더래. 누나가 그러더라."

"누나?"

"신영이 누나…… 어제도 통화했거든. 내일 개봉하기로 했다고 했더니 도하가 다시 친구들 입에 오르내리는 거 싫다고, 전날 미리 도하 쪽지 꺼내서 갖다줄 수 있냐고."

윽, 갑자기 비명이 목구멍 안에서 새어 나와 나도 모르게 입을 틀어막았다.

"처음엔 나도 그럴까 했어. 그런데 생각해봐. 20년이야, 누가 남한테 관심이나 있냐? 애들은 기억도 못할 걸. 그런데…… 그분들은 그게 아닌가 봐. 아직도 그 시간에 멈춰 있어."

나는 달빛을 피해서 그러는 것처럼 교문 앞 히말라야시다 나무 아래로 들어갔다. 순간 학교 바깥 원룸 빌딩 창문에 불이 켜졌고, 나무 아래에 선 내가 고스란히 드러났다. 나도 모르게 어깨가 절로 움츠러들었다. 진욱이 말하기 전 버릇인 듯 고개를 끄덕끄덕하더니 불이 켜진 원룸 쪽 창을 바라보며 말을 했다.

"도하 어머닌 변비고, 누난 아직도 그 집을 못 떠나고 있어."

변비라니 무슨 뜬금없는 소리냐고 물으려다 나는 말을 멈추었다. 진욱의 얼굴이 너무 진지해 보여서였다.

"20년 전에 도하 집 대문을 미친 듯이 두들긴 여자아이가 있었어. 그때 도하 어머닌 화장실 변기에 앉아 있었대. 그날 이후로 변비는 20년 동안 계속되었고…… 도하가 죽고 난 후 잠을 못자고, 우울증에 걸리고, 정신과에 다니고 했던 것들은 시간이 지나면서 나아졌는데, 변비는 아직 그대로래."

진욱이 나를 보았다. 다리가 덜덜 흔들렸다.

"그런데 어머닌 그걸 기억 못하셔. 내가 말한 어머니의 기억은 모두 신영 누나의 기억이야. 어머닌 그날 문을 두드린 사람이 누구인 줄 몰라. 어떤 날은 도하였다가 어떤 날은 신영누나였다가 한다는 거야. 어머닌 문을 두드린 기억부터 지워버린 것 같아. 기억은 자신에게 유리하게 윤색되지, 그러니까 또 살아갈 수 있는 거겠지만……"

가방 바깥으로 모종삽의 날카로운 날이 손끝에 잡혀 왔다. 나는 얇은 헝겊으로 만든 에코백에 겨우 가려 있는 모종삽의 끝을 꽉 움켜잡으며 입술을 깨물었다. 내가 이런 식으로 죄의식을 가진다는 건 부당했다. 그 당시 피해자는 나였다.

"타임캡슐에 적은 게 너희들 비밀이었잖아. 그걸 모두 파내기 위해서 오늘 미리 온 거 아냐?"

"비밀?"

"그래, 영수랑 창고에서 뭘 했는지."

진욱이 내 앞으로 성큼 다가왔다. 진욱의 턱에 코가 맞닿을 정도로 가까운 거리였다.

"영수가 우리 앞에서 웃기는 행동을 많이 보여줬어. 개그맨 흉내도 잘 내고, 애들 흉내도 내고, 그러면 우리끼리 웃고 떠들고, 우린 그냥 그 모임 자체가 비밀이었어. 좋아하는 여자애가 누군지 고백도 하고, 선생님 흉내도 보고, 그게 재밌었어."

"그럼 도하는 왜?"

진욱이 뒤로 한 걸음 물러났다. 진욱과 나 사이로 달빛이 와락 쏟아져 출렁였다. 나는 바다 위에 서 있는 것처럼 멀미가 났다.

"너 정말 몰라서 묻는 건 아니지?"

"뭘 말하는 거야?"

"니가 어떻게 했는지?"

나는 대답 대신 하늘을 보았다. 내가 가만히 있었을 리가 없었다. 경찰의 조사가 시작되기도 전에 나는 친구들 앞에서 분노를 쏟아내었고, 다음 날 학교에 가서 비난하기를 주저하지 않았다. 오로지 혼자만 엄청난 트라우마를 갖게 된다는 것에 나는 분노했다. 억울해서 잠을 이룰 수가 없었다. 다른 사람 핑계를 대는 것이 영수의 화법이라는 것을 나는 인정하지 않았다. 사건은 도하가 내가 아닌 송은을 선택했다는 잔인한 증명일 뿐이었다. 나는 도하의 추악한 실체를 온 세상에 까발리고 싶었다. 아이들은 도하 곁에는 가지도 않았고, 내 주변의 여학생들은 도하뿐 아니라 송은에게도 욕설을 퍼부었다.

"하지만 경찰 조사로 모든 혐의를 벗었잖아."

"넌 너의 상처에만 집중했을 테지만…… 도하 역시 죽을 만큼 힘들어했어. 그 며칠 동안, 그때…… 이미 도하는 위험해 보였어."

"그래도 오해가 풀렸고……"

"사실 그건 아무도 모르지…… 혐의를 벗은 녀석이 왜 그런 선택을 했는지…… 한 사람을 제외하고 말야."

"한 사람이라니?"

"죽기 전에…… 너랑 통화했잖아."

"나랑 통화한 거하고, 그거하고……"

"나도 궁금했어. 궁금해 미칠 지경이었다고. 그런데 물어볼 사람이 없었어. 졸업식 끝나고 넌 아프다며 삼 주나 넘게 병원에 있었고, 도하 어머니 손에는 긴 통화 기록만 남아 있었으니까."

"긴 통화 기록?"

"너하고 17분이나 통화를 했어. 너와 통화를 끝낸 후, 도하는 나에게 전화를 했어. 지금 이야기 좀 할 수 있냐고. 그리고 우리 집으로 오는 길에…… 병신같이…… 오다가 마음이 바뀐 거야."

"17분?"

다시 두텁고 차가운 철문이 내 혀를 가로막았다. 도하와의 통화는 3분도 채 되지 않았다고 생각해왔다. 그 짧은 시간이 안타깝다고 느낄 정도였다. 그런데, 니가 내를 안 믿으면 우짜노…… 그날, 그 말이 다가 아니었단 말인가?

"사람 기억이란 게 참 편리하구나. 니가 잊었다고 생각한 게 완전히 사라진 건 아니라는 것만 알아둬라…… 시간이…… 캡슐 안에 들어간다고 그 시간이 없어지겠냐."

침묵한다고 해서 사라지는 것은 아니라는 말은 기현이 자주 쓰는 표현이었다. 내가 입을 닫아걸 때마다 기현은 그 말을 했다. 차라리 말을 해서 상처를 입히라고, 니가 입을 다물어서 상대방을 질식시킨다는 걸 모르냐고 격렬하게 비난한 적도 있었다.

"우린 그때 타임캡슐 쪽지에 좋아하는 여자아이한테 고백하는 편지를 쓰기로 했어. 좋아하는 여자 말이야…… 행사가 있던 날 저녁때 오랜만에 우린 모두 창고에 모였어. 누구한테 썼는지 솔직하게 말하기로 했거든. 다른 학교에 간 민석이, 제호도…… 물론 영수도 있었어."

마치 20년 전의 시간으로 돌아간 듯 온몸에 긴장이 흘렀다.

"도하는 끝까지 이름을 말하지 않았어. 단지 자기는 키가 작은 여자가 좋다고 했지."

진욱이 몸을 돌렸다. 달빛을 저벅저벅 밟는 그의 발걸음이 마치 군홧발 소리처럼 위협적으로 들렸다. 그 소리가 여진처럼 나를 흔들었다. 조용한 운동장에 낮은 진욱의 목소리가 다시 울렸다.

"내일 보자."

나는 다리에 힘이 풀려 그만 자리에 주저앉고 말았다. 무섭고 외로웠다. 누군가가 옆에 있었으면 했다. 간절하게 기현이 보고 싶었다. 나는 서둘러 핸드폰을 꺼내 기현의 톡을 확인했다.

'니가 그날 아침에 해준 밥, 나 정말 힘들었어. 너는 밥 먹는 동안 한마디도 하지 않았어. 나는 너의 주변에만 머문 사람이었어. 지난 열흘 동안 침묵이 무덤처럼 내 숨통을 덮더라. 아니 지난 5년 동안 그랬던 것 같아. 니가 없으면 죽을 것 같았던 때가 그립다…… 잠시 떨어져 있자.'

나는 엉금엉금 기어 학교 담벼락에 몸을 기댔다. 그제야 손바닥이 쓰려왔다. 모종삽의 날이 손바닥에 선명하게 찍혀 있었다. 모종삽을 산 것부터가 잘못이었다. 나는 단죄가 정의라고 생각했던 열여섯 살 여자아이였다. 나는 그때 그런 아이였다. 억울한 일은 반드시 복수를 해야 한다고, 그것이 정의라고 소리치는 행동파였다. 나는 모종삽과 핸드폰을 한 손에 그러쥔 채 희미하게 드러나기 시작한 학교 건물의 야광 시곗바늘을 보았다. 시계는 나를 보며 이죽거리고 있었다. 니가 파내려고 한 것이 무엇인지 안다는 듯이.

그때였다. 마치 마법처럼 화단 쪽에서 도하의 웃음소리가 들려왔다. 도하가 판 흙이 내 바지에 튀자 도하가 손을 내밀며 말했다.

"어, 미안."

"괜찮아."

수줍은 내 목소리에 이어 툭툭하고 걸걸한 다른 목소리가 끼어들었다. 큰 삽을 들고 창고 쪽으로 걸어가던 아저씨였다.

"야, 니들 모종삽 어쩔 거냐?"

"쉬는 시간에만 갖고 놀다가 창고에 넣어놓을게요."

알았다며 몸을 돌려 운동장을 가로질러 가던 아저씨가 잠시 후 다시 돌아왔다.

"이왕 가지고 놀 거면 아무거나 파대지 말고 저기 꽝꽝나무 아래 가봐라. 아침에 새 한마리가 죽어 있길래 던져놨는데 그거나 좀 묻어놔라. 그냥 놔두면 동네 개들이랑 고양이들이 다 몰려와."

우리는 꽝꽝나무라는 이름이 우스워서 킬킬거리며 앉은걸음으로 자리를 옮겼다. 새는 죽은 지 얼마 되지 않은 것 같았다. 드러난 속의 털은 아직 따뜻하고 보송보송했고 깃털 끝은 노란빛을 띤 새였다. 지금까지와는 다른 의도로 우리는 땅을 파기 시작했다. 그때 시작종이 울렸다. 우리는 함께 시계를 보았고, 의기투합하듯 서로를 향해 고개를 끄덕였다. 구덩이가 어느 정도 깊고 넓어지자 됐지? 하는 눈빛으로 도하가 나를 보았다. 마치 그 눈빛이 신호이기라도 한 듯 나는 새를 두 손으로 들어 구덩이 속에 넣었다. 새를 묻고 그 위에 돌멩이를 세웠다. 돌멩이를 세우는 순간 우리는 너무나 엄숙해져서 이 시간이 죽을 때까지 잊히지 않을 거라는 생각이 들었다.

시곗바늘은 멈추어 있는 듯 보였다. 하지만 저 대형 시계는 결코 멈춘 적이 없었다. 아이들은 교문을 들어서면서 항상 시계를 먼저 보았다. 시계는 늘 그 자리에서 아이들의 모든 시간을 품고 있었다. 그리고 자신이 품을 수 없는 아이들의 시간을 화단에 파묻었다. 그날 우리에게 잠시 시간을 빌려주었던 시계는 어쩌면 사흘 뒤에 벌어질 끔찍한 죽음을 이미 알고 있었는지 몰랐다. 그제야 내가 모종삽을 산 이유를 알 것 같았다. 그것은 그의 비밀을 파내기 위해서가 아니었다. 나는 내가 까맣게 묻어버린 17분의 기억을 파내어야만 했다. 어쩌면 그것은 내 긴 침묵의 시작일 수도 있었다. 시계를 마주 보며 나는 천천히 운동장을 가로질러 갔다. 그리고 다시 꽝꽝나무 앞에 섰다.

고독이 고독에 스미는 순간

최선영(문학평론가)

1

'어떤 시간'은 기억할 수 없다. 기억이란 과거의 특정 시간이 있는 그대로 저장된 결과물이 아니라, 이미지와 상상, 언어 등의 온갖 기호로 치환되고 정제된 편집물에 가깝지 않은가. 때문에 우리의 삶을 압도해버리는 '어떤 시간'은 기억되는 대신 우리를 끊임없이 그 시간에 데려다 놓는다. 역설적이게도, 되돌아가는 것만이 그 들끓는 시간을 지고 살아가는 유일한 방법이기 때문이다. 하여 우리는 '어떤 시간'을 정의하는 대신, 침묵하며 이해하는 대신 광장에 서 있기를 선택한다.

여기서 잠시 소설 장르에 대한 이야기를 덧붙일 수 있겠다. 소설은 글이라는 기호의 예술인 동시에 과거 시제를 지향하는 문법적 특질을 갖추고 있다. 그러므로 일반적으로 소설의 서사 구성은 화자의 기억 편집물이라고 볼 수 있을 것이다. 그러나 이상하게도 우리는 소설이 무엇을 썼을 때보다 무엇을 쓰지 않았을(못했을) 때, 소설이 삶을 말하는 방식을 희미하게 감각하곤 한다. 박향이 이번 소설집에서 펼쳐놓은 여덟 개의 '어떤 시간'들은 바로 이 행간을 닮았다. 마치 일부러 그려놓은 공백처럼, 생산적이지도 온전하지도 못한 시간. 그것은 오직 블랙홀처럼 우리를 끌어당기는 힘으로 증명되는 시간이다. 박향의 소설은 그 '어떤 시간'에 홀로 되돌아가는, 어떤 이들의 삶을 직시하며 시작한다.

그렇다면 그 '어떤 시간'의 끝엔 무엇이 있느냐고 물을 수 있을 것이다. 거기에 자연적 시간의 균열과 죽음이 임박하는 고독감이 없다고 할 순 없다. 그러나 박향의 소설은 그것이 오직 고독으로만 점철된 지옥은 아니라고 말한다. 적어도 '어떤 시간'을 이야기하는 이 소설들의 존재 자체가 고독을 부정하며 시작하지 않는가.

2

먼저, '어떤 사건'들이 벌어지곤 한다.

「타임캡슐」의 '나'(윤주)는 중학교를 졸업하며 묻은 타임캡슐을 개봉하기 위해 20년 만에 고향으로 향한다. '나'에게 타임캡슐의 의미는 남다르다. 그것을 묻은 다음 날, '나'는 동네의 지적장애인 영수에게 성폭행을 당할 뻔했고 그것이 그의 친척 동생 도하의 계획이라 믿어 의심치 않는다. 도하를 짝사랑했던 '나'는 배신감과 분노에 휩싸여 혐의를 밀어붙이고, 도하는 끝내 스스로 목숨을 끊고 만다. '나'는 성폭행 모의 내용이 들어 있을 도하의 타임캡슐을 미리 파내기 위해 개봉식 전날 모종삽을 들고 학교를 찾지만, 그곳에서 마주친 것은 '나'를 좋아했던 도하의 결백과 자신의 왜곡된 기억이다.

"단죄가 정의"(281쪽)라고 생각하는 소녀가 잇따른 성폭력에 퇴사를 반복하는 삼십대 여성이 되기까지, 그 간극엔 분명 제대로 해명 받지 못한 도하의 자살이 있다. '나'는 도하의 자살 후 그 충격과 죽음에 대한 압도적 공포로 심하게 앓는다. 그런 '나'를 살린 건 도하의 죽음에 대한 이상화와 침묵과 회피라는 새로운 삶의 태도다.

도하를 생각하면 나는 지금도 새를 떠올린다. 도하는 새가 되어 우리 곁에서 훨훨 떠나갔다. 시간이 지나면서 그 상상은 진실이 되었고, 진실이라 생각한 후론 도하를 떠올려도 힘들지 않았다. 그리고 간혹 그를 잊고 지냈다.(255쪽)

'나'는 새가 된 도하를 상상하고 믿으며 그를 용서하고 끝내 망각한다. 오직 살기 위해 선택한 이 서사의 이면엔 도하에게 "가시 같은 말들을 숨도 쉬지 않고 쏟아냈"(268쪽)던 17분의 통화가 타임캡슐처럼 묻혀 있다. 이를 기억의 사각지대라고 해도 좋다면, 그곳에 쌓인 건 기억에서 박탈된 '어떤 시간'의 원형이다. "사람 기억이란 게 참 편리하구나"(280쪽)라는 비난은 일리가 있지만, 정의되지 못한 채 저변에서 흐르고 끓어오르는 '어떤 시간'은 침묵하고 회피하는 '나'의 미래를 지배한다.

여러모로 예민한 소재를 다루었음에도 「타임캡슐」이 윤리적 문제를 비켜가는 것은 '나'가 떠올리는 한 장면의 힘 때문일 것이다. 타임캡슐 행사가 끝난 직후, '나'와 도하는 운동장의 "돌이나 쓰레기, 콩벌레 같은 것들"(271쪽)을 묻으며 둘만의 시간을 지속하려 한다. 그리고 마치 마법처럼 운동장의 시계는 그들에게 10분의 시간을 더 선사한다. 마법과도 같은 그 순간 "의기투합하는 서로를 향해 고개를 끄덕"(283쪽)이고 죽은 새를 묻는 장면을 보라. '나'가 오직 "자기 자신만이 볼 수 있"(252쪽)는 비밀 편지처럼 타임캡슐에 보존한 것은 이 해명 불가한 10분 동안 마주했던, 무엇으로도 훼손할 수 없는 첫사랑의 얼굴이기도 하다.

타임캡슐과 같은 기억의 사각지대는 「좋은 여자」의 수경에게도 존재한다. 수경은 정호와의 이혼 소송과 그의 자살로 짧은 결혼 생활을 끝맺는다. 그리고 3년이 지난 어느 날, 수경은 이사 진수의 부름을 받고 마지못해 그의 차에 탄다. 50대 중반의 유부남인 그의 난데없는 고백에 수경은 냉담하다. 그가 운운하는 '인연'이 아주 없는 건 아니다. 결혼 전, 수수께끼 같은 정호의 마음에 불안감을 느끼던 수경은 우연히 본사 앞 우동 가게에서 아내의 외도로 구설수에 오른 진수와 "강한 자력"(157쪽)에 이끌리듯 마주 앉아 우동을 먹은 일이 있다. 이에 진수는 수경이 하얗게 잊은 두번째 만남을 말한다. 마치 물속을 허우적대듯, 잔뜩 취한 채 진수를 끌고 모텔로 갔던 수경의 '그날'에 대하여, 진수는 묻는다. "다만 무슨 일이 있었는지 이야기해줄 수 있나? 그날, 3년 전 4월에."(161쪽)

진수에게 '그날'은 유능한 아내에 대한 지독한 열등감과 옹졸함에 스스로를 좀먹던 그가 숨통을 트듯 수경과 외로움을 나눈 하룻밤이다. 수경 역시 '그날' 이후 정호의 자살을 이겨내고 "어쨌든 살아갈"(173쪽) 힘을 얻는 것처럼. 수경은 비로소 "깊이를 알 수 없는 검은 우물"(176쪽)을 들여다본다. 그곳엔 정호에게 그와 동성 애인의 손목을 그을 도루코 면도날을 쥐어주던 순간과 영화 「브로크백 마운틴」을 보며 정호의 고독을 '이해해버리는' 순간이 있다. 고통스럽게 상충하는 두 순간은 "목구멍 안에서 뜨거운 액체 같은 것이 꾸루룩 소리를 내며 흘러넘치"(176쪽)듯 수경의 삶을 위협한다. "잊을 수 있기 때문에 우리는 살아가는 거"(173쪽)라는 진수의 말은 틀리지 않는다. 수경은 살기 위해 기억이 들끓는 우물의 뚜껑을 닫고, 진수와 우동 가게로 향한다. 어쨌든 고독을 삶으로 이끌어주는 것은 또 다른 고독이 주는 온기라는 듯이.

한편, 사랑과 사정을 넘나들며 청춘을 보낸 한 남자의 기억 역시 흥미롭다. 「이매진」의 '나'(민수)는 평창 동계올림픽 개막식에 흐르는 존 레논의 「이매진」을 듣고 22년 전 죽은 여동생이자 첫사랑인 수정을 기억한다. '나'에게 재혼가정 남매인 수정은 말 그대로 이루어질 수 없는 "스펙터클"(126쪽) 자체다. 이 금기는 곧 불온한 사정으로 이어지고, 낭만적 사랑에 평생을 심취했던 어머니가 즐겨 듣던 「이매진」의 이상적인 가사와 뒤섞인다. 대학 시절 「이매진」이 흐르던 카페 '늘봄' 뒷방에서 상영되던 빨간비디오처럼, 수정을 향한 '나'의 마음엔 오랜 시간 낭만과 발기가 공존한다. 「이매진」은 일견 '나'의 성장담으로 비친다. 청춘을 달랠 스펙터클, 즉 "무언가가 필요했을 뿐"(132쪽)이기에 시위에 달려들 정도로 어린 자아는 끝내 수정을 다시 만나 그 오랜 불온한 사정을 비로소 사랑으로 감각하지 않는가.

하지만 수정은 대학 졸업 후 급히 재미 교포 2세와 결혼을 하고 미국으로 떠나버린다. 그녀는 '나'가 준 「이매진」의 녹음테이프를 쥐고 자살을 하고, '나'의 성장도 멈춘다. 수정의 죽음은 '나'의 낭만과 사랑, 이상과 청춘, 심지어 사정과 불온함마저 상실하게 하는 압도적인 '어떤 사건'으로, '나'는 후

유증에 시달리듯 어디에도 정착하지 못하는 삶을 산다. 그리고 22년 만에 「이매진」을 다시 만났을 때, '나'는 비로소 수정이 아름다운 "기억만을 가지고 영원을 선택한 것"(142쪽)이라 여기며 비로소 "깊은 잠"(144쪽)을 청한다. 수정에 대한 기억엔 「이매진」이라는 이상의 안개가 자욱이 끼어 있지만, 이는 첫사랑을 감상하기 위한 정신적 유희만은 아니다. '어떤 시간'과 함께 삶을 살아가기 위해 간직해야 할 새로운 스펙터클이기 때문이다.

3

이렇듯 삶에서 일어나는 '어떤 사건'들은 박향 소설의 중요한 구심점으로 작용한다. 그리고 「좋은 여자」에서 잠깐 살펴봤듯, 이 '어떤 사건' 앞에서 개인은 고독이라는 감정 앞에 멈춰 서게 된다. 「체인징 파트너」의 은주는 연인 민재가 출장을 간 사이 "사소하고도 장난스러운 치기"(216쪽)로 회사 동료인 철수와 하룻밤을 보내게 된다. 그 후 일어나는 일련의 사건들은 은주에게 죽음과 다름없는 모멸과 치욕을 선사한다. 은주의 알몸 사진을 찍은 철수와 그 사진을 유포한 신지영, 은주를 노골적으로 욕망하는 황 부장을 중심으로 평범했던 사무실은 저속한 호기심이 들끓는 촌극의 장이 된다. 결국 사

진의 '찍사'임이 들통난 철수는 "쿨하고 매력 있는 남자"(242
쪽)의 결단력으로, 새 보험을 계약하듯 은주와의 결혼을 감행
한다.

한 장의 사진이 결혼식 영상으로 번지기까지 벌어지는 이
촌극의 폭력성은 말할 것 없이 지독하다. 사진에 찍힌 은주의
머리핀이 사무실 책상들을 오고 가는 과정을 보라. 은주는 모
욕감의 상징과 항의의 의미로 머리핀을 철수의 책상에 놓는
다. 그러나 신지영과 안인규의 계산속에 의해 황 부장의 책상
에 놓였을 때, 그것은 그를 건드리는 욕망의 상징으로 변질된
다. 이 일사불란한 과정은 원인과 책임소재를 흐리게 하는 동
시에 피해자 은주를 완벽하게 배제시킨다.

"난 본 적 없어요. 언제 됐는데요?"
철수의 말을 듣는데 고독감이 아득하게 밀려왔다. 은주는 생각
했다. 삶이 왜 이리 피곤한가. 삶이 왜 이리 재미가 없나. (……)
그래서 이 사건이 터졌을 때 애써 외면하려고 했던 죽음에 대해
진지하게 고민해보고 싶은 생각이 들었다.(243~244쪽)

삶을 뒤흔든 사건의 진실에서 배제되었을 때, 우리는 자연
적 시간에서 분리되어 '어떤 시간'에 홀로 머물러버리고 만
다. 해명될 수 없는 폭력의 시간은 죽음과 다름없기에, 은주
에겐 결과적으로 "죽음이든 결혼이든 의미 없"(247쪽)다는

점에서 똑같다. 은주의 침묵과 체념이 죽음에 이르는 고독의 얼굴이라면, 속전속결로 진행되는 결혼이 장례가 아니면 무엇이겠는가.

「반말」의 민주의 고독은 그녀의 언어, 존댓말에서 기인한다. 언어와 인간관계의 아이러니를 기민하게 포착한 이 작품은 퍼붓는 빗속을 달리는 차에서 벌어지는 민주와 홍의 긴장감 넘치는 대화에 주목할 만하다. 홍은 남편 최의 마음을 뺏은 민주의 존댓말을 은근히 비난한다. 하지만 민주의 입장에서 존댓말은 전남편과 후배 강이 그녀를 배반한 구실이었다. 한때 자신이 흘린 것과 "똑같은 눈물"(28쪽)을 흘리는 홍에게, 민주는 대뜸 욕설을 내뱉는다. "아이 씨발, 어쩌라고."(38쪽)

국어 교사였던 민주의 아버지는 "말 속에는 또 다른 말이 있는 법"(14쪽)이라는 이유로 존중을 주고받는 존댓말을 가르친다. 그러나 권위적이고 폭력적인 가장의 존댓말은 공포로 변이되어 우울과 침묵만을 선사한다. 아이러니와 함께 시작된 민주의 존댓말은 여전히 알 수 없는 지점들에 봉착한다. 친근한 반말이 아니란 이유로, 때론 상스러운 반말이 아니란 이유로 민주의 언어엔 불온의 낙인이 찍힌다. 잇단 언어의 배반으로 민주는 점점 더 고독감에 빠지는데, 그럼에도 불구하고 이 아이러니에 민주가 던지는 욕설은 인상적이다.

존댓말과 반말이 '말 속의 또 다른 말'을 위한 매개체라면,

욕설은 발화 즉 '침묵 아님'에 가깝다. 특히 '어쩌라고'에 뒤이은 "문득 앞으로 자신이 무슨 행동을 할지 모른다는 생각이 들었다"(39쪽)는 문장은 자신의 삶에 들이닥치는 아이러니에 대한 선전포고다. 언어의, 아니 삶의 사각지대에서 '모른다'보다 더 정확하고 솔직한 표현은 없다. 민주는 죽음과 같은 침묵과 체념을 거부하고 기꺼이 고독과 함께 삶을 지탱하려 한다.

그렇다면 공공의 지대에서 벌어지는 '어떤 사건'들은 어떨까. 기억은 본질적으로 개인의 몫이지만, 그렇기에 오히려 새로운 고독을 야기하기도 한다. 「사례」의 중견 소설가 서준석은 가출한 아내의 흔적을 되짚으며 4년 전 학교 폭력으로 캐나다 유학까지 떠난 딸 민아를 떠올린다. "이유가 없는 게 이유"(55쪽)라는 부조리한 폭력과 현행법의 솜방망이 처벌로 민아는 "바닷속의 물풀"(55쪽)처럼 가라앉은 존재가 된다. 이 은유적 죽음 앞에서 서준석 부부는 공동의 상처를 안고 살아가는 유족과 다름없다. 그러나 이제 서준석에게 민아의 사건은 자본과 명예를 창출하기 위해 소설로 치환 가능한 "그일"(63쪽)이 된 반면, 아내는 여전히 그 시간에 머문 채 표피를 바꾸며 등장하는 '어떤 사건'들, 이를테면 세월호 참사에 시선을 던진다. 아내는 다이어리에 민아의 이야기와 함께 세월호 아이들의 대화나 문자를 그대로 옮겨 적는다. 그리고 "기억은 기록이 아니라 해석"(75쪽)이라는 서준석의 글에 이런 문장을 남긴다.

나는 기록할 뿐 해석할 수 없다. 너무 생생하기 때문이다.(75쪽)

앞을 보며 해석하는 이와 뒤를 보며 기록하는 이. 세월호 군
중이 된 아내와 그 군중을 객관적으로 합산하려는 서준석. 옳
고 그름을 따지거나 윤리성을 두고 다툴 문제는 아니다. '어떤
시간'에 머무르는 것도, 무뎌지며 미래를 보는 것도 모두 생
존의 방법들이 아닌가. 중요한 것은 한때 같은 상처를 공유했
던 이들이 느끼는 균열감이다. 여전히 세상의 폭력과 모순에
침잠한 아내의 언어는 서준석에게 "앞뒤 안 맞는 말"(44쪽)이
되고, 아내는 서준석과의 균열을 '사례'로 체화한다. "숨을 쉬
기 위해서 사례가 들리"(71쪽)는 것이라면 아내에게 서준석
의 변화는 자신을 홀로 두고 균열 저 너머로 가버린 또 다른
'어떤 사건'이다. 이 고독감의 끝에서 아내는 서준석에게 묻는
다. "인간이, 도대체 뭔데?"(73쪽)

4

그래서 정말로, 인간이란 도대체 무엇인가. 박향의 소설에
서 벌어지는 '어떤 사건'들은 결국 이 질문의 변주일 것이다.

특히 공공의 '어떤 사건'조차도 균열의 예언을 담고 있다면 인간은 고독의 상징에 지나지 않을지도 모른다. 박향의 소설은 이러한 생의 고달픔을 냉정하게 적시하면서도, 한편으로는 고독이 고독이기에 넓힐 수 있는 삶의 지평을 보여준다. 「시집 읽기」의 지수와 영란의 만남을 보라. 연인 지수를 뺑소니로, 아들 경민을 학교 폭력과 자살로 잃은 두 사람 모두 사랑하는 이의 죽음을 제대로 해명 받지 못한다. 사고가 난 학교 앞 사거리 근처에서 편의점을 연 동완을 두고 그의 어머니는 "저도 여기서 극복을 해야 다시 살 수 있겠다"(93쪽)고 하지만 실상은 '여기 있어야만 살 수 있다'고 표현하는 쪽이 더 어울릴 것이다. 몇 년째 요구르트 카트를 몰며 학교 근처를 뱅뱅 도는 영란처럼. 망각을 거부하는 이들은 끊임없이 죽음이 깃든 시공간에 "자신을 던져"(80쪽)두며 '어떤 시간'을 고통스레 직시한다.

이런 두 사람이 서로에게 느끼는 애틋한 감정은 "고통은 고통의 냄새를 맡는"(86쪽)다는 자조이기도 하겠으나, 동시에 "상처를 안고 살아가는 사람의 방식"(86쪽), 고독이 고독의 냄새를 맡고 서로를 쓰다듬는 일일 것이다. 경민과 사랑했던 사이로 짐작되는 황 군이 가지고 있던 문예부 시집은 그의 손을 떠나 동완을 거쳐 영란에게로 간다. 그 속엔 '설민'이라는 필명으로 경민의 시 「그리움」이 수록되어 있는데, 두 사람 모두 한 대목에서 멈칫하고 만다.

너는, 내 마음이 스민 자리에 있다.(88쪽)

　동완에겐 지수가, 영란에게 경민이 '스며 있다'. "종이에 먹물이 번지듯이"(94쪽), "베에 감물이 드는 것"(94쪽)같이. 스미는 것은 지우거나 없앨 수 있는 게 아니다. 이미 자리를 잡은 그것은 마치 지워지지 않는 멍처럼 스민 곳과 하나가 된다. 동완과 영란은 '스미다'라는 언어를 부여받으며 자신들 안에 배인 그리움의 형체를 비로소 본다. 소설은 이 '스밈'의 힘으로 두 사람을 조심스럽게 공감의 장으로 안내한다. 떠난 이의 자리를 옆에 남겨두고 영화를 봐왔던 두 사람이 비로소 나란히 앉는다. "영화를 보는 동안 나는 그 사람의 인생을 살다가 나옵니다"(85쪽)라는 경민의 문장처럼, 서로의 얼룩진 마음에 온기가 가만히 스민다. 연대나 위로라는 섣부른 말 대신, 고독만이 나눌 수 있는 따뜻한 온도로.

　「시집 읽기」가 고독이 고독에게 줄 수 있는 온기에 집중했다면 「죽은 자들의 도시」는 그 시선을 보다 집단적인 차원에서 다룬다. 불의의 어린이집 버스 사고로 각각 아내(희수)와 아이(다연)를 잃은 인우와 지윤은 하얀색 중고 소파를 사고 파는 과정에서 우연히 만나게 된다. 소파에 남은 커피 얼룩은 인우와 희수의 사랑의 증표로, 인우의 마음에 스민 그리움이기도 하다. 희수의 말대로 시간이 지나도 얼룩이 사라지는 게 아니라 "숨어드는"(192쪽) 것이라면, 인우와 지윤은 숨어 있는 그리움의 얼룩과 함께 살아가야 하는 사람들이다. 사랑하는 이들을 부조리한 죽음, 즉 '어떤 사건'에 내어줘야만 했던 이들의 남은 시간 역시 점차 죽음으로 채워진다. 가구를 처분하며 희수가 좋아하던 커피를 한 잔씩 마셔 없애는 인우의 의식이 그러하며 "죽음의 실체"(199쪽)를 만나기 위해 터키의 네크로폴리스(죽은 자들의 도시)로 향하는 지윤이 그러하다.

그러나 우리가 이미 알고 있듯, 죽음의 실체와 해명은 그 어느 곳에도 없다. 지윤이 네크로폴리스에서 본 건 실체도 해명도 나아가 애도도 아닌 울음소리다. "통곡할 장소"(202쪽)를 찾은 듯 긴 울음을 뱉어내는 중국 여자는 떨리는 손으로 지윤의 손을 잡는다. 그리고 이 울음과 온기는 지윤을 거쳐 또 다른 고독, 인우에게 번지고 스며든다. 지윤은 하얀색 소파 매트리스 아래에서 희수의 태아 사진을 발견하고 고민 끝에 인우에게 전해준다. 인우가 오래도록 흘리지 못한 눈물을 비로소 쏟아냈을 때, 지윤은 그의 고독을 안아주며 기꺼이 '통곡할 장소'가 되어준다.

우리의 '어떤 사건' 이후의 시간이 지나가고 있다. 해명 불가한 혹은 해명을 거부하는 죽음이 있었고 남겨진 이들의 고독과 울음이 남았다. 배는 건져졌지만 어떤 삶들은 아직 깊은 바다에 잠겨 있기에, 박향의 소설은 이곳을 '죽은 자들의 도시'라고 부르는지도 모르겠다. 그래도 그들의 고독을 직시하고 망각하지 못하는 삶을 반복해서 이야기하자. 이야기야말로 해명할 수 없는 것을 그나마 담을 수 있는 몇 안 되는 방법이니. 그리고 그 이야기가 고독이 모여 있는 그 어떤 자리를 "뜨거운 서러움의 장소"(204쪽)로 만들어주리라 믿는다.

박향의 소설은 여성이 여성이기에 겪는 이 세계의 폭력, 모순 그리고 아이러니로 형성된 '어떤 시간'을 그려냈다. 이 고통에 찬 여자들에게 박향은 기꺼이 '좋은'이라는 수식어를 붙인다. '어떤 시간'을 향해 홀로 되돌아가 서 있는 여자들. 고통에 몸서리치고 허우적대면서도 그 시간에 머묾으로써 그 시간이 있었다는 것을 증명해내는 여자들. 이때의 여성은 인간이라는 타자의 다른 얼굴이며 박향의 소설은 인간 보편의 고통에 대한 질문으로 확장된다. 타자성과 보편성을 아우르는, 여성 서사를 뛰어넘은 이 여성 서사에서 그녀들이 서 있는 자리는 곧 우리의 자리와 무관하지 않다. 박향이 보여주는 여덟 편의 이야기에서 우리가 한 번이라도 우리의 '어떤 시간'과 마주한다면, 분명 그 자리에 먼저 와서 우리의 고독을 끌어안아주는 '좋은 여자들'을 만나게 될 것이다.

　나무 한 그루가 있다. 둥치는 너무 커서 두 팔로 안기에 어림도 없을 정도다. 나무는 자라온 역사를 제 몸에 새긴다. 그는 매 순간 흔들리지만, 또한 결코 흔들리지 않는다.

　오랫동안 기억에 대해 생각해왔다. 내가 가진 기억은 손상되지 않은 완벽한 것일까. 내가 지금 자신 있게 말하는 이 이야기가 심각한 기억의 오류인 것은 아닐까. 친구들이나 형제들과 어린 시절 이야기를 하다 보면 어떤 기억은 내가 만든 소설 속의 기억으로 전환된 것도 있어서 놀라웠다. 간혹 전혀 기억해내지 못하는 중요한 일들도 있었다.

인간은 기억을 먹고 산다는 말은 과거를 추억하며 산다는 말로도 들리지만, 기억을 하나씩 까먹어서 결국 망각한 채 살아간다는 말로도 들린다.

물론 뇌에는 저장 한계가 있어 모든 것을 다 기억하고 살아갈 수 없다. 어쩌면 잊을 수 있기 때문에 우리는 살아간다. 기억을 잃는 것은 그러므로 인간의 생을 지속시켜주는 아주 중요하고 필요한 일이기도 하다.

세계를 팬데믹으로 빠트린 코로나19의 확산세가 멈출 기미를 보이지 않는다. 언젠가는 끝이 날 것이라는 믿음은 있지만 불안은 사회 곳곳에 침투하여 소비 심리를 위축시키고 불안을 가중시킨다. 이 순간은 정확하게 기록될 것이다. 누군가의 기억 속에서는 벌써 사라졌을지 모르지만 어린아이들을 수장시킨 못난 어른들에 대한 기록이 선명하게 남아 있는 것처럼 말이다.

새겨진 기록처럼 어떤 기억은 절대 잊히지 않는다.

그 기억과 기억이 머물다 간 시간에 대해 써보고 싶었다. 그리고 기억의 고독 속을 힘겹게 헤엄쳐간 '좋은 여자들'에 대해 이야기해보고 싶었다.

오늘도 한 시간쯤 나무들 사이를 걷고 왔다. 나는 나무의

든든한 둥치가 좋았다. 내가 나무를 좋아하는 것은 그가 가진 정직성 때문이다. 기억하지 못한다는 것은 때로 정직하지 못하다는 인상을 준다. 그래서 나는 그의 조용한 위로가 필요했다.

지원, 현구, 성주, 이석. 어떤 순간에도 응원해주는 그들에게 진심으로 고맙다는 말을 하고 싶다. 그리고 여러 번 문자와 메일을 주고받았지만 아직 얼굴도 모르는 임고운 님과 강 출판사 관계자분들께 마음 깊이 감사의 인사를 전한다.

2020년 7월
박향

수록 작품 발표 지면

좋은 여자들

ⓒ 박향

1판 1쇄 발행 | 2020년 7월 6일

지은이 | 박향
펴낸이 | 정홍수
편집 | 김현숙 임고운
펴낸곳 | (주)도서출판 강
출판등록 | 2000년 8월 9일(제2000-185호)

주소 | 서울시 마포구 동교로 17안길 21(우 04002)
전화 | 02-325-9566
팩시밀리 | 02-325-8486
전자우편 | gangpub@hanmail.net

값 14,000원
ISBN 978-89-8218-259-4   03810

이 도서의 국립중앙도서관 출판예정도서목록(CIP)은 서지정보유통지원시스템 홈페이지
(http://seoji.nl.go.kr)와 국가자료종합목록시스템(http://www.nl.go.kr/kolisnet)에서 이용하실 수 있
습니다. (CIP제어번호 : CIP2020027092)